当代中国最具实力中青年作家书系

刘建东 著

丹麦奶糖

中国言实出版社

图书在版编目（CIP）数据

丹麦奶糖 / 刘建东著 . -- 北京：中国言实出版社，
2018.8
（当代中国最具实力中青年作家书系 / 付秀莹主编）
ISBN 978-7-5171-2879-3

Ⅰ.①丹… Ⅱ.①刘… Ⅲ.①中篇小说—小说集—中
国—当代②短篇小说—小说集—中国—当代 Ⅳ.① I247.7

中国版本图书馆 CIP 数据核字（2018）第 173051 号

责任编辑：崔文婷
责任校对：胡　明
责任印制：佟贵兆
封面设计：仙　境

出版发行　**中国言实出版社**
　　　　地　址：北京市朝阳区北苑路 180 号加利大厦 5 号楼 105 室
　　　　邮　编：100101
　　　　编辑部：北京市海淀区北太平庄路甲 1 号
　　　　邮　编：100088
　　　　电　话：64924853（总编室）　64924716（发行部）
　　　　网　址：www.zgyscbs.cn
　　　　E-mail：zgyscbs@263.net
经　　销　新华书店
印　　刷　三河市祥达印刷包装有限公司
版　　次　2018 年 9 月第 1 版　　2018 年 9 月第 1 次印刷
规　　格　710 毫米 × 1000 毫米　1/16　16.25 印张
字　　数　180 千字
定　　价　42.00 元　　ISBN 978-7-5171-2879-3

序文

● 付秀莹

猛虎嗅蔷薇，或者密林里那些身影

作为同行，当我面对这一套"当代中国最具实力中青年作家书系"的时候，心里既有感佩，亦有骄傲。这些当代作家中的佼佼者们，他们活跃在中国当代文学现场，以他们的文字，以他们对时代生活的深刻洞察、对复杂人性的执着追问，以他们对小说这门艺术的理想追求，抵达了这一代人所能够抵达的高度。作为女性作家，当我面对这些男性作家作品的时候，心里既有惊诧，更有震动。相较于女性，他们看待这个世界的眼光是如此的不同。在某种意义上，他们的视野更加宽阔，更加辽远。他们的姿态更加从容，更加镇定。有时候，他们也犹疑，彷徨，踌躇不定，他们在那些人性的罅隙里流连，张望，试图从习焉不察的细部，窥见外部世界的整体图景。然而更多的时候，他们是自信的，确定的。他们仿佛雄鹰，目光锐利，势如闪电，他们在高空翱翔，风从耳边呼啸而过。山河浩荡，岁月绵延，世界就在他们脚下。

在读者眼中，李浩或许属于那种有着强烈个性气质的作家，具有鲜明的个人标识。多年来，李浩近乎执拗地致力于小说艺术的探索，建构起独属于自己的艺术王国。他是谦逊的，又是孤高的，貌似温和家常，其实内心里饲养着野生的猛兽，凶猛而傲慢。

1

他是野心勃勃的小说家，不甘于通达却庸常的大路，深山密林的冒险于他有着更大的诱惑。

同为"河北四侠"，刘建东则属于藏在民间的高手，大隐于市，是另一种不轻易露相的"真人"。低调，内敛，甚至沉默。他深谙小说之道，是得以窥见小说堂奥的有幸的少数。以出道时间计，刘建东成名甚早。对于创作，他是严苛的，审慎的。他只肯留下那些精心打磨的宝贝，他绝不允许自己有半点闪失。从这个意义上，他是悲观的吧。时间如此无情，而又如此有情。大浪淘沙，总有一些东西终将远去。

骨子里面，或许叶舟更是一个诗人。他在文字里吟唱，醉酒，偃仰啸歌，浪迹天涯。莫名其妙地，我总是在他的小说深处，隐约看见一个诗人的背影，月下舞剑，散发弄舟，立在群峰之巅，对着苍茫天地，高声唱出心中深藏的爱与哀愁，悲伤与痛楚。叶舟的小说有一种浓郁的诗性的气质，跳跃的，不羁的，沉迷的，有时候柔肠百转，有时候豪气干云。

从精神气质上，或许胡性能与刘建东有相通之处。他不张扬，不喧哗，在这个热闹的时代，他懂得沉默的珍贵。他的作品也并不算多，却几乎篇篇锦绣，字字留痕。大约，他是爱惜自己的羽毛的吧。他从不肯挥霍一个小说家的声名。生活中的胡性能是平和的，他只在小说里暴露他与世界的紧张关系。他是复杂的，正如他的小说，又温和又锋利，又驳杂又单纯。

刘玉栋则显然具有典型的山东人的精神特质，沉稳，有力，方正而素朴。他以悲悯之心，注视着大地上的万物。他的文字里饱含着深切的忧思，对故乡土地的深情，对前尘往事的追念，对人间情意的珍重，对世道人心的体察，他用文字构建了一个自足的精神世界，他在这世界里自由飞翔。小说家刘玉栋飞翔的姿势耐人寻味，不炫技，不夸耀，却自有动人心魄的力量。

广西作家群中，田耳和朱山坡是文学新势力的优秀代表，同为七〇后一代，田耳有一种与生俱来的小说家的敏感气质，外部世界的细微涟漪，都有可能在他内心深处掀起惊涛骇浪。他看着那浪潮起起落落，风吹过来，鸟群躁动不安，俗世尘土飞扬，一篇小说的种子或许由此慢慢发芽，生长。他期待着与灵感邂逅时的怦然心动，享受着一个小说家隐秘的不为人知的幸福时光。朱山坡则一直坚持在"南方"写作。他丝毫不掩饰自己的执拗，也不打算解释自己的"偏狭"。南方经验，南方记忆，南方气息，南方叙事，构成了丰富而独特的文学的"南方"。他执着地构建着自己的"南方"，也构建着自己的小说中国。这是一个小说家的自信，也是一个小说家的强悍。

江南多才俊。同为浙江作家，东君、海飞、哲贵却有着强烈的差异性。多年来，哲贵把温州作为自己的精神起源地，信河街温州系列成为他鲜明的文学地标。他写时代洪流中人心的俯仰不定，精神的颠沛流离。他在文字里仰天长啸，低眉叹息。生活中的哲贵，即便是酒后，也淡定而沉着。作为小说家的哲贵，他只在文字里喧哗与骚动。而海飞，文学成就之外，近年来更在影视领域高歌猛进，声名日炽。敏锐的艺术触角，细腻的感受能力，赋予了他独特的个人气息，黏稠的、忧郁的、汹涌的、丰富的暗示性，出人意料的想象力，看似波澜不惊，实则激情暗涌，成为独有的"这一个"。与海飞、哲贵不同，东君的写作，却是另一种风貌。他的文字浸染着典型的江南气质，流淌着浓郁的书卷味道，古典的，传统的，温雅的，醇正的，哀而不伤，含蓄蕴藉。东君深受中国传统文化浸润濡染，深得传统精髓之妙。从某种意义上，他既是传统的，又是现代的。在人们蜂拥"向外"的时候，他选择了"向内"。他是当代作家中优秀的异数。

在同代作家中，黄孝阳有着强烈的探索勇气和激情，他以自己充满野心的文本，努力拓展着小说的思想疆域和艺术边界。他是不甘平庸的写作者，永远对写作的难度心怀敬畏。他飞扬跋扈的想象力，一意孤行的先锋姿态，以及由此敞开的内部精神空间，新鲜的，陌生的，万物生长，充满勃勃生机，挑战着我们的审美惰性，也培育着我们的阅读趣味。

中国当代文学现场，藏龙卧虎，总有一些身影隐匿，有一些身影闪现。无论是显是隐，他们都是这个世界的在场者、亲历者和创造者。他们以斑斓的淋漓的笔墨，勾勒着我们这个时代复杂蜿蜒的精神地形图。或者高歌，或者低唱。或者微笑，或者流泪。他们在文字的密林里徜徉，奔跑。心有猛虎，细嗅蔷薇。

是为序。

戊戌年盛夏，时京城大热

（作者系当代作家，《长篇小说选刊》主编）

目录

阅读与欣赏

那一年，我师傅冯茎衣三十岁。

我依然记得当时她风姿绰约的样子。她站在太阳地里，背后是车间的操作间，斑驳的墙上还写着"备战大检修"的大字标语。太阳就镶在她身后的房顶上。她微笑着，露在外面的黑色长发被微风吹拂着，头顶红色的安全帽干净明亮得能照出人的影子。我踏进院子的那一刻就想呕吐，显然不是因为七月耀眼的阳光，而是处处存在的混合着汽油、机油、铁锈的味道，角落里那些废弃的铆钉、螺丝、法兰、阀门、换热器更助长了味道的扩散。那是个孤独的欢迎仪式，我只是在她伸出的绵软的手心里，找到了一丝安慰。我不知道，跟着一个女师傅，是福还是祸。

刚刚从大学中文系毕业的我，迎来了最失意的一个夏天。本来分配我来厂里是到子弟中学做语文教师的，但不幸降临，就在我来之前的半个月，学校停办了。我只好被临时改派到了检修车间。那个夏天，我的命运就像是风雨中的小船。

劳动人事处的杨干事在把我分配到检修车间时特别安慰我说：

"按说应该把你留在政工部门，可是宣传部、党委，都人满为患，你还是到车间锻炼锻炼，对你的成长也有好处。你师傅是个顶呱呱的技术能手，她是全厂最好的班长。她在上厂技校时就参加过市里的技能大赛，拿过第一名。她一定会对你好的。"

我刚刚和车间主任王铁汉分手，他把我从劳动人事处领回来，一路上都阴沉着脸，我明显感觉到他对我的排斥，从办公大楼到车间的路上，坐在电瓶车里的主任只说了一句话，而那句话让我在工作生涯的起始点郁闷而无奈，对自己辛苦学来的知识彻底失去了信心。他说："不是我想要你，而是你师傅。我磨不过她。"

"老王怎么没跟你一起回来？"师傅问我，她看我不明白，又补了一句，"就是王主任。"

"他去材料处了。"我愁眉苦脸地说。我回头看了看，主任和他乘坐的电瓶车早就没影了，可我还是觉得主任那张黑脸就跟在我的身后。

其他人都去干活了，院子里就我们俩。她把我领到车间里，把安全帽放在桌子上，坐到一张藤条椅子上，指了指那张长条凳。坐下来后我还是没有正眼看她，她和我印象里的女工不一样。

"是我把你要来的。劳动人事处的杨姐天天和我坐一个班车，她说起你来很是犯愁，不知道该把你分到哪里。你成了他们的难题。你不知道吧。我说，我这里缺人手呀，让你来这里。你是不是觉得来车间里委屈了你？"她丝毫不掩饰我地位的尴尬。

我急忙站起来："没有，没有。"

"那你知道我为什么非缠着主任把你要来吗？"师傅眼睛在火红色的安全帽的映衬下，黑得那么彻底和纯粹。

"不知道。"我有些局促不安。

师傅笑了笑，她笑的时候，嘴角有两个小小的酒窝："我也是有自己的私心。我听说你是中文系毕业的就动了心。上大学，学中文，那可是我从小的梦想。你别看我现在天天和那些装置、设备打交道，我小时候可是语文课代表，我喜欢看书，喜欢写作文，我的作文是我们班的范文呢。"

"上小学中学时我最不喜欢的一门课就是作文课。可是我却上了中文系，真是造化弄人。"我愁眉苦脸地说，"就如同现在一样，我没想来检修车间，却来了。"

"直到现在，我都羡慕那些能写写画画的人，连厂里在厂报上发表文章的通讯员，我都羡慕。你来正好，你一边学习铆工技术，一边可以当我们的通讯员。"此时，她已经摘下了安全帽，头发卷卷曲曲地垂落到肩上。

我小声嘀咕道："我可不是来当通讯员的。"

"那你想干什么？"

"写小说。"我的话一出口就有点后悔，我担心会不会给未来的师傅留下一个不务正业的印象。

师傅笑了："那正好啊。这里有那么多的人物、素材，每个人都有不同的故事。每天发生那么多的事情，等着你去挖掘呢。这可是个生活的宝藏啊。毛主席不都号召要深入生活嘛。你就当是深入生活吧。"

我权当这是师傅的安慰，心情仍然无法兴奋起来，倒是师傅随后的一句话让我郁闷的心舒展了许多，她说："我特别喜欢看小说，现在每月都买《小说月报》，你哪天把你的小说让我欣赏一下呗。"这句普普通通的话，在以后的二十多年时间里，都是我写作的动力。

我像是得到了大赦一样长舒了一口气，从她的表情中看到的是真诚的期待，我急忙说："一定，一定，请师傅多批评指正。"

"以后别这样酸溜溜的，跟工人阶级以后少说这种酸文人的话，要不你在车间待不住的。"

小说，是我意想不到的一个开始，更令我意想不到的是，它竟然成了我和师傅之间一条紧密相连的纽带，直到如今。

我成了冯茎衣的第八个正式徒弟。工种是铆工，我特意在字典里查了这两个字，却没有查到，只是一个"铆接"的条目里这样写道：连接金属板或其他器件的一种方法，把要连接的器件打眼，用铆钉穿在一起，在没有帽的一端打出一个帽，使器件固定在一起。事实证明，不管我怎么从理论的高度去接受这个工种，在以后的实践中这些字眼都是苍白的。

第一天，师傅把我领到了一联合车间，登上催化塔，塔有三十多米高，站在上面，整个厂区一览无余，大大小小的装置塔、设备、密密麻麻的管线尽收眼底，环视这些的师傅的眼神里充满了自豪和骄傲，她说："你看到没有，这就是一个巨大的丛林，成功的机会多，也隐藏着重重的危险。这些装置、设备、管线，以及它们上面的每一个螺丝、法兰、垫片、衬里，甚至是管线中的每一滴油，都是这个丛林中的一分子，它们就像是狮子、老虎、大象、猴子、蛇，等等。如果它们其中的任何一位不高兴了，闹别扭了，使小性了，炸窝了，这块丛林就不太平了。而我们就像是猎人，我们不杀戮，我们只是给它们一个小小的警告。"

我第一次才惊奇地感觉到，我眼前的女师傅是不同凡响的："师傅，你的想象力太奇特了。"

师傅摇摇头："这和想象力无关。我天天和它们打交道，我知道每台设备的脾气秉性。"

正式上班的第三天，师傅把五十块钱塞到我手里，对我说："你得摆谢师宴。你刚来，还没有工资，算我借你的。"

酒桌上的师傅豪气冲天，这让我一个不胜酒力的小伙子羞愧无比，师傅批评我说："你怎么能不会喝酒呢？不会喝酒怎么行呢？"令人称奇的是，师傅划拳的本事奇高，她教了我半天，我也没有领会其中的奥妙。她干脆抛开我，和张维山、小曹几个徒弟划拳喝酒，她的划拳声在屋子里回荡着，在我已经恍惚的意识里格外响亮。

在他们不管不顾地拼酒期间，我看到有一个中年男人推开我们包间的门，在门口站了一会儿，犹豫片刻又退了出去。之后师傅包里的BP机就一直响个不停，师傅说："烦死了烦死了。还让不让人喝个痛快。"到底她还是从包里拿出了BP机，看了看，然后推开椅子说："烦死了。我出去一下。回来再跟你们几个小子算账。"她站起来，摇摇晃晃地走出了包间。

过了大约十几分钟还不见师傅回来，张维山对我说："你去叫师傅回来喝酒。她就在隔壁房间里。我去洗手间时看到了。"

我没有质疑张维山为什么不去而非要我去。我不假思索地站起来，跨出房门时，我听到了身后张维山不怀好意的笑声。

果然不出所料，他们在隔壁的房间里，只有两个人，那个中年男人抓着师傅的胳膊，他们正在激烈地争吵着什么，这就是我推开房门看到的一切。我发誓我是被张维山误导着闯入的，因为那个中年男人对于我的莽撞非常愤怒，他大喝了一声："出去！"

我还没有反应过来，就听到师傅说："是我让他来的，这是我新收的徒弟，大学生，学中文的，会写小说。你看书吗？你不看的。跟你说也是白说。"

中年男人穿着西服，脸上的表情焦躁不安，他对小说和对我，根本没有什么兴趣，只是草草看了我一眼喊道："你想找死呀，还不出去！"

"别走。你坐下。"师傅看着我，坚定地说。

在初出茅庐的我眼里，师傅是最大的官，所以我听从她的话，坐在圆桌的另一边，盯着那个男人，眼里没有丝毫的恐惧。如果当时我没有喝酒，如果我当时知道他就是厂里管销售的副总工程师王同信，我无畏的目光早就跑到九霄云外了。有长达五分钟的时间，我们就那样僵持着，我借着酒胆，也没有感到有什么尴尬，而他们两人，彼此盯视着对方，因为我的打扰，他们的谈话无法继续下去了。最后，男人坚持不住了，他丧气地说："不管怎样，我答应你的，我决不食言，我希望你也是。"

师傅抢白说："我没有答应谁任何事，我从不承诺。"

男人松开她的胳膊，气呼呼地向外走，走到我身边时，狠狠地看了我一眼。我站起来关心地问师傅："师傅你没事吧？"

"有什么事？"师傅毫不在乎地说，"走，喝酒去，不醉不归。"

那天晚上，师傅真的醉了，我把师傅搀回了生活区的家，这个家她不常住，平常她都会回二十公里之外市区的家。家里简洁而明净，从阳台上能看到远处燃烧着的火炬。这让我想到她的安全帽。师傅头上的火红色的安全帽永远是全厂最新的，仿佛刚刚从仓库里拿出来一样。这是她的招牌。我把师傅放到床上，刚要转身离去，手突然被师傅拽住了，她惺忪的眼里布满了忧伤，她问我："你说，我是个坏女人吗？"

师傅的话问得莫名其妙，也只是在以后的时间中我才慢慢地体会到她这句话的深意，此时此刻，我被她问得张口结舌，不知如何回答，好在，喝醉了的师傅并不需要一个答案来满足自己的忧伤，她很快就松开我的手，落入了软软的床上。

而那个夜晚的忧伤，师傅眼中的忧伤，却深深地铭刻在我的心里，因为，在那之后几年的时间里，我很少从她的眼睛里找到那直抵内心的忧伤了。而她所有的生活，几乎被一个词所笼罩：放荡。

我父亲就是个工人，所以在得知我得从学徒干起时，他没有过多的埋怨，而是传授了我许多做徒弟必须要有的基本素质，比如早晨上班前给师傅泡好茶水。我从生活区的小卖部里买了一小袋茉莉花茶，第二天起了个大早第一个来到车间，到茶炉室打了开水。有一张四方桌是师傅独有的，黑褐色，核桃木的。它坐落在车间的一角，桌明几净，符合师傅的风格。桌子上摆着一个鱼缸，里面养着几条凤尾。凤尾鱼比我更早地送走了夜晚，它们在小小的鱼缸里追逐得正欢。桌子上还有一个瓷杯子，上面画着仕女的图案，很雅致。我猜想这就是师傅的喝水杯吧。我计算着师傅到的时间，她乘坐的班车从市区到厂区大概四十五分钟，从厂门口走到车间需要十分钟，这样算下来，她到达车间的时间基本是固定的，八点半。我提前五分钟泡好了茶，不住地向车间外张望。终于看到了师傅，她穿着淡蓝色的连衣裙，那种明亮的蓝色在色调单一的院子里很轻盈很显眼，像是缓缓飞过的燕子。换好了工作服，她坐到了桌子前的藤椅上，先看了看鱼缸里的鱼，我急忙把泡好的茶递到她手里。她接过来，看了看，扑哧一声笑了，她说："我不喝茶，只喝茉莉花。而且，这也不是我的喝水杯，它不过是给鱼缸添水用的。"她停顿了一下："这样吧，你单身，也没什么事，你以后就替我打理一下我家里的茉莉花，收集新鲜的茉莉花朵吧。我天天回市区，没有时间照料，那些茉莉花都蔫头耷脑的。"师傅给了我她生活区家里的钥匙，我时常会给她的茉莉花们浇水施肥，她的阳台就是一个花房，只种植一种花，在我的精心照料下，那些茉莉心情大好，分外卖力地开花。

师傅对我的手艺大加赞赏："茉莉花很难伺候，看来你用了心了。如果你在铆工上多下些功夫那就更好了，唉，算了，我看你当我的徒弟也不会久，你的心不在这里。对了，你不是让我看你的小说吗？"

我仍然有些拿不定主意："我还以为师傅说笑呢。师傅要真的喜欢，我明天就给你拿来。"

师傅认真地说："怎么是说笑呢，我是真喜欢看小说，《牛虻》《青春之歌》《钢铁是怎样炼成的》，我中学就看了。我同情冬妮娅，她有对自己未来命运的选择的权利，为什么非得要走保尔那样的路呢？我上初中时，我的中学语文老师，喜欢名著，他家里的柜子里全是这些。有一天，他把我领到他家里，让我参观他家的藏书，我一下子就喜欢上文学了。"

师傅说起了她看过不久的《绿化树》，她说她也不喜欢这个小说中的女主人公马缨花，她觉得这个女人是作家凭空想象出来的，她说，你们作家把女人写得像是挂在树上的桃子，而不是脚踏在地上的人。"想象，真是个害人的东西呀！"她的观点真让我吃惊。

师傅主动要看我的小说，这比教我铆工的手艺还让我兴奋，第二天便把已经完稿的中篇小说《情感的刀锋》交给她了。当她接过那摞用三百字的稿纸抄写的小说稿子时，我觉得比把它投给《人民文学》还神圣。

一天一夜，我都忐忑不安。第二天一上班，师傅顾不上喝一口我泡好的茉莉花水，便把我叫到面前，对我说："你这篇小说不好。"

我对于这个中篇信心十足，正准备把它寄给《人民文学》，没想到遭到了师傅的无情打击，我反问她说："为什么不好呢？"

"这么说吧，你里面写的女人不真实。你看看你师傅我。"她盯着我。

我茫然不解地看看她，眼睛，头发，安全帽，没有看出任何的不同。

师傅淡然一笑："像我，才是女人，知道吗？女人就应该享受到做女人的一切，爱，被爱。"

虽说我已经上班一个多月了，可是对于师傅，对于一个女人的真实生活，我是一无所知。就是那天，我告诉师傅，我把我的宏大的计划透露给她，我说正在着手写一个现代家庭的长篇小说，女人是主角，她们在爱与被爱的旋涡中徘徊和挣扎。

师傅未等我说完，便打断了我的兴头，突然问我："你谈过恋爱吗？"

我张口结舌，很奇怪她怎么会问这样的问题："我，我，没有。"

"那你了解女人吗？"

"我，我可以凭我的想象。"

师傅大笑着说："你们听听，他说女人可以想象得出来。女人是什么，连我自己都摸不清。凭你多上了几年大学？鬼才相信。"

一心想要写作的我，是检修车间的另类。我受到了工友们的嗤笑，整整一天，我都因此而郁郁寡欢，师傅的怀疑加重了我对自己能力的判断。但奚落显然不是师傅的目的，那天下班时她的一句话才让我释然："我晚上要去跳舞。你跟我去吧，你应该到女人们活动的第一现场去感受一下，见识一下女人的生活。那样你才能写好女人。"

师傅，她突然向我打开的生活，那些陌生而新奇的生活，那些色彩绚丽、爱恨交织的生活，令我有些猝不及防。

舞厅。那是我师傅充分施展她女人魅力的地方。一周一次的舞会安排在周末，厂工会的多功能厅。周六的夜晚是师傅雷打不动的固定节日，那晚，她会成为一个舞厅皇后。早就听小曹说过师傅在舞场上的风采，而一旦见到，我才真正领略到什么叫作曼妙。其实，我是舞厅中的多余者，我尾随师傅进入舞厅，像是一个毫无自信的密探。师傅一进入舞厅仿佛就踏入了自由的天地，像是鱼儿入了大海。而我完全失去了主张，张皇失措，不知道自己应该干什么，感觉到所有人都在用探询的目光看我。我突然想起师傅的嘱咐，急忙找到一个靠边的椅子坐下。整整一晚上，我都如坐针毡。而这样的情形，持续了将近有半年，他们都说，舞会上的我是个落入湖中的兔子。

我并没有在乎他们强加于我的角色，保镖，跟班，或者什么湖中的兔子。我只是清楚地记得第一次，第一次踏入舞会的慌乱感觉，我坐在角落里，在昏暗的光线中，目光追踪着师傅的身影，她的舞伴时常在变换，这让我无法辨认那些舞伴的样子。一个男人，中年男人，大概五十多岁的年龄，现在，我已经知道了他的身份，他是王总，大权在握的副总工程师。让我欣慰的是，他和我一样落寞。与我的紧张不同，他有些心神不宁，他俨然没有了平时坐在主席台上的淡定自如，他看到了我，然后坐到了我的旁边，我叫了他一声"王总"，他没有回答，眼神落在舞池之中。舞曲交换期间，他试图想约师傅。但是师傅没有答应，她硬生生地把我拉起来，步入了跳舞的人流中。我觉得我的身体像是被捆绑起来一样，我说："师傅，我不会。"师傅在我耳边轻声说："别说话。不会跳，还不会装呀。"那尴尬的时刻我真希望早点结束。我几乎是被师傅拖着在跳。可想而知，舞曲还没有结束，师傅便大汗淋漓了，她又拖着我来到了工会舞厅外，冲着满是星光的夜空长出了一口气。师傅没有怪罪我，这让我心安许多。更多的时候，不识相的男人不会出现，他一定顾及他的身份。而没有他在的舞会，我可以完全待在椅子上，做一个合格的看客。

我师傅向我叙述了王总是如何从主角沦为彻底的看客的。她讲述的过程平静而镇定，仿佛那不是她自己的生活一样。

"我并不喜欢他。但是我跟了他两年。男人是脆弱的。幸福的或者不幸的。他也一样。你是个书呆子，你不懂这些，以后你会有喜欢的女人。你就会发现，女人就是找到男人脆弱的钥匙。我是万能钥匙。"她笑了笑，接着说，"我接近他是为了从他手里拿到汽、柴油的油票，再把它转手。你不知道有多抢手。他是个刻板而严谨的男人，总是拒人于千里之外，但是他只有一个爱好，就是爱跳交谊舞。我以前根本不会跳，为了接近他，我在市工会请了一个专业的舞蹈老师，一个月就出徒了。我第一次进入厂工会的舞厅时可没你那么紧张，开始我并没有刻意地去直奔主题，主动和他套近乎，而是脚踏实地，用我的舞技来引起他的注意。一个漂亮女人，而且我自认为舞蹈水平比那些平庸的女人们要强许多，自然会在那狭小的空间引起别人的关注的。我相信，他也注意到了这一点。但是我观察他，好像这并没有起到任何的作用，他仍然和他固定的舞伴在一起。他的舞伴是雷打不动的，检查科的副科长，那女人姓徐，都叫她小徐。她是抚顺石油学院毕业的。身条很好，一米七的个子，但是长相平庸。多年来，王总从来没有换过舞伴。两人总是成双入对地出现，小徐因为生病而缺席了，舞厅里便也看不到王总的身影了。要拆散他们真是费了我不少心思。我先是找借口与小徐成了好朋友，因为我们俩同在市里的军区大院里住，每天坐一辆班车上下班，很容易成为朋友。然后在小徐要去金陵石化进修一个月时，我适时地向她提出了我的要求，同时加上一条真丝的围巾，我特意强调，等你回来的那一天，我原封不动地把他还给你。真丝围巾戴在小徐脖子上真的很漂亮，她整个人的气质都变了。她说，他又不是我家的，更不是我专用的，我和他说。事实上，当一个月之后，你想想看，你师傅我的魅力，王总再也没有回到过小徐的身边。从那以后，我和小徐也成了冤家路窄的对头。她把那条丝巾剪烂扔到了我的脸上，而且发誓再也不回到舞场了。我和王总，我们两人谁也没再提那个过客小徐，就像她从来没有出现过，犹如那个和他在舞厅里成双入对的人一开始就是我。即使是这样，要想向他说出我的想法也不能一蹴而就，他铁面无私，是党的好干部。我陪他跳了整整半年的舞，才找到机会。在一个风雪交加的夜晚给了他致命一击。"

我不合时宜地插嘴道："什么致命一击？"

师傅打了我一下："你这个笨蛋。女人给男人致命一击，当然是在床上。你脸红什么，又不是你。在市里，我们在市区吃完饭，走出饭店时突然发现已经大雪封路，他无法赶回厂区了。那晚之后，我们的关系便突飞猛进，我再说什么都水到渠成了。他好像白活了四十多年似的，如饥似渴地扎入了爱情的海洋。他会找到各种理由和机会与我单独相处，在他家里，在市区的宾馆中，在已经废弃的操作间里，在出差的路途上。他的想法层出不穷，像是一个发明家。"

"那他妻子呢？"我又冒失地问。

师傅看着我，像是看一个怪物："你的想法太奇怪了。我从来没想过类似的问题。实际上他也是，他好像突然对其他的一切失去了兴趣，家庭、事业，甚至名声，有一次他竟然带着我去开一个关于销售的会议。我们一路从黄山到漓江、三峡，总共十几天。他根本不去想，在我们出去的这十几天里，关于我们的风言风语是如何在厂里的各个角落疯狂地生长着，如同夏天的野草。在长达两年的时间里，虽然没有人和我说过，但是我知道，他们把我描绘成一个什么样的人。就和你们书中写的那些女人一样。我看你的眼神，是不是也要把我写成那种道德败坏的女人？"

师傅如此直接的问话让我无法正面回答，我支支吾吾地表白了我的态度："反正我是不赞成的。"

"你喜欢也罢，不赞成也罢，那都是你们的观点。反正我是快乐的。我遵从我内心的需要而活着。"这就是我师傅的生活格言。她没有想过要说服我。她从来没有被流言所左右，即使多年之后，她决然选择了截然不同的生活方式。

我虽然不认同师傅的生活方式，但是她率真和诚恳的态度，又让我对她的生活欲罢不能。我像是一个小心翼翼的探险者，明明知道前路崎岖多险阻，却乐于前往。又像是一个吸毒者，她美丽而带刺的生活像是毒品一样吸引着我。

在我师傅给我讲述她和王总的故事之后，我的长篇开始了，我这样写道：

妈妈那时穿着我们家唯一的一双皮鞋，那是一双猪皮皮鞋，颜色并不鲜亮。但是它平凡的外表并不能掩盖一个事实，那就是它的的确确是一双皮鞋。为了保护好它，我妈妈坚持要每天擦一遍，擦皮鞋的任务落在爸爸的肩上。爸爸为了能把妈妈的皮鞋擦得亮一些，想了许多办法。没有鞋油，他就找来了猪油，每次擦鞋他都往上擦点猪油，那样，皮鞋就四季保持一种颜色，而且在灯光下还能闪闪发亮。

在我写下这个开头的第二天，我和焊工毛小宁打了一架。地点是厂区食堂。毛小宁是个技校生，比我还小一岁。但已经是个老工人了。我打了饭来到他那一桌时，他正和其他几个工友眉飞色舞地讲着什么。看到我过来都窃笑不止。毛小宁故作严肃地对我说："小刘，你过来，离我近一点，我说的这些事你肯定没听过。"

我不明就里，便挨着他坐下来。他开始绘声绘色地讲我师傅的风流韵事，他讲的那些事远远比我师傅告诉我的王总的故事要丰富许多。我没有听完便怒不可遏地站起来，抓住了毛小宁的后脖领子。他的声音瞬间变了调，像是公鸭似的厉声说："你要干什么？"

我愤怒地说："给造谣者一个教训。"

因为我和毛小宁在饭堂打架的事，我们俩人都背了一个处分，而我的实习期也因此延长了整整一年。但是当我鼻青脸肿地站在师傅面前时，我仍然没有一丝的悔意。师傅什么也没有说，她没有责怪我，只是把我拉到厂区外面的小饭馆，把一瓶酒放到我面前，命令道："把它喝掉。"

当代中国最具实力中青年作家书系

受到了委屈的我像是得到了一瓶温暖的安慰剂，我听话地抓起酒瓶，狠狠地灌了几大口。在那个寒冷的小酒馆中，我师傅，异常冷静的表现让我终生难忘，二十多年过去了，透过迷茫的眼神看到的美丽而充满爱怜的师傅仍然浮现在我的眼前。半个小时的时间，我不知哪里来的勇气，竟然把一瓶酒喝了个精光。师傅把我架到了她生活区的家里，我在她的床上昏睡了足足两天，当我醒来时，我看到未施粉黛的师傅坐在床边，轻声对我说："他说的都是事实。"

　　我摇摇头，头炸裂似的疼："我不信。所有人都这么说，你自己也这么说，我也不信。"

　　师傅伸手摸了摸我的额头，叹了口气："也许我不该把你要来，也许你不该做我的徒弟。"

　　在我昏睡期间，师傅没有回市区，她一直守在我的身边，我真的想象不到，她就坐在像是一个死人的我旁边，读着我刚刚开始的小说。此刻，她突然转换了话题，欢欣地说："我喜欢你这篇小说。"

　　我立即感觉不到头疼了。我问她喜欢书中的哪个人。她说："徐琳。我觉得你应该把她写成一个敢作敢为，不受任何束缚的姑娘。"

　　我老实地说："师傅，我得向你坦白，当我构思这个角色时，我想到的是你。"

　　"你会写我吗？"

　　"我不知道她是不是你。"我有些迷茫地说，"母亲的角色，你不喜欢吗？"

　　师傅想了想，然后回答道："就像你不能确定你写的那个人是不是我一样，我也无法确定，我喜欢不喜欢这个角色，母亲，唉，真是一言难尽啊。"

师傅的感叹之后没多久我就知道了原因，当我看到那个衣着讲究、烫着大波浪卷发的中年女人在家庭和情人之间奔波时，我似乎明白了师傅的基因出自哪里。

师傅对我的过分信任，使得我和她之间，有了某种互相配合的默契，我甚至觉得自己是她的帮凶。对于男人的热爱使得她年轻而精力旺盛，她时常会在和男人约会之后，把我拉到酒馆里，让我喝各式各样的酒，白酒、啤酒、葡萄酒、雷司令……在很短的时间里，我就告别了不胜酒力的历史，她培养了我喝酒的能力。我听着她和她频繁更换的男人的故事，像是在上一堂堂有关女人、有关社会、有关欲望的社会课。在那些绚丽闪烁的故事情节中，我师傅，那个叫冯荃衣的女人，已经不再是一个看得见摸得着的人，她渐渐地成为一个我艺术想象中的人物，美丽、奔放、放浪形骸。她像是浓艳的花，开得热烈而凶猛。

有时候，师傅会让我做一些更加私密的事情，比如为她和她的那个男人望风，我虽然一百个不愿意，痛恨自己的所作所为，却又无法拒绝。最让我难以忘怀的是在厂区以外的玉米地里，从厂东门向东约一千米。在秋风里，我骑着自行车，载着师傅和她的情人去约会，风已经有些微微的凉意，师傅坐在自行车的后座上，反复地叮嘱我，你要是无聊就看看我给你买的书。师傅时常会从市里的书店给我买一些书，在邮局里买一些文学杂志。那几年里，我看到的《收获》《人民文学》都是她买的。她刚给我买书是塞万提斯的《堂·吉诃德》。在每一本书的扉页上，她都会工工整整地写上一句话，都是鼓励我发奋努力的话，这本书上写的是：

赠我的徒弟刘建东一个疯子的故事，真他妈的疯狂！

冯荃衣

她的字隽秀，干练，一点也不拖泥带水。她说她临过庞中华的字帖。

迎面而来的男人并不是我们厂的，他是在炼油厂施工来的省安装公司的一个项目经理。男人看上去挺年轻的，戴着眼镜，师傅附在我耳边说，和你一样，大学生，西安交大毕业的。那个交大毕业的项目经理在长达一年的时间里都和我师傅保持着亲密的关系，直到他负责的工程结束。我师傅的男人，就像是飞来飞去的候鸟。

男人看到我，略微的有些意外和尴尬。仅此而已，他并没有因为难堪而放下与师傅的幽会。他们抛下我，钻入了华北平原浓密的玉米地中，而我，则支起永久牌自行车，坐在玉米地的田垄上，读起了《堂·吉诃德》：不久以前，有位绅士住在拉曼却的一个村上。他那类绅士，一般都有一支长枪插在枪架上，有一面古老的盾牌、一匹瘦马和一只猎狗。在堂·吉诃德与风车做着殊死的搏斗时，浓郁而汹涌的玉米已经淹没了我师傅和她的男人，除了听到堂·吉诃德誓言般的高谈阔论之外，我相信，那强劲的风声也来自遥远的十七世纪，来自堂·吉诃德和桑丘共同征讨过的土地。

我并不是刻意去渲染我师傅冯荃衣的艳情故事。这不过是她生命中的一部分，而且是重要的一部分，甚至我可以断定那是流淌在她血液里的，是与生俱来的。虽然，在若干年后，这个过程会以悲壮的方式结束。我至今记得师傅的忠告，要写真实的女人，真实的人，不要只靠想象，现在，我就是这样做的，我在记录一个完全顺着自己内心的意愿生活的女人。

师傅的母亲进入我的视野中是在冬天。

奉师傅之命，我提着一个塑料袋子站在棉六生活区一栋宿舍门外，袋子里装满了各种各样的药，治感冒的、治鼻炎的、治糖尿病的、治口舌生疮的、治失眠的，消炎药、止泻药、中成药、西药，五花八门，应有尽有。我纳闷为什么一个人需要这么多的药，师傅说："从小我们家就像是一个药铺子，桌子上，茶几上，书柜里，电视上，床头边，到处摆满了药。我妈妈爱好这个，有时候我觉得不管什么药，只要吃下去她就觉得心安。"

我站在门外有十分钟也没有等到有人来给我开门。我只好放弃了。我的手里还攥着一个纸条，上面提供了另外一个地址，看来，师傅早就预料到了。我坐五路公交车去了桥西的一处省直住宅，那个生活区看上去要整洁干净许多，中央还有一个大大的喷水池，只是池子中的水已经结成了冰，上面散落着一些枯萎的树叶。给我开门的就是师傅的母亲，她身后站着一个花白头发的男人，男人文质彬彬。她警惕地看着我，目光犀利，看上去比实际年龄要年轻，也就是四十多岁的样子，穿着一件朱红色毛衣，头发黑黑的，发型是时髦的大波浪。

我急忙说："我师傅，冯莛衣，她让我来送药的。"

"她怎么不来？"师傅的母亲仍然没有放松警惕。

"我不知道，"我摇摇头，"也许她有更重要的事。"

她没有礼貌地请我进去，只是随手接过了药，冷冷地说："我收下了。"

我尴尬地站了一会儿，便知趣地告辞而去。走到二楼时，文质彬彬的男人追了下来，抱着歉意说："我来送送你。她就是这样，对谁都这么冷淡。"

　　我说："谢谢叔叔。没事，我的任务完成了。"

　　不管我如何拒绝，花白头发的男人坚持一直把我送到生活区门口，路上他不停地说着一句话，那就是："她是个好人。"他说的是师傅的母亲。

　　在那个冬天里，我总共见过师傅的母亲三次，另外两次给她送去的是一条香烟和我们厂发的一箱苹果。基本上都是在省直住宅，有一次我还看到师傅的母亲和花白头发的男人手挽手从生活区大门外归来。她的脸上洋溢着幸福的笑容。我想起了自己的父母，他们几乎天天在吵架，对师傅说："你父母真美满。"

　　师傅对我的评价未置可否，几天之后，一个寒风凛冽的傍晚，我跟随师傅坐班车到了市内，她把我带到一个饺子馆，我注意到，那个饺子馆距离棉六生活区不远，一条窄窄的小路上，并排着几家小饭馆，饺子馆是其中之一。师傅随身带着一瓶大曲酒。一边喝酒师傅一边向我炫耀她最新的战利品。安装公司的项目经理早就成为历史，最近这个男人和她一个小区，马上要结婚了。师傅说起那个准新郎爱上她的情景，在小区的小卖部前，他买了一包烟却发现忘了带钱，师傅解了他的围。师傅的一个媚眼就让他爱上师傅。我揶揄她："你的爱情就像是空气一样，说来就来。"

　　"其实没有爱。"师傅笑着喝了口酒，"我早就不相信爱了，我只是喜欢在其中的感觉。我喜欢这种状态。我想爱的时候就毫无顾忌地去爱。我问问你，你们男人最想成为什么样的男人？"

　　"我就想当一个小说家。"我诚实地回答。

因为喝了酒的缘故，师傅的脸色微红，在酒馆昏暗的光线之中，分外迷人。"那只是你现实的理想。你通过自己的努力，可能达到。但是你们每个男人心里都藏着另外一个遥不可及的梦想，那就是让天下所有的女人都爱你们。女人也一样呀。我看到我喜欢的男人对我垂涎三尺，我也会心花怒放。"

"我不同意。"我声音提高了八度，"要都是你这样的想法，社会不都乱了套。也许每个人心里或多或少有这样的想法，但每个人都不是独立于社会之外的，所做的每一件事，不仅要对自己负责，还要对社会负责。责任会纠正你内心的冲动、盲目和错误。"

师傅举起酒杯："喝酒吧。你说服不了我。这足以证明你们文人是多么虚伪。"

在冬天的小酒馆，我们的争论继续着。借酒胆，那天晚上我问了师傅一个十分刻薄的问题，问完我就后悔，但是师傅淡然的回答让我释然了。对于我，她真的太过包容。我的身份已经超越了徒弟的角色。

我问她："师傅，你到底有多少男人？"

师傅默默地想了想："七八个是有的吧。我算不清楚了。这还不算对我有企图的人。唐文生副厂长，主管人事的。胖胖的。你认识他吧。他是实权派。他一直在追求我。但我就是不喜欢他，主要是他说话的声音，别看长得粗粗壮壮的，说起话来却像个妇人。"

这就是那个年代的师傅冯茎衣，她的世界是自我的，封闭的，她沉浸在情欲的暖流之中。她放荡不羁，随心所欲。把我善意的揶揄和劝解当成耳旁风。唐副厂长，在那之后我曾经观察过他，他是个一本正经的领导，没有任何的不良嗜好，对一切事情精益求精，关于他最让我印象深刻的是一次厂报上的名字风波。厂报一版的消息后来我找来过看了看，那张报纸在我的工友们之间传来传去，已经变得油渍遍布，像是刚刚擦过工具。我艰难地在油渍中间寻找到了那条位于头版的报道，就像传言中的一样，报道的副标题是这样写的"康文王副厂长做检修动员"，一字之差，报社的主编欧阳险些丢了官位。此事闹得沸沸扬扬，唐副厂长开始不依不饶，非要把欧阳调整出宣传部门，不知何故，后来突然偃旗息鼓。而那个书生气十足的欧阳主编，也张口闭口地夸赞唐副厂长。这个世界，许多事情都是在暗里进行的。

　　冬天的夜显得悠长而温润，饺子馆不大，人来人往，已经换了好几茬人。一瓶酒也快要喝完，我看了看表，因为我还要赶末班车回厂里。师傅突然打了一下我的手背，轻声说，你注意一下我身后第三张桌子上那个人。我的目光越过师傅的肩膀，看到一个年老的男人，弓着背，刚刚坐到桌前，他沙哑的声音在不大的饺子馆里回荡："三两饺子，三两酒，一盘花生米。"

　　我问师傅："你认识他？"

　　师傅示意我不要说话："看着他。"

　　男人大约有六十多岁，头发乱糟糟的，像是几天没有洗脸，眼神恍惚。酒壶端上来之后，男子颤抖着手从口袋里掏出一个白瓷酒杯，用袖口擦了擦，举在灯光中照了照，又擦了一遍，这才放到桌子上，倒了一杯，仰起脖，响亮地喝了一口。低下头又看了看杯子里，再次仰脖，喝了一下，这次因为杯子里没有了酒，声音尖锐刺耳。因为观察男子，我们喝酒的速度明显降低了，师傅则把身子斜向墙壁，她似乎是怕被那个男子看到。男子把三两酒喝完，饺子才端上来。三两酒下肚，男子的手很明显颤抖得不那么厉害了，他拿起筷子，在盘子里拨拉着，突然，动作停了下来，坐在那里的落魄男子愤怒了，腰挺直了，脖颈向后仰着，头发愈发凌乱，他尖叫道："服务员，服务员。"

女服务员跑过来，问他什么事。

男子的手又开始颤抖，声音有些结巴："饺子，一两几个？"

"六个。"

"我买了几两？"

"三两。怎么了？"

"三两总共多少个？"

服务员说："十八个。"

"那你数数。到底多少个？到底多少个？"

服务员怯怯地数了数，小声说："十七个。您，不会是吃了一个吧？"

就是这句话惹恼了男子，男子拔身站起，手麻利地抓住了女服务员的胳膊。女服务员吓得尖叫着哭出了声。幸亏老板及时出来，阻止了男子做进一步的动作。老板赔罪道："不管怎么着，我们店奉送您老一两饺子成不？"

男子摇着头："什么叫不管怎么着，她就是少给了我一个饺子，我是讲理的人。我只要一个饺子，一个也不多要。我是个讲理的人。因为我付了钱，那个饺子就属于我，而不属于你那个煮饺子的锅。"

男子把十八个饺子快速地吃完，这才站起身，慢腾腾地向外走。师傅说："我们也走。"

出了饺子馆，我们跟在男子身后，他走得很慢，走几步就停下来，像是想心事。师傅说："你知道他要干什么去吗？"

我几乎是惊呼道："你认识他？"

师傅拧了我胳膊一下："你不能小点声吗，一惊一乍的。我当然认识，他是我爸。"

这次，惊愕得让我无言以对，我曾经看到的那些场景在我脑海里交织错落，把我的思想搅得杂乱无章。"这，这怎么可能？"

师傅小声说："这是事实。他的的确确是我爸。你前几次见到的那个和我妈在一起的人不是我爸爸，他是我母亲的相好。已经有二十年了。"

"这怎么可能？"语言仿佛从我的思想里溜走了，世事太难预料，也太令人意外了。

"这个时候，他只有一件事可干。"

"这怎么可能？"我仍旧沉浸在巨大的疑惑之中。

师傅打了我一下："他是我爸，我都不吃惊，你看你那点出息，什么都没见过，你怎么能写出好故事来，怎么写出生活的深刻来？"

我连连点头："他要干什么？"

"打人。"师傅轻描淡写地说。

我心急火燎地说："那我们还不去制止他？你看他那样子，摇摇晃晃的，只有被别人打的份。"

师傅叹口气："他哪敢打别人呀？他只敢打我妈妈。"

那天晚上，关于师傅的父亲和母亲，有太多的疑问郁结在我心头，因为末班车的时间缘故，更因为师傅已经没有了讲述的兴致。我匆匆忙忙地瞥了一眼那个蹒跚的男子，师傅的父亲，他已经坐在路边的便道上，把头埋在两腿之间，像是要睡着了。而师傅，则显出了疲惫之态——今天，我们在催化车间干了整整一天的活。

"我爸爸是个懦弱的人。他胆小怕事。我从小就看不起他。"说这话时，已经是数天之后，我和师傅坐在常减压塔的上部，塔离地面有三十多米高，天空很近，而地面的人看上去很小。她坐着我的安全帽，她的安全帽在我的手上，大红色的安全帽能映出天上的云朵。我坐在坚硬的铁板上，闻着四处弥漫的铁的味道、油的味道，听她讲述父亲母亲的故事。

"我父母的婚姻从一开始就是错误的。母亲是那种特别强势的人，她说一不二，而父亲则唯唯诺诺。母亲从来没有对父亲正眼相看。从我记事起，我就知道母亲在外面有一个男人，那个男人长得很标致，浓眉大眼，国字脸，一看上去就是电影里的正面形象。我也很喜欢和他在一起，我们都叫他杨叔叔。他关系很广，经常能给我妈妈弄到一些票，买到紧俏的东西，比如排骨、白面、白糖，我们家的那辆红旗牌自行车也是他给找来的票买的，包括后来的黑白电视。他还经常有出差的机会，我最喜欢的是他去上海给我们带回来的大白兔奶糖。杨叔叔的存在，对于我们小孩子来说并没有什么，因为我们也无法去弄懂，杨叔叔、母亲和父亲之间的关系。我们只是觉得他很亲近，见到我们就笑容可掬的。初中三年级时，我才意识到杨叔叔对我们家是一种威胁，才意识到这个笑容可掬的男人背后隐藏着一颗定时炸弹。从那年春天开始，父亲开始酒后殴打母亲。酒后的父亲陌生而令人惊奇，完全变了一个人，他像是一头凶猛的豹子，特别有攻击力。遭到父亲殴打时，母亲并不还手，也从来没有喊叫过，她都拼命咬着牙，把疼痛咽到肚子里。当第二天，我们看到母亲脸上和身上的伤痕时，真的不知道母亲是如何强忍着疼痛的。而父亲的疯狂也只是昙花一现。第二天酒醒之后的父亲，又变回了那个邋遢、猥琐、目光飘移的男人。唉，该如何评价我自己的父亲呢？这真的是一个难题。"在她的身后，平时看上去高耸入云的火炬此时并不高大，熊熊燃烧的火焰在蓝色的天空背景下更加浓艳。

师傅父母的故事，给了我极大的写作的空间：

在以后的许多天里，爸爸妈妈都处于一种冷战的阶段中，他们尽量都在躲避着对方，以免稍不注意就点火烧着了。实际上爸爸是最痛苦的，因为他经常用自行车驮着我到处乱逛，所以对于一九八〇年的爸爸我最为了解。我时常在后座上听到他一边骑着自行车一边发出一声长叹。我爸爸一叹息我脚下就有些慌张，我的脚没有着地，它一慌就往车辐条里面钻，所以在我爸爸病倒之前的那些日子，我的脚经常被车辐条无情地卡出斑斑的血迹。所以在我六岁时，我的脚上经常涂满了紫药水。而我的哭喊成了爸爸那个最灰暗的日子的一段悲怆的伴奏。现在每当想到这里，我都会流下眼泪。

这些小说中的段落，在那些岁月里，就像是一扇通向社会的窗口，那个时候，我也不再感觉到炼油厂的偏僻，也不再感觉到我身处一隅的孤独，我仿佛来到了嘈杂的集市，芸芸众生之中，看到了他们的喜怒哀乐。

而我的师傅，冯荃衣，她的喜怒哀乐，对我则是一个永远无法解开的谜。身处嫌疑之中的王总突然来了一个华丽的转身，不仅没有受到任何的处罚，相反，在秋天到来之际，他从副总而升为厂里的总经济师。那是一个令人疑惑的年代。他又开始频繁地出入舞厅。他身边的舞伴换了一个又一个，却终究无法忘怀师傅冯茎衣，于是在他升为总经济师两个月后，我的师傅，让我失望地又成了他固定的舞伴，那些场景，舞厅中的场景，从其他人的描述中，已经变成了一个曲折而淫荡的情爱故事。我的失望开始燃烧成怒火。

"师傅，我对你有意见。"那是第一次，我面色凝重、语无伦次地向她诉说我内心的不安，我告诉她当我听到舞厅里发生的一切时，我的焦虑，我对她的失望。我喋喋不休的话语丝毫没有影响师傅美好的心情，她吃着香蕉，伸出左手摸了一下我的脑门，故作吃惊地说："你发烧了吧？你做了我两年的徒弟，铆工的活没见你长进多少，奇谈怪论可是学了不少。这不是我教你的吧？"

"这可不是奇谈怪论，师傅。"我诚恳地说。

师傅把香蕉扔到地上，香蕉的味道围绕在我们四周，暂时压制了车间里的机油的味道。师傅也是那么少见地严肃起来，她告诉我："我不是一个水性杨花的女人，我和你在小说里看到和写到的女人不一样。我只是一个现实而利己的人而已。这没有什么大惊小怪的。你以为你写作，你的思想境界就比别人高一等，你就能脱离了低级趣味，不食人间烟火？"

她说得我哑口无言，脸红红的，憋了半天才挤出几句话："我不想让别人对你指指点点的。"

"你是不是觉得做我的徒弟脸上无光了？"

我急忙否认："我不是那个意思。我，我，我也觉得你做得太过分了。"

她想了想："有那么一句话，这是谁说的，但丁吧，走自己的路让别人去说吧。当好你的徒弟，干好你的活，写好你的小说，让别人去说吧。"

师傅调侃似的话语并没有完全打消我内心的顾虑。师傅的形象变得越来越模糊，越来越难以琢磨。当夏天来临，整整两个月的大检修期间，师傅的身影在常减压塔上，在蒸馏塔上，在密密麻麻的管道之间上下穿梭，看到她干净的红色安全帽，看到她坚毅的目光，我才觉得这漫长的检修期总有结束的那一天。即使这样，她可以两周不回家，吃住在车间里，可是这阻挡不住她和王总的约会。她会突然消失几个小时，彻底脱离我们的视线。等夜幕降临，她迎着我满是疑问的目光走过来时，打了我一下："没见过男人女人约会呀？"

但是在一次检修的间隙，消失了一上午的师傅并没有去约会。她回到检修现场时，递给我一本书，她说这是她特意跑到市里给我买的。她说："你好好看看这本书，我看不懂。好多人都在买。你看后给我讲讲。"她给我买的那本书是弗洛伊德的《梦的解析》。那几天，在塔顶，在管道之间，在工作的缝隙之中，我狂热地爱上了弗洛伊德，看完那本神奇的书时抬头看了看天，晴空万里，可我却意识到，黑夜温柔地降临了，我感觉周围的人，那些头戴安全帽，身穿工作服，忙忙碌碌的人，那些塔，那些设备，都宛如梦中。而所有的人，原来都是拥有着无数个奇奇怪怪、五花八门的异想的人，是一个个难以解读的梦中人。

有人推了我一把："做梦呢？干活去。"是师傅。

我拎上风把，工具箱，跟在师傅后面，来到换热器旁。风把开动前，我问师傅："师傅，你做梦吗？"

师傅瞪了我一眼："不做梦那还叫人吗？当然了，我每天都做。"

“那你都做些什么梦？”我紧追不舍。

“做什么梦。干完活再做。”师傅恼怒地说。

那是疲惫的检修期。我们像是机器和装置一样上紧了发条，平日里轰鸣作响的装置此时像是在温柔的梦境中一样，难得有休息下来的机会，安静地被我们修理着。也许，当检修期结束，它重新踏上另一个漫长的工作周期时，它会怀念这段日子，怀念我们。也许，它也有潜意识，在它的梦境里，师傅，我，还有我的工友们，都是它梦境中的一分子。

“我经常做同一个梦。我的身体轻飘飘的，我在跑步。和别人一起站在跑道上，我以为自己跑得飞快，可最后我总是落在最后，我发现跑道上只剩下我一个人。特别恐惧，周围雾蒙蒙的，天空是灰色的。不知道他们是早就跑完了，还是我自己把他们甩下了许多。我总是在这个时候被惊醒。”在一联合车间的操作间里，我们坐在长条椅子上，师傅才回答我那个问题。小曹他们几个跑到墙头外面去偷偷抽烟了，操作间里只有我和师傅。

我一本正经地坐端正了，感觉自己就像那个拿着雪茄的白胡子老头弗洛伊德：“其实你是孤独的，你潜意识里是不想做某件事的。你只想和别人一样，跑在他们当中，既不想跑到他们的前面，也不想落在他们之后。你潜意识里是痛恨某件事的。”

“什么某件事？”

“就是，和男人们之间的事。”我鼓足勇气说道。

师傅重重地打了我一拳：“你瞎扯什么。那本书里就是这样讲的呀？那就太肤浅了。”

我辩解道：“我分析的有道理吧。梦境反映了你真实的内心世界。潜意识里的那个你才是真实的你。现实生活中，你最为突出的表现往往和内心里的那个你是相反的。"

"你是想劝我是吧？你觉得你能成功吗？"师傅盯着我的眼睛。这让我心虚得直冒汗。

"不能。"我老老实实地说。

没有人能够阻挡师傅的脚步，即使我借用那个叫弗洛伊德的老人也没有用。外来的和尚在我师傅这里行不通。就在我以为，我的师傅冯茎衣，要在她认定的道路上一路狂奔时，却出现了意想不到的转机。她随心所欲的生活停在了痛苦的十字路口。

检修的记忆停在了秋风之中。周一，师傅一反常态地没有来上班，王主任还问我和小曹，师傅怎么没有来。我和小曹都摇摇头。到下午的时候，我接到了师傅的电话，电话里师傅的语气很沉重。她让我给主任请个假，说她要休息几天。她没有说请假的原因。我追问了一句，请什么假呢？师傅沉默片刻说："你随便说吧。"

下班后我去了市区。她沉重的语气一整天都在我脑子里回荡。师傅一个人独自在家，她打开门，屋子里的灯光很昏暗，灯光似乎在她背后很远的地方，她的脸掩在黑暗之中，无法看清她的表情，她怔在那里，反应了几分钟，似乎才看清是我，她把我抱在怀里，失声痛哭起来。一向乐观的师傅，从来没有在我面前表现出她软弱的一面，所以，在她的拥抱下，在她号啕的痛哭之中，体味着她的泪水，我一时手足无措，我的双手支在她的肩膀之上，不知道应该做什么。我轻声道："师傅，师傅。"哭泣持续了十分钟，师傅泪眼婆娑地宣布："我要死了。"

死了的人不是师傅，而是师傅的丈夫。她的丈夫姓杨，叫杨卫民，在部队大院长大，父亲是军分区的首长。以前从来没有听师傅说起过。在我的感觉里，师傅一直回避谈到他，她可以向我敞开她父母的生活，可是却从来不去触碰那个她最亲密的人，我不知道她在躲闪什么。师傅悔恨地说，他是因为我死的。据师傅说，杨卫民和师傅大吵了一架，然后摔门而出，她怎么叫也叫不回来。他开着一辆军用吉普。师傅说她听到了楼下吉普车发动的声音，仿佛是他愤怒的吼叫声。"他离开的时间是晚上七点钟左右。"师傅说，"我接到电话是夜里十一点，他妹妹杨卫宁给我打来的。我再见到他时，他躺在医院里，身体已经完全变了形，他的车在谈固大街和裕华路口出了事故。杨卫宁埋怨我，都是因为你，他失去了理智，和一辆重型货车撞在了一起。她说那句话时，我看到了我婆婆愤怒的目光，她坐在楼道一角的椅子上，身体完全躺在椅背上，脸上全是泪水，虽然在我和她之间，不断地有人走来走去，可是她脸上的怨恨却那么有力，像冬天的狂风那么强劲，我一辈子都不会忘记。"

"我是一个罪人。"师傅悲伤的表情使那个夜晚凝重而凄凉，秋日的夜晚，师傅最早感受到了凉意袭人，她蜷缩着，身体瑟瑟发抖，我拿过一条毯子，盖在她身上，"一个不可饶恕的罪人。不管我说什么，解释什么，都徒劳无益。人毕竟是死了，人死不能复生。"

背上沉重的心理包袱的师傅，是无法被安抚的一个受伤的女人，她呆滞的目光，绝望的神情，都在酝酿着生活中转机的开始。在那个充满了忧伤的夜晚，我和师傅相对而坐，我都忘记了对师傅滥情的不满，忘记了师傅留在我印象中的形象。

"我们之间没有什么爱情可言，从一开始就是这样，我看中的是他家的家世和地位，他看中的是我的美貌和容颜。"凌晨时分的师傅，在自责与悔恨之间徘徊不前，"我与丈夫，我们俩结婚八年了，没有孩子，所以更没有了维系我们之间情感的东西。他是个浪荡公子。从结婚那天起我们就形同陌路。我不过问他的事，他也从来不过问我的事。在远离市区的炼油厂，你肯定会意识到，我是自由的。我自由地按自己的意志生活着。我想，是我自由过分的生活给他造成了影响，这八年中，他一事无成，每天游手好闲，和一帮朋友搞外贸，开公司，没有一个办成功的。我想，都是因为我，因为我自己的放荡无拘，自己的随心所欲。所以他才会放任自己，放纵自己，最后铸成了大错。"

师傅把丈夫的死定性为自己的过错，这个阴影在她之后的生活中始终挥之不去，我的师傅，一夜之间性情大变，她告别了以前喜爱而热衷的生活，告别了男欢女爱，告别了情人与浪漫，断绝了与王总的关系。我曾经见过疑惑不解的王总在施工现场委屈地站在师傅的身边，请求她重新回到舞场上，回到他的身边。异常冷静的师傅，没有停下手中的工作。在嘈杂的风把声中，她不做任何的解释，只是告诉王总，她的心以后只会放在这里了，她只会和风把，和装置，和需要修理的设备、换热器在一起了。我看着落寞而去的王总的背影，不知道怎么却有些兴奋不起来。以前我不欣赏她颓废而糜烂的生活方式，而如今当她告别过去，迎来新生，我却有些莫名的惆怅，我一直不知道这种惆怅来自何处。直到在随后的日子里，我师傅冯茎衣，不断地走上主席台接受奖励，各种名誉纷至沓来，她的身上渐渐笼罩上光环时，我才意识到，我是无法接受一个人能够脱胎换骨，能够变得不像自己。而哪个师傅更加真实，我疑惑了，茫然了。

据说，失意落寞的王总再没有出现在舞场之中，他尝试着找到一个能够替代师傅的舞伴，比如那个曾经的最佳搭档小徐。小曹看到过小徐，他说小徐像是焕发了第二春，她身材愈发苗条。但这只是昙花一现，小徐的第二春还没有完全绽放便步入了冬天。失去了师傅的王总对舞蹈也失去了所有的兴趣，即使身在舞场之中，他也像个幽灵一样。没过多久，王总也从工会舞厅中消失了。对师傅的突然转变，王总有些不明所以，一天，他把我叫到他的办公室，简单寒暄之后，他便毫不隐讳地和我谈起了师傅，他说："我知道你师傅对你最信任。她什么话都和你说。"

我紧张地站在王总对面，他的办公桌上摆着一个金属的永动仪，它就在我眼前不停地晃啊晃。王总显然也没有意识到我一直站在那里，我的局促不安，他想着的是他的心事，他继续说："她不是一个追求上进的人。她对那些名呀，利呀，从骨子里不喜欢。她是一个享受生活的人。你觉得这正常吗？"

我突然之间不知从哪里来的一股勇气，紧张陡然间从我脑门的汗珠里、从我手心里的汗里溜掉了，我盯着他沮丧的脸，有些愤慨地说："王总，恕我直言。你到底喜欢哪一个师傅，是以前那个水性杨花的，还是现在这个一心扑在工作上的？"

王总其实一直就没有正视我，听到我的话，他万分诧异地看着我："你这是什么意思？"

我说："我就这个意思。我就想知道我师傅在你眼里是什么样的人。"

"我可是为她好。"王总在我的逼视下目光明显胆怯下来，"你回去告诉她一句话，"他顿了顿，摆摆手说，"算了，说这些还有什么意义。"

我走出王总宽大的办公室时，狠狠地吐了一口痰，我从心里有些瞧不起他。说到底，他心中的师傅只是颜色艳丽的一朵花而已。

当代中国最具实力中青年作家书系

我曾经陪同师傅，在无数个周末，在节假日，去杨卫民的父母那里。她压根就没有想得到他们的原谅，尤其是杨卫宁和她的婆婆，她们的冷漠甚至仇恨并没有随着岁月的流逝而减退，她们把师傅送的礼物扔到她的身上，扔到屋外，她们冷冰冰的目光就像是刀子。有一次杨卫宁破天荒地走到楼下，她铁青着脸，质问师傅："你想得到什么？"

师傅略微犹豫了一下，她没想到杨卫宁这么直截了当，她说："我想得到妈妈的原谅。"

"妈妈心里没有原谅这两个字，你也别想见到她。在她心里，你和杨卫民都已经死了。"

杨卫民车祸后的第二年，师傅的婆婆收回了属于她儿子的那套房。当杨卫宁来告知师傅这一决定时，师傅二话未说，当天就让我找来一辆皮卡车，搬走了属于她的日用品。坐在回厂区的路上，师傅的整个家就在车的后备厢里，显得是那么轻，那么简单。我以为我能从她的表情中读到悲伤，但是没有，师傅异乎寻常的平静。她看了一眼我，笑着说："哪里不都是一样。"

如此绝情的态度，我的师傅都没有退却。我想，师傅这么做只是想得到自己内心的安慰。她不在乎她们拒之千里的冷漠。她赎罪的过程残忍而又漫长，一个雪天，我们俩站在冰天雪地里，她抬头看着楼上那紧闭的冰冷的窗户，她多么希望，那扇窗户能为她打开。我劝她："师傅，算了吧。你不可能改变她们。"

师傅的脸被雪映得白灿灿的，自言自语道："为什么呢？"

她不需要答案。她的疑问与忧伤都融化在了那漫漫的大雪之中。我知道，任何多余的解释和回答都是徒劳的。

但是她没有告别自己的外表，她仍然注重自己的容貌，她的红色安全帽仍然是全厂最干净的，我经常把她的安全帽当成镜子。戴着明亮安全帽的师傅，当她的心思完全地用在工作中后，竟然成了炼油厂一颗冉冉升起的明星，她带领她的班组，在几次重要的抢修工程中大显身手。尤其是催化装置加热器泄漏事故中，她在装置上待了整整一晚上，当第二天凌晨，黎明伴随着装置重新启动时，师傅也昏倒在临时搭起的架子下。她的红色安全帽跌落在她的身边，我注意到，安全帽上满是油污。

就是那次抢修，改变了我的人生轨迹。

下半夜，浓浓夜色包裹住的光亮显得逼仄而拥挤，像是一团徘徊的云朵。而我，是云朵洒下的一滴雨。在光亮之外，是焦急等待的厂领导们，他们的目光都聚集在我师傅身上。师傅的技术，加上她的勇气和胆量，是厂长们能够从容围观的理由。他们相信事故会很快结束。但是抢修工地上突然响起了师傅的怒吼，她吼的是我，我错拿了风把。她骂我是头猪，跟她学了三年还一事无成。在那么多关注的目光中，我无地自容。我灰溜溜地从架子上爬下来，跳上电瓶车，落荒而去。重新拿到大号风动扳手的我仍然是那晚的落寞者。我知道，没有人会注意我，人们的注意力只是在与时间赛跑的抢修。我偷偷地看着师傅，她的身体随着风把的抖动而晃动着，她冷峻的面庞与那个娇艳的女子判若两人了。

"师傅，我要从车间调走。"我向师傅摊牌时，深夜抢修时的景象还在我脑海里闪现，师傅的吼声犹在。师傅刚刚在车间的休息室睡了一觉，她揉着眼睛，满是疑问地看着我，她不明白我要说什么。

我解释道："我感觉自己在车间里是一个多余人，在这里没有任何前途可言。正好有一个机会，厂纪委监察室缺一个人，原先的那个张娜大姐，调到齐鲁石化了。他们需要一个写材料的。"我手里拿着一个崭新的红色安全帽，那是我刚刚从材料员那里替师傅领来的。

师傅接过安全帽："不是因为我骂了你吧？"

我摇摇头："绝不是，师傅。"

师傅又问："那就是你再也不屑做我的徒弟了，你一直不喜欢我的生活方式和态度。"

"师傅，这更不是了。"我辩解道，"再者说，你都已经……"

"已经什么？改过自新了？"师傅笑着说，"算了，你不用解释了，我早就预言你不会在这里干长久的，你的志向不在这里。去吧，到那里，你好歹还能和文字打打交道，不像在车间里，除了那些风把、换热器，就只能天天看到一个道德败坏的女师傅，烦不烦呀。"

我知道这是师傅的玩笑话，并没当真。师傅同意我离开，这才是最让我感动的。"但是，"我补充道，"事情可能并没有我想象的那么乐观。"

"怎么了？"

"唐副厂长不同意。"

我调动的难题出在主管人事的唐副厂长。他与纪委书记长期不和，所以，凡是纪委想进个人，他总有理由推三阻四。

师傅稍微犹豫一下说："唐厂长的事我来解决。你准备好去纪委吧。"

我是多么迫切地想要调到机关工作呀。那时的我爱慕那一点点虚荣，羡慕那些和我同时进厂的大学生们，他们可以在那座十层的大楼进进出出，那是身份的象征呀。而不像我，进厂这么久了，还混为一个工人。因此，那点急切的虚荣心，骄傲的自私淹没了我的判断力，当时我没有去想师傅如何去帮我解决。我只是兴奋而情不自禁地说："谢谢师傅。"

秋夜难眠。想起白日师傅的允诺，我突然意识到了问题的严重性，她有什么资本与唐副厂长做交换？我想起了那个秋夜师傅曾经说过的话，便冲出宿舍。刚跑到师傅住的宿舍楼下，我便看到师傅从楼门洞里出来，纵使光线昏暗，我也看得出来，师傅是精心打扮的，那件红色的裙子已经很长时间不见她穿了。"师傅。"想躲已经来不及了，师傅已经看到了莽撞而来的我，我只好硬着头皮冲上前去。

"你来干什么？"师傅并没有等我回答，便说，"你来得正好，我正要去见唐厂长。你送我过去吧。"

他们见面的地点约在厂里，今天晚上唐厂长在厂里值班。我骑着自行车，师傅坐在我身后。还不到换班的时间，通往厂区的公路上空荡、寂寥。两旁的白杨被风吹动着，在暗夜与路灯光的交错中，黑色而互相碰撞的树叶像是在诉说着黑色的故事。一路无话，我内心挣扎着，在心灵深处，有一个我在呼喊着停下来，让师傅停下来，可是我的身体并没有听它的指挥，我骑车的步伐虽然慢一些，却并没有停止。我能听到师傅平静的呼吸声，能够闻得到她身上散发出来的茉莉的花香。她也一路无话。来到厂区办公大楼下面，我抬头向上望去，幽深的夜里，大楼显出几分神秘，对于我来说，它是一个通向梦想的楼梯。我和师傅挥手告别，我们俩像是有某种默契似的，谁也没有开口说一句话。师傅转身而去的时候，轻松自如，就像以前任何一次，我去送她约会的场景再现。唐副厂长的办公室在大楼的三楼，向阳的一面。我听着师傅的高跟鞋声渐渐消失在大楼里，心里突然像是被谁揪了一下似的。我在大楼下面徘徊了整整一夜，没有勇气冲上楼去，闯进唐副厂长的办公室，夜色残忍如勒紧心脏的尼龙绳，而那座大楼，却如此友好地在黑暗中召唤着我。

我一直想忘记那一幕，师傅第二天清晨从大楼里出来的那个场景。她微笑着，头发整洁，红色的裙子随风摆动。

那就是我，二十多岁时的心智，为了早日离开车间，能够在办公室里工作，早日脱离工人岗位，师傅的境遇早被我抛到了九霄云外，如今，二十多年过去了，想起那个秋夜的我，便羞愧难当。

在我离开检修车间的前一天，师傅再次把我带到了催化塔的顶端，我们一起俯视整个厂区，师傅形容的丛林面积更大了，装置在不断地向南扩展，尽头那些绿油油的麦地显得弱小而可怜。师傅问我怎么看待这片广阔的丛林。我老实地回答："师傅，这么多年了，我没有觉得这是片丛林。"

"在你眼里，它是什么呢？"

我想了想："它是一道障碍，就像赛马比赛里的障碍。"

"你是想越过它。我知道，这里不是你的丛林，它是我的。"师傅感伤的话语像是一片叶子，慢慢地飘落到装置上、设备上、管线上。

第二天我就离开了检修车间，如愿去了纪委检察室，在那栋大楼的六楼拥有了一间办公室。那一年我师傅三十五岁。我去报道那天，和我一屋的马大姐一见面就问我："你是冯茎衣的徒弟？"

我笑盈盈地说："是啊，你认识我师傅？"

"她呀，天下谁人不识君。"马大姐引用了一句古诗词，脸上神秘的笑容很短暂，很快就消失了。

如果说三十五岁之前师傅的盛名还是被负面的传言所堆积起来的话，那么，这之后的师傅，她的名声越来越大，也越来越令人尊敬，她成了名副其实的"铆焊大王"。她的名声是与无数次的抢修，无数次的彻夜奋战，无数次的上台领奖联系在一起的，虽然，我的办公室在象征着权力与欲望的办公大楼的六楼，我也由衷地感觉到，我必须要仰视她，用另外一种眼光去迎接她已经变化的坚毅的眼神。在短短的几年时间里，师傅威名大震，她的事迹不仅局限于厂报、《中国石化报》《河北日报》，还上了《工人日报》《人民日报》，在通往成功的道路上她一路狂奔，令人目不暇接。她从厂劳模，到区劳模、市劳模，一跃成了石化系统和省里的劳模，在五一前夕还受到了表彰。据马大姐说，下一步就要提拔她做检修车间的副主任。马大姐感叹道："你说，你师傅怎么可能成了这样一个人！"按照马大姐固有的想法，我师傅就应该是三十五岁以前的冯茎衣，她就应该风流成性，招蜂引蝶，这是她的宿命。马大姐的消息很可靠，因为她丈夫是劳动人事处的处长。马大姐补充了一句让我很是不满，她不屑地说："转变得跟神似的，不见得是什么好事。"就是那天，我和马大姐为了师傅争吵了几句，我提醒她别忘了电影《流浪者》中那句经典的台词——"法官的儿子永远是法官，贼的儿子永远是贼"。那天我说了很多过激的话，就差没说出她以前不过是个办公室的打字员的话。马大姐显然比我有城府，她生气归生气，却并不像我那样慷慨激昂，她说："我不跟你抬杠，不信咱们走着瞧。"

　　我师傅，在变化着，我能够深切地感受到。我和师傅的关系，并没有因为我离开车间而疏远，反而更加接近。我们几乎每天都会见面，我把我写的长篇的新章节交给她，听听她看过的前面章节的意见，虽然那些意见并不大被我采纳，但是我仍然喜欢她那种越来越较真的样子，她投入的表情，沉浸其中的情绪，仿佛她就是小说中的人物。当自己的一部作品被一个人如此看重时，我内心的欢喜还是不言而喻的。还有的时候，是她在倾听，她在倾听我的想法和意见。她的发言稿，她每次在台上令人振奋的故事都出自我的手。她的每一件先进事迹、每一个抢修场景都是我头脑中的一条神经，那些密密麻麻的神经都能在深夜里像水一样汩汩流出，在我伏案时化作一串串或是高昂或是煽情的词语。所以说，我师傅在走向成功的道路上也有我的一份功劳。而师傅，也越来越依赖我，离不开我，我就像是她前进路上的大脑，成了她的一部分，所以当石化系统的劳模巡回讲演开始时，她向党委于书记提的唯一的要求就是带上我，替她酝酿和撰写稿件。没想到的是于书记欣然应允，于是我和她踏上了漫漫的巡回讲演之路，在历时一个月的时间里，我们先后去了东北的抚顺炼油厂，北京的燕山石化，河南的洛阳炼油厂，山东的齐鲁石化，湖南的岳阳石化，湖北的荆州石化，南京的金陵石化。光是旅途劳顿，不出半个月我就感到疲惫不堪了，我师傅却始终保持着旺盛的精力，每换一个地方，她都像是首次讲演那样激情四溢。她很在意每一个细节，每次讲演结束，她都会虚心地听取我的意见，以便下次改进。团里有一个来自燕山石化的丁劳模，一表人才，声音浑厚有力，每次都邀请师傅去当地的舞厅去跳舞，他眼光很毒地说："一看你就是你们厂的舞星。"师傅每次都婉言谢绝了，她说她真的不会，而且对跳舞没有丝毫的天分和兴趣。一个月中，丁劳模都在锲而不舍地向师傅发出邀请，最后当告别时，他还请师傅到金陵石化招待所的花园里去赏月，师傅没去，代替她去的是我，我代替师傅向丁劳模传话说："希望我们在各自的岗位上努力拼搏，实现自己的人生理想和价值。"我说完话，没等观察丁劳模的反应就匆匆离去。在房间里，师傅还在等待着和我一起讨论这次巡回讲演的汇报总结如何写呢。后来丁劳模并没有死心，回去之后他给师傅写过十封信，师傅根本没有拆开，她把那些信通通交给我，让我来处理。那些信我也没拆，我把它们放在了我的箱子里。

师傅的变化不仅仅是在身份上，更多的是在心理上。她的自信在泛滥。她觉得在任何事情上她都掌握了主动，而且她想当然地以为，那个深刻在她头脑中的阴影也会从此烟消云散。省总工会的表彰大会，作为省劳模代表，师傅要上台领奖，提前她把两张票送给了婆婆家，她希望她们能出席。我师傅，天真地以为，她的成功会化解她们之间的仇恨。会场上师傅穿着一套乳白色的裙子套装，很有职业女性的范儿。坐在前排的师傅，我能感觉到她心神不宁。她不停地转头向我这边张望，我知道，她看的不是我，而是我身边的两个空荡荡的座位。直到表彰大会结束，那两个位置都没有人来。我知道师傅的失望有多深。所以散场之后，我安慰她说："她们也许有别的事，赶不过来。"

师傅淡然一笑："她们只有一件事，那就是恨我。我都习惯了。没关系，还有下一次。"

她的责任心也在不自觉地膨胀。她觉得自己有义务让她的父母重归于好，成为一个完整的家，她断绝了父亲的零花钱，希望切断他喝酒的资金来源。但是父亲仍然能从母亲手里拿到钱。母亲无辜地说："我早就对他没有任何指望了。"母亲的意思是说，听之任之吧。而对母亲，她满指望能做通母亲的工作，停止与杨叔叔的来往。母亲的反应异常激烈："你还不如杀了我。"母亲的话就是一个宣言。师傅所能做到的唯一的一件事是把他们全家拉到一起照了一张全家福，拍照时我在场。丽人照相馆。照相师傅很有耐心，不停地引导他们要表情自然，要发自内心地露出幸福的微笑，可是没有用，我至今记得照相那天的情形。师傅的父亲穿着一件深蓝色的中山装，胸前的油渍虽然洗过，却依然顽固。他的头发还是被师傅强迫着去理发馆理的，所以看上去比平常要精神许多，眼神却怎么也是浑浊的。母亲的左脸颊有一块瘀青，那是她父亲三天前的杰作。她擦了一些脂粉，却还是没有能完全遮盖住。她的弟弟，一个卡车司机，根本没有在乎什么拍照，他进来时还穿着蓝色的牛仔工作服，油迹斑斑的。师傅训斥了他一顿，临时穿着照相馆的一件灰色西服。而妹妹，则因为穿着太过艳丽同样被师傅批评一番，好在人是到齐了。不管照相师傅多么努力，那张拍于一九九四年的全家福并不成功。照片出来后，每个人的表情各异，除了师傅是发自内心的微笑之外，其他人都像是藏有心事似的，要么板着脸，要么哭丧着脸。师傅叹口气说，好歹也是张全家福。那天晚上，当我在宿舍里写作时，看着摆在我面前的师傅那张全家福，我突然灵光闪现，立即冲到楼下给师傅打电话，我像是能触摸到那个词一样，它就在我的心尖上跳动，我兴奋地告诉师傅："我想好了我这个长篇的名字，就叫作《全家福》。"师傅沉吟了一下："好啊，这个名字挺好的。"一连好几天，我都被那个小说的名字感染着，亢奋、干事毛手毛脚。连马大姐都看了出来，她问我这几天是不是受什么刺激和打击了。我脱口而出："马大姐，你们家照过全家福吗？"

"有啊，有啊。"马大姐第二天就拿来了他们家的全家福，一共是八张，照全家福是她们家的传统，一直延续到现在，从她十岁那年开始，每四年照一张，马大姐给我介绍着每张照片拍摄的时间、背景、人物，她感叹道："不能看照片，一看照片就感觉到自己老了。"那八张照片，风格基本上是统一的，每个人脸上的笑容也都是一成不变的，唯一变化的就是悄悄爬到脸上的皱纹。马大姐的那些照片我早就忘记了，但师傅那张唯一的全家福，多年之后我还记忆犹新，那上面的每一个人，每一个表情，他们似乎都散落在我小说的章节中。

实际上，师傅即将被提拔的消息不是空穴来风，组织部门已经找她谈过话。师傅没有丝毫走上新岗位的紧张，那个位置好像早就在那里等她似的。坐在我对面的师傅，目光中透露的是信心和对未来的憧憬。她在滔滔不绝地给我说着她当上副主任之后的设想和规划，我不忍心打断她，直到她停下来喝口水，我才提醒她："师傅，你说的这些宏伟理想，好像都应该是主任去想，去做的。"

师傅说："早晚有一天，我也能当检修车间的主任。"

我相信，按照正常的轨道，师傅的豪言壮语并不是夜郎自大，我也相信，师傅完全能够胜任车间副主任乃至主任的重任，但是事与愿违，我师傅的仕途还没有开始就夭折了。

那天上午十一点半，我正在办公室写材料，消失了一上午的马大姐推门进来了，她突然冒出来一句话："不是不报，时机未到。"

我问马大姐："你说谁呢？"

马大姐故做神秘状："谜底很快就要揭晓。"

我没想到马大姐所说的谜底与师傅有关。是旧案，王总多年前抹平的倒卖成品油事件重新发酵，被纪委立案调查了。马大姐所说的很快其实就是第二天，我们成立了一个调查组，我和马大姐都是调查组的成员。因为证据确凿，重要的证人也在河南濮阳被抓，所以王总没有坚持多久就全部说出了实情，除了倒卖成品油之外，更令人震惊的是他们在买原油过程中的以次充好，以水代油。王总的头发仿佛一夜之间就白了许多，年龄也老了十岁。马大姐让他说说走上邪路的心理历程。王总抬起绝望的脸，突然间就泪流满面，他忏悔道："我以前不是这样，我奉公守法，克己自律。都是因为她。"

王总所说的她就是我的师傅冯茎衣。一听到他提到师傅，我立即有些紧张，马大姐显然注意到了我的这个变化，她盯了我一眼。我镇定了一下情绪，继续听他深挖思想根源："大家都知道，我只有一个爱好，就是超级爱跳舞，尽管如此，我的思想也并没有任何改变，我兢兢业业，可以说为这个厂做出了巨大贡献的。都是因为冯茎衣，她是我的克星。"我是在越来越愤怒的情绪中听完他的陈述的，在他的描述中，师傅是一个邪恶的魔鬼、女妖精，用尽各种妖术迷惑他、引诱他，以至于他迷失了前进的方向，走上了犯罪的道路。"她的欲望是个难以填满的沟壑，我所做的一切都是为了她。"我终于忍不住插话道："她要那么多钱干什么？"

王总斜眼看了看我："那谁知道呢，买衣服，打麻将，买房子，买车，总之她太多的欲望需要我去满足。"

我还要问，马大姐善意地提醒我说："与本案无关的不要问。"

在他的供述中，我师傅是那个具体的操作者，他只是通过打电话疏通关系，搞到油品，而具体实施的是我师傅。师傅从运销部门拿到油票，然后再找到下家，以高价卖出去。王总悔恨地说："我是鬼迷心窍了，对她百依百顺，失去了对事情的判断力，放松了对自己的要求。"

他把自己包装成一个无辜的受害者，这让我无法接受，在谈话结束之后，我对马大姐说出了我的忧虑。马大姐说："我们不会冤枉一个好人，也不会放过一个坏蛋。"她补充道："你师傅有没有事，不是我们说了算，也不是他说了算，而是事实说了算。"

我不知道是不是马大姐和白帆处长说了什么，约谈我师傅时，我意外地成了主角。马大姐坐在我身边做记录。她充满激励的眼神并没有给我足够的勇气。看着师傅走进来时，我的脸上感觉到热辣辣的，羞愧得低下了头，就像是我做了天大的错事。我从来没有想过，我们师徒会在如此的场合下见面。师傅今天没有穿工作服，她穿着一件淡紫色的紧身西装。师傅却很坦然，她坐在我对面，像是什么事情都没有发生一样，她说："你问吧。你该怎么问就怎么问。别把我当你师傅。有什么我就说什么。你们问完我，我还要去参加区里的人大会。"我这才抬起头，理了一下思路，才开始提问。

"王同信，"师傅不假思索地说，"我们早就认识了。他是厂里的副总，没有人不认识他。我知道你要问什么，我来说吧，我不是因为他舞跳得好才与他好上的，而是他手里的权力。我以前根本不会跳舞，就是为了能和他接触才学的。九零年的春天，通过跳舞我们慢慢地走到了一起。"

"你是不是通过他从厂里领出油票，然后再高价卖出？"

"是的。"

"什么时间？"

师傅想了想："九零年到九三年间。"

"一共领过多少次，有多少张？"

"我不记得了。"

"得到多少钱？"

"一万多块钱吧。"

"是你主动做的，还是在别人的指使下做的？"马大姐皱了下眉。

"我自愿的。"

"你为什么要那么做？"

师傅笑了笑："那时的我就是那样，爱慕虚荣，贪图享乐。现在回想起来，那真是一场虚假的梦境。我现在经常在想，为什么当时我会是那样的一个人，我会那么随波逐流，为什么我的思想境界会那么低下，那么形而下。究其原因，是因为我的世界观是漫无止境的，是天马行空的，是不加约束的。这是极其危险的。"

"你痛恨以前的那个冯荃衣？"

"是啊。"师傅目光坚定，我觉得坐在那里的师傅，就像是一个庄严的教师，有着强烈的责任心和正义感，"现在想来，我自己都在问自己，那是我吗？真是一场梦啊。好在，这场梦现在醒了。我看清了一切。"

我听到了马大姐敲击桌面的声音。我知道我的思路被师傅引导了，我接着问："你知道你为什么能得到汽油和柴油的油票？"

"当然知道。因为王同信。我一个破工人怎么会有那么大的本事？"

"这么说，你是受王同信指使的？"

师傅还没有回答，马大姐就果断地中止了我们之间的谈话。她把记录本合上，说，今天就到这里吧。

那次约谈，很明显没有向处长所要求的正确的方向前行，按照白帆处长的说法，它步入了一潭泥泞。白帆处长凝重的表情是对我工作的否定，他告诫我，一个纪委干部，感情用事是大忌，是大敌。我没有做任何的解释，事实是不容辩驳的，我心情郁闷，明明知道私下去见师傅是违背职业道德，仍然无法抵制住内心的情感。我约师傅在生活区北边的麦田旁见面。毕竟这有违我的良心，所以，我特别挑选了那么偏僻的地方。是一个阴沉的夜晚，夜色浓重得像是无法推开的山，没有一丝的星光，黑暗中我看到了一束微弱的手电筒的光亮，那光亮艰难地推开了山一样的夜，畏畏缩缩地向前挪着。走近来，师傅埋怨我不该来这个鬼地方，她说："前两周机工车间的小余就是在这一带被坏人强奸的。"她手里的手电筒光在路边的麦田里晃来晃去，更增添了恐怖的气氛。我幽怨地说："师傅，再害怕也抵挡不住我的担心。"

"你担心什么？"她抓住了我的手，很显然，她也被周围森然的气氛吓住了。

茫茫的夜色仿佛是一块坚硬的地板，我们的脚步声被放大了，它比平日里更加响亮。那越来越大的声音不仅敲击着我的耳膜，还敲击着我的心。我的手也用上了力，我能感觉到师傅的手心里凉凉的。我说："你知道我担心什么。"

师傅叹了口气："你不用为我担心。我做的事决不反悔，也不会后悔。我知道这一天会到来的。只是晚了一点。"

那个夜晚，我的劝说基本上是无效的，我希望她不要被王总牵着鼻子走，不要把责任往自己身上揽。师傅却轻描淡写，她用手电筒的光指着暗黑无界的夜空："你看看这夜，你再怎么去描绘它，去形容它，它都是黑的，它不可能是白天，这一点是不会改变的。"

我的师傅，再次遵从了她内心的安排，她没有像王总那样，把责任全部推开，她说出了她所有参与的倒卖油票的事情，她对我和马大姐说："我为以前的我感到羞耻。"她说的是肺腑之言，如今的师傅冯茎衣脱胎换骨，一身正气，装置哪里出了问题她都会出现在哪里。她在全厂的表彰大会上慷慨激昂；她在区人大、市人大的会议上激情澎湃。

王总进了监狱，而师傅背上了一个党内严重警告的处分，她的梦想就此断送了，我不知道她还做不做当车间主任的梦，我只知道，这件事给她的打击是巨大的，她付出了沉重的代价，相继丢失了厂、区、市、省、中石化劳模，被区人大和市人大罢免了资格，副主任也成了天上自由的云朵。在那段难熬的岁月里，师傅有她自己独特的方式打发她的绝望与落寞。有时候她会拉上我，两个人漫无目的地骑着自行车，大部分时间都是在炼油厂厂区附近的乡间公路上，我们一言不发地就那么骑着，仿佛我们的世界就是那些四通八达的乡间公路。但偶尔我会随着她不知怎么就骑到了市区，她熟练地穿过裕华路，拐上建华大街，我们汇入了中山路滚滚的车流之中。我留意到，在我们骑行的路线中，我们先后经过了长安区人大、市人大的办公地点。到了门口时，师傅都本能地停下来，向里张望片刻。她的脸上露出怅然若失的表情。返回的途中，一直一言不发的师傅突然张口道："你知道我今年的提案是什么吗？"

"不知道。"我回答，其实那个提案是我帮她写的。

师傅沉默了一会儿说："我想呼吁一下，让全社会都重视一下技术工人，大力开展技术工人的培养。你想想看，社会不就靠技术在推动着前行吗？你再看看像我们这样的技术工人，厂里重视吗？没有。你觉得这个提案可行吗？"

我说："可行。我支持你。"

失意的师傅开始和我探讨她的提案，怎么合理，怎么搞调查，怎么写。尽管这已经是重复在做的一件事，我仍然随声附和着她，我觉得她完全沉浸在她辉煌的日子里，我又何必打搅她呢。

最后，在我们看到炼油厂的火炬时，师傅发出绵软无力的叹息，那声音在乡间公路上如尘土样细弱："可惜了。只差半个月，我就能把提案提出来了。"

她还会突然把我叫到她的家里，像以前那样铺上稿纸，准备好钢笔，这是要写发言稿的架势。我看了一眼桌子上的一切，心里发酸，我叫了声师傅，便不知道再说什么。师傅却淡然一笑："我都习惯了，你让我一下子改变不可能。你知道我当初从那样一种放任自流的姿态变成这样有多难，付出的代价有多大，我的丈夫走了，我和我丈夫的家人成了仇人。这一次，我的代价更大，因为我的心死了。"

我把师傅揽在怀里，在我的怀抱中，她的身体竟然那么娇弱。我能感觉到她的眼泪流到我的肩膀上，钻透衣服，渗到了皮肤上，凉凉的。我安慰她："师傅，生活总是要继续下去的。"

师傅突然推开我的怀抱，她抹去脸上的泪水，粲然一笑说："你放心吧，我想了一夜，已经想通了我的人生，它就是海上的一只小船，想漂到哪儿就漂到哪儿吧。不过，你看看我，为了写发言稿，买了那么多的稿纸，不能就这样浪费掉。我想好了，我给你誊写小说吧。你就在我家里写作，你写完一章我给你誊写一章。"

于是，在无数个夜晚，我的长篇原稿就放在师傅家里的梳妆台上，她仔细地辨认着我歪七扭八的字体，认真地抄写着。对于十几年都很少拿笔的师傅，其实这不是一个省心省力的活，相比她遇到的那些检修、抢修，这更难。我坐在她的书房里，侧身看着卧室中的师傅，几次不忍心让她放弃，但是我还是重新理清了

当代中国最具实力中青年作家书系

思路，回到我的故事中，我觉得，那个与我同处一室，逐字逐句阅读并抄写的师傅，何尝不是活在我虚构的故事中的人物呢？

跌落到人生最低谷的师傅，已经彻底无法改变她工人的身份，她像是没事人一样，甘心做着她的工作，做好一个铆工工人，一个班长，一个好师傅。按马大姐的说法，你师傅是一个胸大无脑的人。我虽然不喜欢她用的那个词，但是师傅这样的心态也让我放心许多，因为我非常担心她会想不开，会钻牛角尖。在那一年，有两个从技校毕业的学生成了她的新徒弟，一男一女，男的姓童，女的姓黄。按照惯例，师傅又自掏腰包让他们请客，并特地叫上我。两个小徒弟有着与我当时一样的青涩与拘束。那天晚上师傅喝醉了，她趴在桌子上不省人事，把两个小徒弟吓得脸色发白，张皇失措。第二天一上班，小黄就在办公大楼门口堵住我，向我请教如何当好一个徒弟，我想了想说："你会种茉莉花吗？"

她摇摇头："什么花我都不会种。"

我说："那你好好学学吧。"

在师傅的阳台花房里，茉莉花已经被冷落，它在日渐地凋零和枯萎，开花的季节早就过了，但它们仍旧固执而孤独地想念着花团锦簇的日子。

师傅纷繁生活的谢幕远比那些茉莉花要悲凄。

一个冬天的夜晚，这让我想起师傅丈夫出车祸的那个夜晚。不过，这次师傅的语气显然比上一次更加令人不安，她说："你快点过来。出大事了。"已经是夜里九点，我知道她回了市区，快下班时她让我在办公大楼下等着她，她把她家里的钥匙交给我，嘱我好好写作，她回市区给母亲做寿。她笑着说："我妈今年六十了。不知道我活到她这个年龄会是什么样。"她轻松的样子不像是要发生什么大事的前奏。

　　我赶到她家里时她并没在家，家里只有她的小外甥，正抱着小猫，瑟瑟发抖，我问了半天，他才断断续续地说出他们已经去了医院，他姥爷摔了一跤。去往医院的路上，我也没有意识到问题的严重性，开车的小张以前也是师傅的徒弟，他还埋怨师傅小题大做。

　　医院里哭成一团，师傅的酒鬼父亲，已经告别了人世。我没有看到他躺在那里的情景，我只看到了蹲在走廊墙角的师傅，她蜷缩着身体，比一只受伤的小猫还可怜。她看到我，眼泪才流下来，只说了一句话："我害怕。"

　　她父亲死了。送到医院的那一刻停止了呼吸，喝得烂醉如泥的他顺着楼梯滚了下去，脸都变了形。他不是自己摔下去的，"我也是疯了，我就那么轻轻一推，谁知道他的身体像是一个空壳，像是空气似的，那么轻，那么没有重量，就像是一个板凳"。具体的细节是在她母亲多次的言谈之中拼凑出来的，她自己始终不肯去回忆当时的情景，她说她宁愿那个摔下去的人是她自己。在记忆中还原的事实是这样的，最先疯狂的是她的父亲，为母亲祝寿的酒宴还未结束，父亲就开始殴打母亲，他不知道哪里来得那么大的劲，他把师傅母亲的头上打出了血，可是仍旧没有停止下来的意思。父亲向外拉扯母亲，拽出了门，仍然挥舞着拳手击打着母亲的头部和脸部。愤怒的师傅追出来，轻轻一推，就像她形容的那样，父亲就像一只板凳一样滚落而下。最让师傅感到痛心的是母亲的反应，满脸是血的母亲第一反应是狠狠地推了她一把，大声吼道："谁让你多管闲事。"

　　师傅，她三十七岁的生命到此画了一个大大的句号。因为过失杀人，她获刑五年六个月。怨恨像是夏天的野草，师傅的母亲一直不愿意去见她，当我去劝说她时，我看到她和那个被师傅叫作杨叔叔的老头在一起，他们俨然是一对和睦的老夫妻，她的头发明显地白了许多，"她的心理负担很重，不吃不喝。她需要你哪怕去见她一面，什么都不说"。我这样劝解她。杨叔叔也在一旁帮腔，她心动了，答应了我。我兴高采烈地给师傅拍了一个电报，告诉她，下个月的十三号我和她母亲一起去看她。不知道师傅看到电报的心情如何，我是感到宽慰的，我甚至在设想着她们相见时感人的场景。和我在小说里写得一模一样。

那个月的十三号，坐在去省女子监狱的长途公车上的只有我一个人。车窗外的风景灰秃秃的。师傅的母亲临阵变了卦，不管我说什么，她都紧绷着脸一言不发。后来还是杨叔叔无奈地对我说："算了，也许时间能改变一切。"

师傅看到我时，脸上惊讶的表情一闪即逝。她没有问母亲的事，我也没再提。仿佛我没有给她拍过那样一封报喜的电报一样。

我把刚刚写完的长篇小说《全家福》递给她，师傅问我带稿纸了吗。我一时没明白过来，问师傅要稿纸做什么。师傅说，我在这里面也是闲得无事，我一边看，一边替你抄写，你不是说我的字好看吗？我鼻子酸了，我有心劝她别再替我做这些事了，可是看着她期待的目光，我说出口的是"好吧，我回去给你寄过来"。

在随后的两个月时间里，她几乎每两天就会给我写一封信，信里什么都写，写监狱里的女犯人，写院子里那棵杨树，写抬头看到的不完整的天空。她就是不写自己，在她的信里，我想找到她的影子，我发现，她不过是两只眼睛，而她的思想，她的灵魂，都在那不完整的天空中飘荡。两个月后，她抄写好的稿子清清爽爽地摆到我面前时，我脑海里一下子就想到了我初次见她时的情形，那个长发披肩、手拿火红而明亮的安全帽的师傅，那个风姿绰约的师傅。

后来我调离了炼油厂，多半是因为我不想再看到那些装置，那些检修的场面，一看到它们我就会心痛地想到监狱中的师傅。十几年过去了，我仍然不知道，我是不是懂得师傅，是不是懂得师傅这样一个女人。她的风花雪月，她的劳模风采，她的监狱人生，在我的梦里，始终搅和在一起，无法分清。

在师傅刑满即将释放的那年，我意外地碰到了杨卫宁，师傅曾经的小姑子，她来申请加入省作家协会，她是个诗歌爱好者。她看到是我，先是愣了一下，继而笑容可掬："你在这里工作呀。"她急迫想成为作协会员的心情使她对我畅所欲言，她甚至提到了我的师傅，她以前的嫂子："我听说了她的事，唉，真是可惜。其实她心眼不错的，就是太水性杨花，你说一个女人如果太随意了，那还能有什么好下场。"看来这么多年过去了，对于师傅固执的看法仍然没有改变。

我苦笑了一下。

她继而神秘地向我透露了另外一个令我震惊的信息："这件事，我本来想烂在肚子里，一辈子都不说的。但是谁让我遇到你了。谁让我有文人的悲悯情怀呢。你知道吗，其实这么多年她都背着一个沉重的黑锅。她自己看不到，我看着呢。当年我弟弟出车祸的事情你还记得吧。我们全家都把责任推到了她的身上。因为她的名声不好我们早就知道，那天晚上，我弟弟是和她吵了一架负气离家的，然后他出了车祸。所以顺水推舟，让她穿上道德的审判衣，没有什么可指责的。她四处拈花惹草是个公开的秘密，但是有另外一个秘密，除了你师傅，我们全家都在小心谨慎地保护着。那个秘密是有关我弟弟的，他们两人的婚姻早就名存实亡了。我弟弟在外面有一个女人，姓袁。女人还给他生了一个儿子。那个胖儿子当时已经七岁了，我和妈妈去看过，他和我弟弟小时候一模一样。我妈特别喜欢他，私下里给了那孩子不少钱。再说那天夜里，我弟弟和你师傅大吵一架，然后出了门，他和小袁母子去国际大厦吃了饭，我弟弟还喝了点酒，然后开车回他给小袁买的房子，就是在路上出了车祸。最先赶到医院的是我，我弟弟还有一口气，他吃力地拉着我的手，嘱我一定要把他的儿子带大，他没有提你师傅。小袁也在车祸中去世了。只剩下那个孩子。他此后一直跟着我生活。现在已经上了初中。"

我疑虑重重："为什么不告诉我师傅真相？"

杨卫宁叹了口气："告诉她又有什么意义呢？活下来的孩子才是最重要的。"

"那你知道从那以后，我师傅一直就被赎罪感压得喘不过气来，它比一座大山还重，这件事改变了她的性情，连生活轨迹都因此而改变了。你们不觉得这对她不公平吗？"

杨卫宁说："我觉得生活对谁都是一视同仁的。你觉得那之前的冯荃衣的生活是正常的吗？虽然炼油厂离市区那么远，可是她的那些风流韵事我都知道。如果说那件事给她带来了什么影响，那也是正面的，我就不用说了，她成了劳模，上了报纸、电视，到处去演讲。有一次，她还给我寄了两张门票，让我带着我妈去大会堂听她演讲。你说这样的改变对她不是更好吗？"

我无言以对。我没有权利指责任何人。

我一直承受着巨大的压力，拿不定主意，是不是要把杨卫宁所说的真相告诉她。一直等到她要出狱的那天，我借了辆车，很早就出发去女子监狱，平时只需两个小时的路程，我走了六个多小时，到达时已近黄昏了，夕阳挂在山尖处，就要被刺破。黑暗就躲藏在它的身体之中，它一整天的美丽、光彩夺目，似乎都在酝酿着一个阴谋，让无尽的黑暗如魔鬼般汹涌而出。

师傅肯定已经在那里等了许久，因为我说过要来接她。在夕阳中，她的眼睛是红的，多出来的皱纹是红的，连她的笑容都是红色的，她笑着说："我已经等了五年，你还要让我等多久？"

她的笑容一下子让我释然了，那一刻我决定把往事放下，我突然感觉到黄昏中天地是那么宽，我手里拿着师傅最后戴过的那顶红色、鲜亮的安全帽，把安全帽端端正正戴到她头上，我说："师傅，不用等了，就现在，检修开始了。"

当代中国最具实力中青年作家书系

丹麦奶糖

　　开车经过大门口，门卫曲辰挺直腰板，恭敬地向我的车行了一个军礼。看到他，我突然想到了皮包里放了几天的那盒丹麦奶糖，便摇下车窗，从包里拿出那盒糖扔给他。那是个精致的圆形铁盒，上面印着最著名的美人鱼雕像。他诚惶诚恐地接过去，又行了一个军礼。

　　这盒奶糖是数天前收到的。寄件人那一栏是空白，没有姓名和地址。外包装上全是英文，我拿出英汉词典，研究了半天，才明白是产自丹麦的奶糖，随手把它放在包里。时常会有这样的情况，莫名地会接到一些茶、土特产之类，往往很快就有人短信或者微信告知，这是他的一番好意。一般我都会接受。可一连几天，这盒奶糖却一直无人认领，这倒出乎意料。

　　我把奶糖交给了曲辰，我相信，这二十年里，他没有见过外国糖果，他一定喜欢北欧的口味。曲辰其实是我的大学同窗，大学时期我们志同道合，情如兄弟。这一年，因为成就突出，我开始享受政府特殊津贴；这一年春天，曲辰刚刚告别监狱。

一个多月前，我和肖燕站在监狱门口，看着曲辰从大铁门里出来，产生了某种错觉，像是回到了二十多年前，我和肖燕站在兰州大学的门口，看着最后一个豪迈地走出大学校门的曲辰。那个时候，在即将踏上社会的曲辰眼里，世界就像是一个等待他去收割的广袤的田地。时光流转，此刻的曲辰明显苍老许多，颓废许多，他看上去要比我大五六岁，抬头纹像是被刀子随意刻上去的。阳光其实并不强烈刺眼，他却下意识地眯起眼睛。我们相互拥抱，并流下了相对复杂的泪水。

　　在车上，我寄语曲辰："出来了就从头再来，好好混出个人样。"

　　肖燕一反常态："先别说理想和未来，先解决吃饭穿衣问题吧。"

　　曲辰吐了一路，把胆汁都吐出来了，期间我们还把车停在路边，等着他还神。他说他看见自己的魂儿被这辆汽车带走了，他蜡黄着脸，摩挲着车的座椅，问我这是什么牌子的汽车，他好像记得他们监狱长就有一辆这种汽车。肖燕告诉他是迈腾。曲辰感叹说，他进监狱前坐过的最好的车是桑塔纳。他问我，现在还没有这款车。我拍拍他摇晃的身体："老曲，还有。不过二十年，时代还是这个时代，没有任何变化。"

　　实际上，在随后的生活中，曲辰会日益感觉到，对他来说，这句话不过是安慰他而已。

　　一九八九年夏天，我们仨从兰州大学毕业后，一起分配到石家庄工作，他的梦想就是做一名无冕之王。他的梦想是最早实现的，他得到了命运之神的垂青，按他的意愿被分到电视台做新闻记者。他生命中最闪光、最值得骄傲自豪的，都集中在最初的那几年时间里，他拼命地工作，努力地付出，经常加班加点，很快他就脱颖而出，成了电视台的主力，年纪轻轻就做了新闻部的副主任。更让我羡慕不已的是，没两年他就神秘地向我们宣布，他恋爱了。那个叫孟夏的姑娘经常在电视屏幕里出来，主持《影视大世界》，他嘚瑟得要命，对我和肖燕千叮咛，万嘱咐，要我们一定每期都要看孟姑娘的节目，每次他打电话过来，印证我们是不是履行了承诺时，我都敷衍他，说看过了看过了。最不可理喻的是，他非逼着我们说出观后感，当我正犹豫地想说点什么来应付他时，他却迫不及待地、略有激动地说出他的观感。那长长的观感让我昏昏欲睡，而他语无伦次的声音，却能让我想象得出他手舞足蹈的样子。我从来没有面对面地接触过孟夏姑娘，也没见过他们俩成双成对在一起，在我的印象中，那个年轻貌美的姑娘，只适合出现在电视里，而不是我们真实的生活中。曲辰却生活在半虚幻半现实的现实之中。所以，某一天，当我在炎热的广州出差，竟然接到了他的长途电话，摊派给我一个匪夷所思的任务时，便没有什么大惊小怪的了。我都不知道他是怎么打听到我住在哪家宾馆，房间的电话号码的，他几乎是对我下达命令，要求我必须替他买五斤荔枝，他特别提示我，孟夏超级爱吃荔枝。二十世纪九十年代初，在北方，荔枝还极其罕见。当我坐在拥挤的火车上，小心地看护着那一包荔枝时，突然就想到了"一骑红尘妃子笑，无人知是荔枝来"那句诗。在曲辰眼里，孟夏简直比杨贵妃还珍贵。

就是这样一个爱吃荔枝的姑娘，却让爱得疯狂而执着的曲辰，在命运的波涛中翻了船，落了水。一九九五年的冬天，大雾时常光临这座北方城市。河北的省会石家庄，萧条，灰色，没有一点现代化的气息，从曲辰工作的电视台向南走一百米，就是一片一望无际的麦地。那之后一年，北国商城才开业；那之后两年，石家庄地标性建筑电视塔才开始建设。雾和曲辰后来一直纠缠在一起，留在我的记忆里，是因为出事那天，是一个雾锁全城的夜晚。肖燕先得到的消息，第一时间里，他想到的是打电话给肖燕。我骑着自行车，赶到电视台的集体宿舍时已是午夜时分，肖燕先我一步赶到，此时，曲辰正蜷在床上瑟瑟发抖，我闻到了一股浓烈的酒味。那个雾气弥漫的冬夜，曲辰前程似锦的生命黯然跌落，梦想从此消失。据曲辰的描述，那天夜晚，他在外面与人喝了酒，回到电视台集体宿舍时，听到对面主持人孟夏的宿舍里人声鼎沸，原来是一个陌生的男子在为主持人庆贺生日。他怒气冲冲地冲进去，责问主持人时，孟姑娘却勃然大怒，毫不客气地让他出去。曲辰灰溜溜地回到宿舍，越想越生气，等他再次闯进主持人的宿舍时，手里拿着一把很小的水果刀，那是在兰州买的。就是这把不起眼的水果刀，要了那位陌生男子的命。愤怒冲昏了曲辰的头脑，刀子被他疯狂地挥来挥去，最后捅进了男子的大腿。曲辰复述时，故意漏掉了那个男子的身份，后来我们才得知，那个男子是位大学老师，主持人孟夏的男朋友。男子被送到医院后不久就因失血过多咽了气，因为刀子扎破了他的动脉。那是一个难熬的夜晚，曲辰完全傻了，他还不知道那个无辜的年轻人已经躺在几个路口之外的市三院的太平间里，他一语不发，静待着命运的夜晚快速地逼近。天还没亮，警笛声就在电视台大院里响起来了。他被带上警车的最后时刻，含泪叮嘱我，要我替他照顾双目失明的衡水乡下的母亲。

曲辰被判死刑，缓期执行。二十年来我遵守了我的诺言，定期去看望他的母亲。而曲辰，如果不是自己的原因，在第十五年就能够出狱，死缓后来改成了有期徒刑。但是在临近出狱时，曲辰却试图越狱，延长了自己的刑期。又过了几年，他又涉嫌袭警，再次人为地延长了刑期。他害怕从监狱里出来。这一次，当他再次想法赖在监狱里时，没有得逞。

出狱回城的车上，我问曲辰是不是回老家去看望一下老母亲。曲辰坚决而悲伤地摇摇头："我哪有脸去见她，就当她老人家没我这个儿子吧。"

在酒店里给曲辰接风洗尘。曲辰却一滴酒也不喝，这就让气氛有些压抑，他显得犹豫，目光躲闪，连他以前最喜欢的鱼香肉丝也不敢轻易动筷子。人显得颓废，没有自信。肖燕问起他对未来的想法，曲辰万分沮丧地说："不知道，我本来是想一辈子都躲在监狱里不出来，不见亲人，也不见你们。可是不知道哪儿出了问题，我尽了力，可他们说什么也不让我在里面待着了。"

我张了张嘴，本来想告诉他，我与第二监狱的监狱长是省委党校的同学，我送给他一幅著名书法家的书法作品，才换来没有对曲辰再次袭警追加刑期。肖燕偷偷拉了一下我的衣角，我便作罢。

曲辰无法预知和谋划他的未来，这和二十年前那个意气风发的年轻人已经不是一个人，他可怜巴巴地看看我，又看看肖燕，说："反正我无处安身，你们要是怜悯我，就给我一口饭，如果有下辈子，我做牛做马来报答你们。"

他的话让我和肖燕心情很糟糕。半夜，肖燕从噩梦中惊醒，她把我推醒，问我为什么曲辰会变成这个样子。我打着哈欠说："如果你在监狱里待上二十年，还不如他呢。"

大学时期，曲辰是校园里的明星，校学生会的主席，深得女生们的喜爱。肖燕也是其中之一。她说她从曲辰的身上看到了年轻时革命领袖的影子。但是她却没有选择曲辰，而是在大学最后一年接受了我。她明白地告诉我，曲辰强大的外表下隐藏着内心更加强大的不安。这一点不知她是怎么看出来的。

"你打算怎么安置他？"肖燕问。

"他要想有什么大的作为已经不可能了，我相信他自己也明白这一点。"我想了想，突然脊背上发凉，谁也无法保证，什么时候，你的生命就停留在某处，虽然躯体存在着，却已经失去了任何意义。

肖燕甚至比我还要悲观，她说："也许我们真的不应该费这么大劲，把他弄出来，也许他已经不适合这个社会了。"

"在外面总比里面好。"我说。其实我们还没有做好充分的准备，让他如何融入这个已经完全不同的世界中。

"谁知道呢。"肖燕忧虑地说。

我给曲辰找的第一份工作与他的经历有关，在一家婚庆公司做摄像。可是只做了两天他就不去了，我问他为什么，他低着头，憋了半天才说："人多，太热闹。"他是羞于见人，不想抛头露面。第二份工作他倒是比较满意，在社科院当门卫。我每天从大门口经过上下班时，他都从门卫室里的椅子上站起来，毕恭毕敬地向我敬个礼。后来我就对他说，不要那样，我又不是什么大领导。他答应得好好的，可我再从门口经过时，他一如既往。后来我就懒得说了，慢慢地，对他这个动作也就习以为常了。

曲辰像是一个外星人一样，出现在我们的生活里。除了在我单位看守大门，他整天猫在我借给他的那套房子里，害怕和人打交道。为了让他早日适应这个全新的社会，我尽量让他多参加一些聚会和活动，对于我的安排，他没有拒绝。

我拉上他参加朋友间的私人聚会，都带着家属，而我是三个人——我，肖燕和曲辰。介绍曲辰时，我丝毫没有隐瞒，告诉他们，我大学同学，刚从监狱出来。省二院的副院长刘同取笑我，说我真会开玩笑，搞社会科学的人就是比他们更能想象。他是个心血管专家，他说："不像我们，太实际，不浪漫，盯着的就是那些红红的血管，看它是不是堵塞了，是不是需要把它给疏通了。哪像你董所长，这么会编故事，做评论，把人生弄得像一出戏。"

曲辰真诚地补充说："今天是我出狱的第二十天。"

大家一哄而笑。酒席间曲辰照例是沉默不语，滴酒不沾，看着大家笑。不管爱说笑的刘同怎么劝，曲辰也不喝一口，弄得刘同很扫兴，他大声说："你说你是从监狱里出来的，你就讲讲监狱里的故事，给我们听听。"

曲辰看了看我。我挥挥手："讲讲讲，我还没听过呢。"

曲辰正襟危坐，真的一本正经地讲起他在监狱里的事情。曲辰不说话则已，一张嘴就吸引了大家，他说了同监号的一个男人的故事。

"我说的这人姓张，比我晚进去十年。我开始以为他比我大十几岁，后来才知道他其实比我还小五岁。他犯了强奸罪，他逢人便说他是被冤枉的。可是没有人信他的话，只有我肯听他的。前几年，有同他类似的案子出现逆转后，他十分兴奋，他觉得自己也看到了希望，每天都看报纸，看电视上的新闻，指望出现奇迹。"

实际上，除了肖燕，没有人太认真地听他的话。在他讲述的过程中，我们照样互相转圈敬酒。大家完全忽略了这个讲述者，他的讲述也有点孤芳自赏的意味。连最先的提议者刘同在和我喝了一杯酒后转头问曲辰："谁强奸谁了，谁又进了监狱？老董，你这位朋友是不是一位受人尊敬的作家，真会编故事。"

曲辰对刘同露出一副讨好的笑脸。

回到家里，躺在床上的肖燕表达了对我的强烈不满。她说我不应该那么对待曲辰："在你那帮朋友面前，曲辰就像是一个被围观的猴子。"

喝多了酒的我头重脚轻，只想睡觉，我吃惊地说："你怎么能这么想？我都是为他好。让他早日融入正常的生活之中，要不他以后怎么办？"

肖燕说："不对。二十年前，我们是平等的。每个人的生活都是自己设计的。而现在，当他一出来，他就低人一等，生活需要别人来设计。他学会了看人的眼色，揣摩别人的心思。而你，你们，其实已经居高临下……"

我没有听完，便睡着了。

从那次聚会后，在对待曲辰的问题上，我与肖燕渐行渐远，她也拒绝出席类似的活动，她不认为这些做法对曲辰有益。好在曲辰并没有感到厌倦。当他能从倾听者眼中看到一丝的等待或者期盼，他的内心就得到了巨大的满足。

还有作家诗人们的聚会。

这是我最基本的生活圈，文人们的圈子。每个人都有一个相对固定的圈子，这个圈子里的人互相喜欢，互相讨厌；互相欣赏，互相猜忌；互相排挤，也互相利用……面对他们我游刃有余，如鱼得水。我喜欢那种被众人推崇的感觉。这一次，曲辰讲了另外一个狱友的故事，一个失手杀掉自己妻子的男人的忏悔。他说，那个狱友天天想着在外面的两个儿子，不知道他们会变成什么样子。说者无意，听者有心。就是那次不经意的聚会，诗人何小麦被曲辰这个人以及他的故事，深深吸引了。她是报社的记者，诗人的气质加上职业的敏感，让她心潮澎湃，她说她一夜未眠，曲辰的故事激发了她的灵感，她诗兴大发，第二天她特意请我去喝了咖啡，希望我答应让她采访曲辰。我说："你可以自己去找他呀，我又不是他的经纪人。"

何小麦说："董老师，我看他好像很听你的话，没有你恐怕不成。"

"他现在是自由身，我又不是监狱长，他不用任何事都向我汇报。"我虽然嘴上如此说，却有些小小的得意。

我把女诗人的想法说出来后，曲辰果然犹豫地看着我："你说答应还是不答应？"

我笑笑说："这是你的事，你自己拿主意。不过，这也是你全面了解社会的一个渠道，你得多和人交流，沟通，我看可以试试。"

"仙生，你说行就行。"曲辰诚恳地说，"只是我有一个疑问。"

"说出来听听。"

"我讲的故事都是社会的一些阴暗面，这些人也都是杀人越货的坏人，为什么她会对这些感兴趣？我记得以前这些人是会被人所鄙视所唾弃的，是反面典型。"曲辰眉头紧锁。

我试图向他解释时，感觉自己就像是这个时代的代言人一样："时代在变化。单一的思维模式，单一的对事物的判断，现在都已经失效了。"

"那么，这是好还是坏呢？"曲辰问了一个非常尖锐的问题。

我没想到，他的思想还是那么直接，那么天真："我没法给你答案，你自己去判断吧。但是我提醒你，你的思维得跟得上时代，不要再用二十年前的思想去评判一切。"

曲辰忐忑地去赴女诗人之约时，我却又收到了一盒一模一样的丹麦奶糖。这样的事情重复两次，我便提高了警惕。暗自倒吸一口凉气，到底是谁在给我不断地邮寄同一件礼品？什么原因？这一次我给予了足够的重视，认真仔细地查看了所有的蛛丝马迹，快件寄自本市，寄件人做得很巧妙，只有收件人的地址和名字，其他的无迹可循。坐在会议室里，这盒奶糖让我心神不宁，思想本能地向不好的方向滑行，和我坐在一排的科研处处长老焦冲我笑了笑。那一笑也让我感觉很暧昧。老焦和我是同事，又是潜在的对手，我们俩都是副院长的有力竞争者，彼此见面都十分客气，甚至还互相恭维几句，但谁都心知肚明，对方不是那个能坦诚相待的人，都在暗暗较劲，我在自己的事业上一路狂奔，而他已经修炼成一个职业的官僚，据说他已经攀上了某省委副书记。我一直自信自己的专业能力，不屑于搞这一套，觉得还是得靠实力说话，他是个外行，丝毫没有业务水平和能力，凭什么与我相抗衡？我也冲他点点头。那一刻我突然联想到，奶糖与他有关？他要给我某些暗示还是什么？一想到此，我的神经立即绷紧了，再次把目光转向他，老焦却装作很认真地在本子上记着什么。也许是我心理起了变化，看他时的感觉便不一样。

那天晚上，当肖燕提到要去北戴河时，我有些心不在焉。这几年，肖燕成了一个梦想破灭的人，她心绪很差，时常感到不安，对现状越来越不满，牢骚满腹，对社会上的任何事情都看不惯，对我，也是不断地流露出不满。她越来越固执地怀念起以前的梦想，想着重温旧日时光，每年的夏天，她都会安排去北戴河的行程，因为大学时期，我们俩就是在北戴河的鸽子窝确立的恋爱关系。在那里，我们恋爱，是因为我们从对方身上看到了对美好事物的向往，看到了未来明确的目标，梦想仿佛就在我们憧憬的前方等待。在鸽子窝，我们看着海鸥飞起落下，就像是海鸥想飞得更高一样，我们互相表白着对美好的前景的向往。我要成为一位像马尔克斯那样的作家，而肖燕，只想做一名教师，像她的妈妈那样，桃李满天下。肖燕越来越想念那个地方，她说，真实的我们留在了那里。只有回到那里，短暂地忘记现实，她才感觉到内心的安宁。

当她再次提起去北戴河一事时，我有些敷衍了事地哼哼了一声。肖燕推了推我："你哼哼是怎么回事，到底去不去？"

"去吧。"我说。

"你要是不情愿，你就说出来。"肖燕生气地说，"我就看不惯你这样。你看看你现在什么样，心里想着的都是什么？"

我说："什么呀？人生不就是如此吗？"

"真的是如此吗？你的官位，你的社会地位。除了这两样，你还有什么？"

我辩解道："这不是一个男人成功的标志吗？你以前不也是这么认为的吗？"

肖燕翻了个身说："反正我不喜欢。我感觉不像是一个有个性的人，而是被驯化出来的产品，好像这个社会是个庞大的机器，专门生产你们这样的人。你和那些人一样，留恋自己的成绩，沾沾自喜，喜欢被捧上天，有天生的优越感，觉得这个时代就是你们的。你们变得自私，高傲。你们更像是守财奴，固守着自己的那份累积起来的财富，守着自己的已经获取的地盘，小心翼翼地看护着它。容不得别人觊觎，容不得别人批评，容不得被超越，容不得被遗忘。有时候，当我教育学生，让他们畅想他们的未来，当有学生说起想做你们这样的人时，我都觉得心虚。"

"你有些牵强附会了，那你告诉我，我应该怎么做才算是一个成功者？"我反问她。

梦想早就破灭的肖燕一时语塞，支吾着："我不知道。我真的不知道。"

肖燕的话并没有在我的思想中起什么化学反应，有时候我感觉自己根本停不下来，没有时间思考自己是个什么样的人，自己要做什么样的人。就连曲辰，这样一个彻底失败的人，他也没有充分地认识自己，在去往师大的路上，我问坐在后排的曲辰："你能认识你自己吗？"

曲辰犹豫着不知如何回答，出狱之后的曲辰完全是一个陌生的人，早就没有二十年前的坚毅和果断，这很正常。我说："你实话实说，怎么想的就怎么说。"

他试探着说："说实话，我白活了这一生。我为自己的冲动与不理智付出了一生。"

"你后悔了？"

"不是后悔，是忏悔，我一直在忏悔。"他低声说。

我接着问："你还有梦想吗？"

"梦想？"曲辰笑了，这是我第一次听到他的笑声，"早就没了。从那天晚上就结束了。我以为我会在监狱里待一辈子，会在无数个夜晚，仰望夜空，跟随着月亮的移动，想象月光照在高墙之外的情景。"

我试图想和曲辰回忆一下我们在大学时期对未来的憧憬与畅想，可是想了半天，我也没有想出来，便打消了主意。

在门口正好看到曲辰要下班，我问他，想不想去大学校园里看看。曲辰眼睛里闪现出一丝的期待。我说，今天要去师大有一个文学讲座。也许你能从那里的气氛中找到一点当年梦想的影子。我相信，已经出狱的曲辰不会就这样沉沦下去，他内心深处仍然有未能燃尽的梦想的种子。他忐忑地坐在我身边，问我，我出现在课堂里会不会格格不入？我说，你放心，他们不会关心你，不会去无端揣测一个陌生人，他们的的注意力只在我身上。曲辰说，谢天谢地。

师大博物馆前竖着一块大大的广告牌，上面有我的大幅照片和介绍。曲辰羡慕地说："你看上去像我们大学时教我们民俗学的柯杨教授，很有学者气质。"我说："你要是奋斗到今天，也一样。"曲辰低头不语。

报告厅里挤满了学生。我一进去就看不到曲辰了，后来我在讲座时看到了他，他在最后一排的边上。我讲座的题目是《哈姆雷特与我们》。我讲的是我们在现代社会中的焦虑与不安，讲了我们与哈姆雷特遇到同样的命运抉择时的软弱无力感。实际上我的讲座部分地借鉴了肖燕对于我的批判，但是仅此而已，当我在说这个十分尖锐的问题时，我根本没有意识到，我是在说我自己，我感觉我说的那部分人，他们在芸芸众生之中，他们与我无关。

我的讲座不断地被学生们的掌声所打断。这份热烈坐在他们中的曲辰也深切感受到了，所以当讲座结束，当我开车行驶在槐安路上时，曲辰仿佛还能听到教室里的掌声，他说："你不是问我有什么梦想吗？我坐在学生们中间，听着你游刃有余地从莎士比亚讲到鲁迅，从卡尔维诺讲到《水浒传》，我似乎意识到，这好像曾经是我的梦想之一。他们好像在我的生命里也曾经那么清晰，那么逼真，那么令我感动。"

"做一个有良知的记者？"我试探着问他。

他若有所思："没有那么具体，就是这种感觉。"

"现在还会有吗？"我追问他。

他躲闪着我的问题："现在？我从来没想过，对我，可能有点太奢侈了。"

我掏出那盒奶糖，递给他，他说："我已经有一盒了。"

我笑着说："这又不是梦想，你紧张什么。"

他接过来，借着外面闪过的灯光看了看："和上次的一样，我一直想问你，这是什么东西？哪个国家的？我早就把英文忘掉了。"

"丹麦的，奶糖，我相信比大白兔好吃。"我说，"丹麦你不会忘记吧？"

"安徒生的老家。"曲辰说，"童话的故乡。我在监狱里只看一个作家的书，就是童话，安徒生的每一个童话我都能倒背如流，有时候我还会给狱友们讲。而且能让他们感动得哭了。"

"童话。"我想了想，对我来说，读安徒生已经是二十多年前的事了，那些故事的细节我都快想不起来了，"也许你可以与我的研究生一起做个讨论，题目我再想想。"

曲辰百般推辞，他直言自己会很紧张。我鼓励他，当年你也是中文系的才子，就这么定了，这是个很好的课题。我接着说："科研处的焦处长你认识吧？"

曲辰想了想："是不是那个戴假发套的焦处长？我给他办公室送过快递。"

"对，就是他。"我看着他说，"我需要你再去送快递的时候帮我一个忙。"

曲辰毫不犹豫地说："我肯定要帮你的。"

我伸出右手拍拍他："关键时候还是好兄弟最让人放心。我实

当代中国最具实力中青年作家书系

话给你说，现在他和我是竞争对手。我们俩要竞争一个副院长的位子，任何风吹草动都可能改变最后的结局。你手里的这盒奶糖，为什么会有两盒，连我自己都搞不清。"我把我如何收到奶糖，如何疑虑重重，一股脑儿地告诉了曲辰。

曲辰说："仙生，奶糖是好东西呀。有人给你送这么好的东西，是多么美好的一件事呀。"

我忧心忡忡地说："你不在我的位置上，你没有腹背受敌的感觉，你体会不到有什么事情会发生在你身上的某种不祥的预感。所以你不可能了解。小心一些总是好的。我怀疑是老焦在背后搞鬼。我需要你能够找到写着他的字的东西，本子呀，信件呀，等等，只要是他手写的字，我想辨别一下，是不是他。"

"你是不是太多疑了？"曲辰小心地问。

"我知道自己多疑，但它让我感觉到安全。"

曲辰显然还没有意识到这项任务对于他的难度，没有意识到，在他思想的深处，还有另外的一条线在牵着他。他拍拍自己的胸脯，赌咒发誓说，没问题，保证完成任务。

讲座后我便去上海出差，参加一个关于文学的传承的研讨会。开完会后我没有直接回来，而是应作家胡克之邀去了趟黄山。等我回到石家庄时已经是一周之后。一进办公室，看到了一堆信件、快递之中最醒目的那一个，外包装都是一样的。我不禁倒吸了一口凉气，看来，这个寄件人真的是很有耐心和恒心，他究竟要干什么，他在考验着我的神经，我的耐心。又是丹麦奶糖。我抄起电话打到了门卫。今天当班的不是曲辰。而且，据门卫李师傅说，曲辰已经有两天没来上班了，说是请了假，不知去干什么了。我来到曲辰的住处，这套建于二十世纪八十年代的房子，是单位分给我的，一直空着，现在成了曲辰的容身之处。家里没人。他手机关机，我联系不上他。

晚上回家，肖燕很晚才回来，她一进门就喝水。喝完水才说："你知道我今天干什么去了？"

我翻了翻白眼："你还能干什么，上课呗。"

"No，"肖燕说，"我今天请了假，带着曲辰去找人了。"

我疑惑地看着她。

"你还记得上次吃饭时他讲的那个故事吗？"她坐下来，"就是和刘院长他们吃饭那次，他讲的那个强奸犯的故事。"

我摇摇头。

"你呀，只记得你那点事，什么名呀利的，别的一概进不了你的脑子里。"肖燕说，"就是那个自认为被冤枉了的男子。曲辰也觉得他有冤情。他出狱时答应那名狱友，替他找到当事人，帮助他解除他内心的痛苦。他说这是他出狱后最想做的事，就像当年怀揣的那些梦想一样。按照狱友的提示，他已经自己去找过那个当年的姑娘，那个当事人。可是没有找到，十几年了，街道变了，房子没了，人更不知道跑哪儿了。他向我打听老棉七的那栋宿舍，我是这土生土长的，那栋楼我还有印象。于是我请了假，带着他去找棉七的那栋集体宿舍。"

我轻声说："我不知道，他现在仍有梦想。但是，这梦想似乎……"

"似乎什么？"肖燕问。

"没有什么。似乎也不能算是梦想。"

"这怎么能不算梦想呢，这总比你那些虚名更真实一些。"肖燕不满地说。

"你们找到了？"

肖燕神情疲惫，目光炯炯："没有。棉七宿舍早就拆了。但是已经有了一点线索。"

我提出了自己的质疑："你相信他的话？"

"为什么不呢？"肖燕看着我，对我的疑问很是奇怪。

"你们把法律想得也太不堪了，太经不起推敲了，难道监狱里的人都是冤枉的？"

肖燕嗫嚅着："如果有这个可能呢？"

"曲辰这么想也就罢了，枉你作为一个人民教师，想法也和他一样简单。"我批评他们非常可笑的做法。

"我不同意你的说法。"肖燕反驳我，"你这是惯性的思维方式，你和大多数人一样，什么事情都是从自己的立场和利益出发，为什么不站在别人的立场呢？"

那个夜晚，我们无法达成一致的意见。我说服不了她，她对我也感到失望。

我说服不了肖燕，同样，我也没能阻止曲辰。我觉得应该制止他们这种不理智的行为。第二天我直截了当地告诉曲辰我的想法。曲辰为难地说："仙生，你就让我放手做点自己想干的事吧。你觉得我的人生还有什么意义吗？而这件事，我既然答应了小张，就要兑现我的承诺。"

"仅仅是兑现承诺吗？"

曲辰无助地说："或许是的。我觉得活得有点意思。"

我落败了，缴械投降。我不能再勉强曲辰什么。

我想起自己找他的目的："你答应我的事办了吗？"

曲辰一听我问这事，立即就明白了，他局促地坐在沙发上，挠着头："没，没有。"

"怎么回事？"我不禁有些气愤。一周过去了，他什么都没做。

曲辰站起来，摊开手："仙生，请听我说。不是我不守承诺。我也去过焦处长的办公室，我也有机会拿到你想要的本子，信纸什么的，可是我伸出手去，却突然觉得有些不对劲。我这才意识到，我自己的身份，我曾经的往事，我做过的错事。你可能不会觉得什么，可是那些事，像个尾巴一样，长在我身上，终究会跟随我一生。"

"那又怎么样呢？"我若无其事地说。

曲辰严肃地说："一想到此，我就停下了手。我犹豫了。我觉得又像是往错误的方向走。我陡地就想到那个错误的夜晚。我惊出了一身的冷汗。这一周我都纠结着，痛苦着，我向你道歉。"

我没有责怪他，他的想法可以理解，我让他坐下来，心平气和地与他摆道理："你想得太多了，这与你长期与这个社会脱节有关。你不大了解，现在是一个复杂的时代，你不能简单地把一件事定性为好还是不好，你得放在特定的环境或者特定的条件下去比较。就说这个事儿吧。也没有什么大不了的。人与人之间，就是这样，在怀疑，鉴别，揣测，辩解，确定之间来来回回，这就是丰富的人生与社会。"

"那为什么，当我想要去伸手时，还有一种深深的犯罪感？"曲辰忧虑万分。

我哈哈大笑："犯罪感？如果都像你说的那样小心谨慎，我们每个人都是罪犯了，你看看，不是所有人都活得比你好吗？"我安慰他说，没有人会把他的犯罪感当回事。"你看看老焦，干了多少你认为的坏事，可是他心安理得，照样官运亨通，事事如意。就拿我来说，我打过别的女人的主意，闯过红灯，进过歌厅，骂过人，给写得很烂的作家写过书评，要照你说，我该进监狱了？"

我与曲辰的谈心，不知道是不是产生了效果，但是结果是令人满意的，他在内心挣扎了数天之后，还是帮我拿到了老焦的一个笔记本。当那个红色的笔记本交到我的手上时，曲辰几乎是虚脱了，他说："这事以后还是别干了。"

那天，曲辰忧国忧民地和我谈了次心。

谈得不是我，而是肖燕。他叹口气说："肖燕变了。"

"她不再年轻了。"

曲辰说："我说的不是年龄，而是心理。她的内心世界以前是那么丰富，那么阳光，那么富有激情，充满幻想。可是现在都没了。"

我默然无语。日子一天天过来，我还真的没去想过，身边的妻子有什么变化。

曲辰接着说："我们俩去寻找那个女人的路上，她说起了孙尔雅。"

"谁是孙尔雅？"我一无所知。

"是她的同事，一个年轻的女同事，一个中学语文老师。"曲辰看着我，像是看一个怪物，他显然不了解，为什么，我会不知道肖燕想要说的一些事和一些话。

"啊。"我装作轻松地说，"孙尔雅。"

他接着说："孙尔雅是一个非常年轻的姑娘，研究生毕业后分到十五中做语文老师，和肖燕一个办公室。她业务很优秀，工作能力很强，已经独立带毕业班，也获得了不少的荣誉，可有一天她却突然辞了职，远赴云南勐海一个偏僻小山村去支教。她的举动对肖燕震动很大，走之前，肖燕曾经问过姑娘孙尔雅，问她为何选择如此的方式去挥霍自己的青春。那个姑娘的回答让肖燕一辈子都记得，她说，没什么特别的理由，就是在网上看到一张一个旅行人拍的那所山村小学的照片，便有了去教书的冲动。她很佩服小孙老师的行为，这让她觉得自己非常无能。她这种想法很奇怪呀。我觉得她很好啊。特级教师，十大名师。可她怎么就觉得自己是个理想幻灭者呢？"

我摇摇头："我也在想，这是怎么回事呢？"

曲辰说："我觉得你们俩很奇怪呀。你不告诉她糖果和老焦的事，她也不向你说心里话。我说仙生，你们过得是什么日子呀？"

我打哈哈说："没什么，仅仅是不想说而已。"

曲辰白了我一眼，继续说："不说你们了。真是看不懂，我也不想懂你们的事。你知道吗，肖燕请求那个孙老师，加上她的微信。现在，每天，你知道肖燕最快乐的是什么吗？"

我摇摇头。

"是看孙老师在微信上发的照片，有山村小学的一砖一瓦，有小学生们稚嫩而灿烂的笑容，有崎岖的山路，有湛蓝的天空，还有新长出的路边的小草。通过那个孙老师的眼睛，通过她的镜头，世界是那么的美好，而孙尔雅就是那个制造者。"

我低下头来，我想想象一下，通过曲辰向我描述的那个山村学校，可是我想象不出来。我的脑子里浮现的是一个笔记本，是一本党员学习笔记。这是曲辰经过漫长的思想斗争，从老焦办公室帮我拿到的。不得不佩服老焦，他很认真，形式做得非常过硬，字体刚劲有力。我坐在办公桌前，花了一个小时的时间来做对比，把快递单子上的字与他的字相比较，实际上我没有得出令自己满意的答案。字体并不相符。这让我长出了一口气。那个笔记本，我不再让自责的曲辰放回去，我对他有些担心。再一次开会时，我拿着那个笔记本，直接交给了老焦。老焦惊讶地看着我，我轻松地说笑道："那天开党支部会，我借了你的笔记，学习学习。你忘了？"我没理会老焦的表情，径直走开了。

　　刚开始的几天，我想问问关于孙尔雅的事，可是张了张嘴却不知从何说起，便放弃了。肖燕一直在翻箱倒柜地找东西。问她，她也不说，直到几天后她仍然是一无所获，才被迫问我："我那套《安徒生童话》你见了没？"

　　我很纳闷："哪一套？"

　　"一九八六年版的，上海译文出版社出的。绿皮的。三十二开的。一共十六本。"

　　"你要干什么？"我想到了曲辰的话。

　　"就是想找出来。"肖燕一边找一边回答。

　　我走到她身边，万分忧虑地说："我有些担心，你怎么越来越受曲辰的影响，你可知道他是什么样的人？"

　　肖燕不搭理我，继续找她的书，那套书还真让她找到了，在地下室的角落里。她如获至宝，兴奋地说："我不管你的事，你最好也别管我。我们井水不犯河水。"

　　那几天，她把那一本本《安徒生童话》捧在手里，像是看从来没有看过的童话似的，如饥似渴。时而激动，时而沮丧，时而欢呼雀跃，时而悲伤落泪。我对她说："太夸张了吧。"她根本感受不到我的存在似的，把我的话当成空气。

　　肖燕带着毕业班，这阻碍了她与曲辰的行动，但一遇周末，她不加班的状况下，基本都是她开车带着曲辰在这个城市里到处乱撞，他们在寻找那个消失在茫茫人海中的女人，他们只知道一个名字，叶晓青，连那个女人长什么样，在哪里工作，甚至是否还活在这个世上都不清楚。我挖苦肖燕说他们是大海捞针。肖燕说："就算是针，那也是个看得见摸得着的东西，它在那里，就不怕被找到。"令我惊奇的是，对任何事情都失去了热情、看破世事、牢骚满腹的肖燕却焕发了极大的热情。那不像是在寻找一个毫不相干的女人，而是在寻找她自己美好的过去。

曲辰，就像是被突然扔进来的一个人，他在不属于他的时代里，努力做着也不属于他的事情。我曾经问过他一个尖锐的问题："如果你们找到了那个女人，你们准备怎么办？"

事情很明显，有前因就得有结果。曲辰倒是很干脆，他不假思索地说："让她承认她冤枉了小张。"

我笑了："姑且不说你先是设了一个自以为是的前提，就是这个叫叶晓青的女人真的冤枉了小张。这个前提你已经认定它是真实的了。我不反驳你。你，还有肖燕都不会听我的。我只想知道，如果她不承认呢，你能怎么办？你不是法官，你不是警察，你连那个小张都不是，你完全是一个局外人，一个毫不相干的人，一个陌生人，你凭什么让别人信任你，让别人重新打开自己受伤害的内心世界？"

他的思维在此时显得异常简单："她会良心发现的。"

"如果这一切都是小张的臆想呢？"

"我不相信。"曲辰目光坚毅。

曲辰，因为专心地去做一件他认为正确的事情，而情绪高涨。所以当他兴致颇高地和我一起去酒店时，开始还没有意识到什么问题，当他看到迎接我们的老焦时，曲辰惊讶地直揪我的衣袖。酒席是老焦安排的，专门请我的。他战友的女儿要考我的博士研究生。战友的女儿姓黄，叫黄莺儿。刚坐下来我就冷不丁地问了一句老焦："你去过丹麦吗？"

老焦一直在防着我，可万万没想到，我竟然问这么一句，他还算反应迅速，稍一犹豫便说："没有，我倒是想去。你有机会让我去呀？"

我说："我要有机会我还去呢。"

姑娘整个酒宴过程中一直在给我倒酒。一个小时之后，我就喝得东倒西歪了。曲辰搀扶着我，我们走在灯火通明的槐安路边，万达酒店的霓虹灯像是飘在云雾中。那一刻，我感觉时光倒流，我们身处兰州，我们大学时期的那个内陆城市，而我眼前的车流与霓虹，像是在盘旋路，在兰州饭店，在黄河铁桥。而我和曲辰，那是第一次喝啤酒，第一次两人喝得需要互相搀扶着向学校走。就是那个醉醺醺的夜晚，曲辰向我透露着他的野心，他要成为一名伟大的记者，成为中国的法拉奇。苍茫的夜色中，他带着酒气背诵了法拉奇的名句："如果你生为一个男人，我希望你成为那种我经常梦想的男子汉：对弱者赋予同情，对傲慢者给予轻蔑；对那些爱你的人抱以宽宏大量的气度，与那些想支配你的人作殊死的斗争。"可是，这不是兰州，这是石家庄，距离遥远的兰州有二十六年。浓重的夜幕中透出来的是曲辰充满疑问的脸，他说："我真不明白，你为什么要和焦处长一起吃饭，我真的不明白，你为什么要答应他的请求。我以为你们俩是对手，是敌人。你们会互相提防，互相不信任。不会妥协，不会配合。我真的不明白。"

我说："你不明白就对了。因为你脱离社会太久了。这是一个你不明白的社会。如果人人都明白了，那还得了。我不能像老焦那样，江湖做派，什么事都整得跟金庸的小说似的。我是个文人，我得有文人的情怀，要大度，要宽广。这才显得我和他的不同。"

他不明白的事情还有很多，我答应了老焦，在第二年的春天让黄莺儿顺利地成为我的博士生。她成为我的学生的那天我问她，老焦是不是真的是她父亲的战友。黄莺儿说："是的，他们一起去过老山前线，在一个猫儿洞里待过。"

我信了她的话。

曲辰不喜欢女诗人何小麦。女诗人却很喜欢和他在一起，不管是出于什么目的。曲辰不止一次地向我抱怨，他不想和何小麦交往了。虽然她并没有把他看作一个刑满释放犯，没有戴着有色眼镜看人。这让他觉得跟她在一起没有隔阂，可她的某些兴趣和独特的癖好令他大伤脑筋，十分不适应。

她选择约会的地点令曲辰头疼不已。酒吧。越热闹，越喧嚣的酒吧越是她的最爱。而且喝一种叫威士忌的酒，黄黄的，加很多很多的冰块。每一次，她都要告诉曲辰，怎么喝威士忌才更有范儿，更绅士，用那种平底的玻璃杯，先把大块的冰块放进杯子里，再倒进去威士忌。她很能喝这种洋酒，每次都喝得不省人事，都是他把她送回家。

女诗人何小麦有几分姿色，离过一次婚。然后便不再结婚。她指着酒杯中慢慢融化的冰块说："你看到没有，这就是男人。"

曲辰不知道她所指为何，她的每一句话好像都是一首令人费解的诗。所以他都无法答话，继续听她作诗。

当他向我重复何小麦的话时，我能够想象得到，诗人何小麦的样子，因为我太熟悉她们和他们，熟悉他们表演似的人生。人世间，每一个人都是一个演员，有的人演给自己的内心，获得持久的安宁和平静；有的人太专注于自己外在的表演，收获着短暂的自得与喜悦，以至于忘记了到底什么才是自己真正的人生。

我说："她肯定会告诉你她的癖好，好显得她如此真诚，令你不得不把你的隐私和盘托出。"

"你怎么知道？"曲辰震惊地问。

我沉着地说："我当然知道，这是她惯用的演技。"

我似乎能穿透时间与空间，清晰地看到何小麦手托着酒杯，不停地转动着有黄色液体的酒杯，冰块与玻璃壁碰撞的声音被淹没在嘈杂的声音之中，她告诉曲辰："我收集男人的隐私。别想歪了，我不是垃圾桶，什么人的隐私我都感兴趣。我有伟大诗人的洁癖，我要让我的想象和文字被星光洗濯过，所以，我只收集两种男人的隐私，一种是成功的男人，他们的隐私更令大众着迷，因为这是他们向往的人生；另一种就是失败男人的，这一类人，不令人着迷，却让人痛恨，就像是吸食了吗啡。"

"所以你把自己都交给了她。连你如何失手杀人，你如何爱一个姑娘都说给她听？"

曲辰哭丧着脸："挺神奇的，她一个醉酒的人，好像毫不设防。我却什么都给她说，有问必答。你呢？"

我一愣："什么？"

"你和她在酒吧喝过酒吗？你尝过那种黄色的洋酒吗？关键的一点是，她问过你的隐私吗？"曲辰看着我，像是在说一句家常话。

我却心头一悚："喝过。但是没问过。"

"如果她问，你会说吗？"曲辰的想法很奇特，让我很不好作答。我赶快把话题岔开了："我们来说说童话吧。"

我带着三个学生，一个硕士，两个博士，她们全是女生。当我把我的想法告诉她们，说起曲辰对安徒生的热爱时，她们反应热烈，积极地出主意，献言献策，最后把此次课程的题目定为《童话与我们的生活》。她们一直在期待着这次不同凡响的讨论课。而曲辰还有些紧张。他完全不知道这节课要干什么，对他有什么意义。我劝慰他，你什么也不用干，你只讲你自己就成。

　　果然，开始时曲辰还局促不安，可是一讲到自己在狱中如何向狱友们讲述安徒生的童话，他仿佛就回到了那个特定的环境之中，他的讲述也不结巴了，流利异常。他绘声绘色，很会在讲故事中营造氛围，他向狱友们讲《跳蚤与教授》的故事的场景，被他巧言说出，竟然打动了我的那几个女学生。他是个讲话的天才，我听着他的讲述，也隐约看到大学时期那个能言善辩的学生会主席。

　　其实这节课的主角并不是他，他只是作为一个引子。他的讲述为这节课的讨论奠定了一个好的基础。在我的学生之中，系统地看过和研究过安徒生童话的没有。基本上都是看过一两篇。她们围绕着这节课主题展开的讨论非常激烈。

　　薛小会说："我们的生活不需要童话，我身边的人，从来没有听说谁还在看这一类的文学作品。对于我们来说，它是孩子们的专利。它是还未踏入社会的孩子们，对于未知的社会的一种幻想，一种美好的愿望。一旦我们告别了童年，我们便不再需要童话。我们需要的是直面社会，直面人生的勇气，因为社会不像童话中那么简单容易辨识，能让我们一下子看到哪个是好人，哪个是坏人。社会更复杂，也更凶险。"

　　黄莺儿说："需要还是不需要，这不是一个问题。关键的问题

当代中国最具实力中青年作家书系

是它还能给我们的心灵带来多大的影响。现代人的心灵是脆弱的，脆弱到只允许少数的、更简单的、更机械的某些东西来安慰，童话是这类东西吗？"

马悦说："童话基本的文学的属性是不会改变的。它教化社会，启迪人生。尤其是安徒生，经典是永远需要的。这要看我们现代人如何去看待它。"

……

讨论一直持续了一上午。结束后我请他们在饭店吃饭，我问曲辰："你觉得讨论得如何？"

曲辰满脸愁容，看看我，又看看我的学生们，他忐忑地说："实话说，我没听懂。"

我说："就你这句话，就是童话。"

我们的对话引得博士硕士们哄堂大笑。

已经是第四盒奶糖了。奶糖放在皮包里，皮包在汽车的后座上，可是那奶糖上的美人鱼像是从包里跑出来，在我眼前晃悠。奶糖令我心神不宁，浮想联翩，会是诗人何小麦吗？她去过欧洲，她给我寄奶糖与一个成功男人的隐私有什么关系吗？走神之间，便撞上前面的一辆宝马。宝马停下来，我坐在车里，还没缓过神来，美人鱼还在眼前晃。有人敲着我的车窗，我摇下来。一股脂粉气，是个女人，长发，戴墨镜，我等待着她对我破口大骂。情节却突然反转，墨镜摘下来，是一张漂亮的脸蛋。那张脸没有愤怒，只有微笑，她快乐地叫道："董老师。"

我没想到，我撞到的是孟夏。

宝马车还能开，孟夏轻松地说："没事，撞坏了有人给我买。"

我和她有几年没见了，大约十年前，她主持《读书》栏目时，我作为栏目的策划，与她经常在一起讨论、争辩、研究。当时肖燕还十分反对我与她合作。最直接的理由就是因为她，曲辰进了监狱。我说："责任不在她身上，你觉得她爱过曲辰吗？"

　　肖燕低头不语了。除了曲辰自己，没有人能证明，这个如花似玉的女人爱过一个叫作曲辰的电视新闻记者。

　　我没有把她当成女神，所以在我眼里，她就是一个有姿色、性格豪爽、虚心上进、还爱耍点小脾气的年轻女主持人。那时候我刚刚当上文学所所长，经常出席各种活动、会议，风头正劲。她很尊重我，我也非常配合她。在我们的共同努力下，《读书》栏目风生水起，在全省乃至全国有了不小的名声。而那一年，正是因为这个栏目的成功，孟夏获得了第五届河北省优秀节目主持人。她的演讲稿也是我起草的。演讲稿中我清楚地记得，我还引用了诗人顾城的那句名诗"黑夜给了我黑色的眼睛，我却用它寻找光明"。颁奖那天晚上，她单独请我吃饭，喝酒。她换下晚装，穿着一身休闲装，看上去俊美清爽。那天她兴奋，也很忧伤，但她没有说她的忧伤来自何处，她喝了很多酒，我也一样。我把她送回家时，她紧紧地抱住我，没有让我走。之后我们又断断续续合作了大半年的时间，可是没有人提起那一夜的事情，好像我们彼此有一种默契，要保守那个只属于两个人的秘密似的，再或者，那一夜根本什么也没有发生一样。很快，电视台开始改革，收视率低的栏目陆续被砍掉，《读书》位列其中。失去了能发挥她特长的最好平台，她不得已去了综艺栏目，之后我们便断了联系。

　　"这几年过得好吗？"在国贸酒店的单间里，一坐下，她就问我，"报纸上时常看到你的文章和访谈，你的名气越来越大。"

"挺好的。"我说，"名气又不能当饭吃。你呢？"

"你看呢？"她的头发烫得很夸张，脸就显得很小巧。

"我看不错，连宝马车撞坏了也不心疼。"我调侃道。

孟夏叹了口气："除了容貌还在，没剩下什么了。"岁月好像只是在她脸上划过轻微的痕迹，她看上去依然那么年轻美丽。

"我都老了，你还是老样子。"我感叹道。

"我在做一个访谈节目。一周一期。时段不太好，夜已经很深了。"她把秀发向后拢了拢。

我说："我知道。每期我都看。这个节目和你挺配的，说实话，你不大适合综艺节目。"

孟夏笑了，她没有问我对那个节目的评价。对于她来说，也许这些都已经不重要了。重要的是我们再次相遇了。

她特别健谈，这是她最大的变化，以前她只是静静地听我说，偶尔发表一下意见。现在，她好像是积攒了太多的话要向我倾诉，滔滔不绝，讲的都是工作，以及工作中遇到的各色人等，尤其是那个节目中她访谈过的人，她对他们非凡的人生特别感兴趣。我认真地听着，不时地插上一两句话。酒店单间里暖意融融，像是找回当初我们合作时的感觉。时光流转，现在正好相反，我们像是互换了身份。

时间过得太快，等她低头看看手腕上的表时，已经是十点多了。她满含歉意："见到你真好！"她浅浅地笑着，表情像个十七八岁的小姑娘，像我们第一次见面时一样。

我突然想起了包里的那盒奶糖，便拿出来递给她。

孟夏接过去，看了看说："你肯定不是特意给我买的。"

"不是。"我诚实地说，"你知道是什么吗？"

她摇摇头。

"奶糖，丹麦的。你应该去过吧？"

她看着上面的图案："去过。我去过哥本哈根，也见到过这个小铜人。谢谢你。"

我们走出酒店时，孟夏转头问我："今晚你还有什么打算？"

我说："没有，随遇而安。"

"那陪我走走吧。"

她意犹未尽，我没有理由拒绝。我们把车留在了酒店的停车场，徒步行走。我们沿着槐安路，把万达广场甩在身后，夜色中车流不断，偶尔会有一两辆疯狂的汽车呼啸而过。我们在高尔夫球场边缓缓地行走，她丝毫没有感觉到话语的疲惫。她给我讲去欧洲的经历，去北极的感动。她讲一个被访谈人的执着，讲他如何每天都给她送花，他滑稽的着装风格以及笨拙的求爱方式。她像是给一个亲人在讲分别后的一切。我们经过美术馆，经过民心河，来到了世纪公园。河边昏暗的路灯光下，仍然有一位老人在一动不动地坐着钓鱼。后半夜的公园静谧安详，像是个安然入睡的妇人。她挽住了我的胳膊，时而头会靠在我的身上。

直到夜色慢慢褪去，天光羞涩地揭开城市新的一天，随着不断变化着的光线，她美丽的面庞激情饱满，生动而丰富。我们拥抱了一下互相道别。看着她消失在我的视线之外，那个时候的我以为，在若干年之后，这个突然出现的女人，只是一个偶然。我深深地吸了清晨的空气。这个难得的夜晚，带给我的除了与其相见的愉悦，一夜未眠的疲惫，还有一丝的遗憾，在拿出那盒奶糖的时候，我曾经希望这是她的礼物，是她对过去美好岁月的留恋。

当代中国最具实力中青年作家书系

令我想象不到的是，我们这一次的邂逅要继续向前滑行一段。一周后，我正参加一个作家们的聚会，接到了孟夏的一个电话，电话中的声音绝望而悲伤，她说："你能不能来看看我？"

我到了她的家里，她泪流满面，扑到我的怀里。她没有说为什么，我也没问，那天晚上，她话极少，与撞车那晚截然相反。她是个沉默的人，只是让我把她抱得紧紧的。当我把她的衣服褪去时，我听得到丝质的衣服离开她肌肤的窸窣之声，我能感觉到她身体的战栗。这个已近中年的女人，身体还保持着年轻的弹性，她啜泣的身影像是一个小姑娘，惹人疼怜。我抱紧了她，那惊人的颤抖也传递到我身上。让我感觉到内心莫名的空寂与悲凉，像是一个幽深的山谷。

天还没亮，我便醒了。我伸手没有摸到她，却闻到了淡淡的香烟味，是薄荷味道。我侧过头，看到旁边的沙发上，烟头的光亮一明一灭。我还没有说话，她开口道："你走吧。我害怕在白天到来之时，看到你。一到白天，我就感觉到不真实。"

我知道，邂逅已经结束了。我穿好衣服，向外走。她又说："你那盒糖我尝了一块，味道不是我喜欢的。"

"那你喜欢什么味道？"

"你猜猜。"

"荔枝味的。"

孟夏轻声笑了："不是。谢谢你，我感觉好多了。也许再过几年，我们又在某地偶然相遇了。"

我摸了一下她的头："也许吧。"转身离开了。

走到外面，已经是凌晨四点，月圆之夜，通向黑暗尽头的街道空旷而静谧，树木在深思，空气格外清新，我深深地吸了口气，整个城市都有一股薄荷的香烟味。我的身体轻飘飘的，又蜕去了一层皮。我一直觉得自己是个蜕皮的动物。会周期性地蜕去原有的皮肤，那些皮肤由不断变化的思想，意识，感觉，情绪组成。多少年来，我渐渐地蜕去了羞耻那层皮肤，蜕去了激情那层皮肤，蜕去了幻想那层皮肤……每一次，我都得到了某种意义上的重生。我也不知道，是越来越喜欢这样的蜕变，还是厌恶。

　　蜕去了一层老皮的我，很快就感觉到身体的沉重了。而那股薄荷的味道也很快消失了。突然间从斜刺里蹿出一条浓重的黑影，直扑而来，容不得我有半点思考和躲闪的余地，我的脸上就感觉到了疼痛，城市在颤抖，身体摇晃了几下，我定下神来，才借着路灯光，看到对面站着一个人。我还以为是抢劫的，吓破了胆，下意识地说："大哥，我给你钱。"

　　黑影不说话，再次扑上来，对我一阵拳打脚踢。因为有了防范，我左躲右闪，一一化解了他的攻击。这个时候我才渐渐地发现，那个黑影有些熟悉。我愤怒地大喊一声："曲辰！"

　　是他。攻击我的是他。这个时间，他怎么会在这里，我脑子里一团糨糊。被我识破的曲辰好像突然就没有了力气，我那声喊像是狠狠地打在他身上，一下子把他击倒在地。他委屈地抽泣起来。肩膀一耸一耸的像个娘儿们。我蹲下来，就在我与他面对面，我们能够互相看到彼此模糊的面孔时，我心里都是坦坦荡荡的。我气愤地指责他："你在这里干什么？为什么打我？"

　　他停止了哭泣，用手胡乱在脸上抹着。"你在这里干什么？"他反问我，语气很冲。

　　他问得我倒有些不知如何回答。

　　"你理亏了吧，不做亏心事，不怕鬼敲门。"

"我做什么亏心事了？"我笑了。

曲辰用双手撑着地，欲站起来，可他试了几次，都以失败告终。显然，刚才愤怒的举动已经令他筋疲力尽。他只能怒气冲冲地说："我知道你干了什么。我知道你干了什么。"

看着曲辰，昏暗的光线中，仍能看得到他的形象，蓬头垢面，早已经不是二十年前的那个意气风发的曲辰。我不清楚，眼前这个人，为什么还会出现在我们的生活中，在生活的路途中，他早已经成了一个掉队者，一个失败者，我，肖燕，和他，早就不能同日而语，而他之所以仍然还在，是我还留恋过去的情分，还念及旧情，还在怜悯他。那只能说明一个问题，就是因为我蜕变得不彻底，不干净。我不知道该可怜他，还是应该痛恨他。我想狠狠地踢他几脚，还是放弃了，我抚摸着自己疼痛万分的脸颊，怒从心中来："你想想你自己的处境，看看你这样子，你还有脸打我，跟踪我，你凭什么，你有什么资格？"

他愣愣地看着我，一时也不知怎么回答。这是一个令人尴尬的场面。就算是当年他无意杀了那个大学老师，做了天大的错事，我们相对而视时，都没有如此难堪。停了足足有三分钟，他才小声说："我没有跟踪你。我是放心不下孟夏。"顿了顿，他又说："我知道了，这里不属于我，我不应该再和你们见面。我不需要你们的怜悯和同情。你看看你们，一个全国闻名的知名学者，一个中学的特级教师，一个著名的主持人，我是什么，一个刑满释放犯，一个低人一等的人。"最后的几句，他几乎是在低吼，声音嘶哑而愤怒。

说完，他挣扎着站起身来，拍拍拍打身上的土，踉跄着向东走去。我张了张嘴，伸出手，可是我没有喊他。我看着他，像个垂暮的老人，摇摇晃晃，拖着长长的影子，一点点地消失在一排银杏树后。

浓密的夜幕被撕成碎片，开始快速而狂乱地奔跑。

从那以后，他不再搭理我，我们虽然几乎天天见面，却形同陌路。当我开车或者步行经过单位大门时，他也不再向我敬礼。

肖燕隐隐感觉到了我们之间有什么问题。她问过我，我告诉她什么事也没有。她不信，她又去问了曲辰。我相信，她从曲辰那里也没有得到答案。

曲辰，更专注地投入寻找叶晓青一事中。功夫不负有心人，他和肖燕的努力终于有了回报。他们找到了目标。一个周末，肖燕很晚才回家，她特别亢奋，向我宣布，他们找到了那个受害人叶晓青。不过，她现在的名字改成了印彩霞。她向我讲了寻找到印彩霞的详细过程。那个女人看上去还很年轻，住在恒大城，桥西区，一个高档小区。她有个男孩，看样子是个初中生。表面上她是个幸福的女人，似乎以前的遭遇并没有给她的生活带来多大的影响。我打断她复述那个漫长而曲折的寻找过程，直接问她："我就问你一点。她如何反应？她会推翻自己以前的证词吗？"

肖燕的表情一下子就凝固了，她叹口气："跟你说话怎么那么无趣。你还会不会聊天？关键是我们找到了她，这是我们努力的回报，这只是第一步。你不知道，这段日子，寻找那个女人，像是我们俩共同的人生目标似的，在一次次的失败面前，我们越挫越勇，迎难而上，而没有知难而退。逆水行舟，不进则退，古人说得对。"

"从一开始我就知道结局。她不会搭理你们，她会对你们显出愤怒，会拒绝和你们说话，拒绝你们无理的要求。"我一针见血，直指软肋。

肖燕说："要是都像你这样想问题，那就什么也别干了。是的，那女人一听曲辰提起他那个狱友的名字，立即就警惕起来。她脸色大变，威胁我们，要打110报警。如果她心里没鬼，为什么她会如此紧张，如此忌惮听到那个人的名字。其实在不断的寻找之中，我也渐渐地接受了曲辰的观点，那个在监狱中的人是无罪的。"

"曲辰我了解，他没有任何生活的动力，人生的目标。所以他沉湎于此，可以理解。难道你也没有？你，一个人民教师，你的心思不用在教书育人上，却用在这么无聊的事情上。我真不知道是为什么。"我不解地看着她。我妻子肖燕，我们彼此间的默契越来越少，面目在稔熟之间其实已经变得模糊了。

肖燕停止她的讲述，坐到沙发上，回味着我的话，呆呆地看着电视屏幕。电视是关闭的，屏幕闪着幽暗的光。她能在里面看到自己的样子，黑白的肖燕，一个人民教师的样子，落寞而有些躁动。她自言自语也是在问我："你觉得我做的事毫无意义？"

我说："是的。毫无意义。无聊，无趣，无意义。"

"什么才有意义呢？"她仍旧看着电视屏幕里的自己。

"教好学生，当好老师。"

"我的学生满天下，我的学生北大清华一大堆，这一点我做到了。我现在是特级教师，经常有外校的老师来听我的公开课，我也经常到外地去讲课，这一点我也做到了。可是我怎么就没有生活的动力了？和你一样没了梦想呢？"她烦躁地说。

那天晚上，肖燕对着电视屏幕，坐了很久很久。我不知道，在她的凝视中，梦想长什么样。

虽然疑惑已经在内心丛生，肖燕却没有退缩。她一如既往地陪着曲辰，在周末时间去尝试着各种可能。即使找到了当年的被害人，仍然无济于事，他们不知道下一步要做什么，只是凭着一种惯性在向前滑行。而且，她成了曲辰的一个牢固的精神支柱，她不断地鼓励着曲辰，仿佛，曲辰所面对的这一件事，就是一个天大的梦想，他在为实现梦想而努力奋斗。

夏天已至，阳光开始肆虐横行，炎热让这个北方城市无处藏身。人们开始向往有海风的地方，肖燕又在催促我，赶快开始我们定期的北戴河之行。而整个夏天，我被各种各样的学术活动所包裹着，它们就像是我鲜亮的外衣，我需要它们来装点门面。我告诉肖燕，这个夏天只能爽约。肖燕很是不快。一到夏天，她的心情才会稍稍好转，北戴河之行更像是一次心灵的祭奠，或者一次生命的仪式，一年之中她都在等待着那次旅行的开始。她向往着鸽子窝。鸽子窝又叫鹰角公园，是北戴河的著名景点，毛泽东就是在那里写下了《浪淘沙·北戴河》。每年夏天流连在那里，我们都没有毛泽东的博大胸襟，有的只是平凡人的感慨与感叹，那里成了我们的追思感怀之地。尤其是肖燕，她感慨今不如昔，感慨人心不古，感慨年华的流逝，感慨世事的沧桑，感慨梦想不知何时何故就悄悄地流失了，就像是干涸的水。有时，她还会感动得流下泪水。

但是我突发奇想，向她提议："我不能陪你去怀念过去，但有一个人可以。"

"谁呀？"

"曲辰呀。"我说，"他和我们一样，曾经怀揣同样的梦想，同样的期待，同样的憧憬。"

肖燕思忖良久，犹豫着说："不行吧？"

"怎么不行，他最合适。"我像是突然甩掉一个包袱似的，感觉很轻松。

我的建议最后还是被肖燕采纳了，在一个周末，她与曲辰一起坐高铁去了北戴河，而我则去了飞机场，奔向祖国的南方。等我回到石家庄时，酷暑仍在，肖燕他们还没有回来。我以为我会轻松地等待着肖燕的圆满归来，听她讲述他们对梦想的追忆。可是当天晚上，我就接到了她的电话，让我连夜赶到北戴河。她几乎要哭出来了，声音都变了调："他被抓起来了。"

我一时没有反应过来："谁？谁被抓了？"

"曲辰。他被警察抓起来了。我一点办法也没有。你赶快过来想想办法，得把他弄出来呀。"她哭着说。

我连夜坐火车往北戴河赶。晚上已经没有高铁列车，只有直快列车，开往燕赵大地东北部的直快列车还是那么慢，我躺在卧铺车厢里，咣当了一夜，目送着首都在夜色中匆匆而过，历时十个小时，才在第二天的八点多到达了北戴河。一路上我都在想着，到底出了什么事。所以一晚上我也没睡好，下火车时直打哈欠。凉爽的海风一吹，睡意更浓。曲辰不好好地享受凉爽的海风，又和警察打上交道了，真是恶习不改。

肖燕在火车站接我。一见面便迫不及待地催促我去找人把他捞出来。在出租车上，她断断续续地向我描述了事情的大概。他们每天都去一趟鸽子窝，连曲辰都有些烦了，有一天，他在外面等着肖燕，不一会儿却给肖燕打电话，他声音激动，也有些慌张地说看到了那个叫叶晓青也就是印彩霞的女人。事情就是那么巧。

肖燕也觉得巧。兴奋的曲辰语无伦次，话没说完挂断了电话，肖燕再打过去，就没有人接了。等她从鸽子窝公园出来，就找不到曲辰了。直到傍晚，她才接到了电话，号码是曲辰的，说话的却不是他。一个陌生的男人，一上来就自报家门："我是警察。"这个女人这次真的动了怒，报了警。肖燕说她去了北戴河分局，曲辰显得很平静，他还安慰肖燕说："我没事。你该去鸽子窝还去吧。"

肖燕当然没有心思再去鸽子窝，她懊恼地说："不管怎么说，我也是有责任的。是我拉他来的。他出了事，我心中不安。"

我一边安慰她一边给秦皇岛的朋友打电话。朋友小边，笔名文飞，市委领导的秘书，爱好诗歌，他出书时我给他写过序。他每年都给我寄点秦皇岛的土特产，陪领导去省里时也不忘请我吃顿饭。小边不接电话，却很快回了一条短信："稍后我打给您。"我猜测，他一定是陪领导出席非常正式的场合，不便接电话。整整一天，我们就等待着小边的电话。肖燕不愿意回宾馆，我们就待在鸽子窝公园，我们进去时天开始下雨，淅淅沥沥。即使如此，公园里也是人头攒动，一拨又一拨。我们只好躲在望海长廊里，躲避着不断挤来挤去的游人，忍受着他们的雨伞滴到身上的雨水。但是无暇抱怨，同样也无暇共同去追忆曾经拥有的梦想。我们看着灰蒙蒙的天，看着在雨中翻飞的海鸥，不约而同地想着一件事：那个诗歌爱好者秘书的电话。肖燕浑身湿漉漉的，眼睛迷离。她这个假期算是泡汤了。她不断地催促我再给秘书小边打个电话。而我靠在石柱上，困顿无比，对她说："再等等，再等等。他会打过来的。小边是个靠谱的人，放心吧。"

黄昏就要降临了，看着太阳缓缓地向大海中坠落。一天就要在绝望中结束时，我已经动摇了，盘算着重新准备托另一个人时，小边的电话来了，一上来他先说对不起，"我们领导在陪中央领导，不便接电话"。

我突然蹦出一句："你去过丹麦吗？"肖燕凝着眉盯着我，问这句话好像成了我的一块心病。我立即改口，对小边表示了理解，便把大致情况向他转述一遍。小边很痛快地说："董老师您放心。小事一桩。"

放下电话没有五分钟，他的电话又打过来了，让我现在就去领人，并详细地告诉我去分局找谁谁谁。我礼貌地说晚上请他吃顿饭，小边说："董老师，应该我请您。但这次就算了，身不由己，我实在抽不开身，下次去石家庄我一定向您请教。"

我们顶着夕阳，匆匆赶往北戴河分局时，我对肖燕说："你总是抱怨梦想破裂，抱怨我成了俗人一个，每天只会拉帮结派，吃吃喝喝，结党营私，利益互换，你看看，遇到真正的难题，这些起了作用了吧。那些虚无缥缈的梦想呀，有什么用。真正的梦想是脚踩在大地上的感觉。"

她罕见地，紧咬着嘴唇没有反击我。

在避暑胜地，大海在我们南面，像是一个幽深的梦，伸向遥远的黑暗。我们各怀心思一起在海边散步，游客仍然如织，这是一个不夜的沙滩。沙子很软。北戴河的天气变化多端，白天下雨，晚上已经晴了，明月高悬，月光映在辽阔的海面上，大海像是一个巨大的黑色的吸盘，更像是一个庞大的深谷，要把那茫茫的黑暗之水都吸进去。

肖燕在小摊上一人给我们买了一套沙滩服，花里胡哨的，蓝蓝绿绿黄黄，上面有夸张的椰子树。所以我们俩的穿着有点滑稽，像是小丑。这有点像我们在大学时一起去盘旋路留念照相，一起

丹麦奶糖 93

去商场买同样的外衣，一起去青海湖旅游……我们以前一致的方面太多了。可是现在，除了这一身衣服，我们再也没有可以拿来比拟的了。我对他是恨铁不成钢，他也一样，在心里可能是恨我多一分。他一直怪罪说，不应该管他，让他在里面待着，他严肃地说："那才是我应该待的地方。"他把沙子踢来踢去，发泄着不满。肖燕试图想忘记这个不愉快的假期，她提起了那次我们一起去刘家峡的经历。我们三个人，在游历完黄河上游，领略了祖国的母亲之河是如何以险峻之势完成它最初的奔流后，我们还来到了向往已久的刘家峡水电站，造访了炳灵寺，为了省钱，我们决定走夜路回永靖县城。也是个皓月当空的夜晚，山区的羊肠小道，隐隐约约地盘在黑暗之中，像是远古的一幅中国画，山路开始还是温柔体贴的。这让我们想起许多著名的临夏花儿。我们班有一个临夏来的男生，笔名叫骆驼。几乎会唱所有的临夏花儿。我不喜欢那种腔调，我还是喜欢我们家乡的《回娘家》这样的曲调，但是曲辰喜欢，他喜欢所有新奇的东西，他向骆驼学了很多临夏花儿。这也是他广受女生喜欢的原因之一。我们还是头一次被淹没在夜色包裹着的山路上，起初是兴奋，华北哪有这样的情景？肖燕就建议大家唱歌。我说唱《校园里有一排年轻的白杨》，肖燕反对，她说场合不对，情景无法交融。"此情此景，只有唱此地的歌。"她鼓动曲辰唱临夏花儿。曲辰放开嗓门，唱道："东山的云彩西山里来，西北风吹给这雨来，拔草的尕妹们一溜儿，哪一个是我的肉。"他又唱："花里头俊不过牡丹，人里头美不过少年。"大山，月光是最完美的舞台，我，肖燕，还有路边的野草、昆虫是最认真的听众。他唱了一首又一首。后来嗓子都哑了。我们也听烦了，肖燕说："怎么都是这么流氓的词。"我们哈哈一笑，看到自己的身影，紧紧地跟着我们，是一个轮廓分明的黑黑的点。抬头向天空仰望，原来月亮已经爬到了正上方。一旦静下来，我们才发现，问题来了，先是感觉到了大山里的静，是死寂，是能够放大所有细微声音的寂静。昆虫的叫声，连野草的晃动之声似乎都能听得到。更令人惊惧的是居然有零星的狼嚎声。害怕从心里溜了出来。恐惧让肖燕的心态发生了变化，慌乱了，走路的姿态也变了，她大叫一声摔倒在地上，把我们俩的魂都吓飞了。她走平路崴了脚，疼得哭了起来。剩下的路我们俩轮流背着她。山路越来越长，越来越不可爱。我们开始诅咒这弯弯曲曲的山路，永远没有尽头的山路。后来好不容易我们看到了星星亮光，那是一个村庄，那亮光就是我们所有的希望，在牵着我们，鼓舞着我和曲辰残留的最后一点力气。我们赶到村子时，我和曲辰都瘫了。

说起这段往事，让我们短暂地忘记了现在。肖燕兴致很高，她提议曲辰再次引吭高歌一曲临夏花儿。曲辰想了想说："我得找找词。二十多年没唱了。"他想了好久，唱道："白杨树高么柳树高，白杨树的叶叶嫩了；新朋友好么旧朋友好，旧朋友的恩情重了……大山根里庄子多，庄子多嫁下的汉多；来了个朋友是货郎哥，货郎哥给下的钱多……灯盏没油添油来，手拿上拨灯棍来；我有个胆子进来，你没个胆子进来……"

那一夜，北戴河有些湿润。

曲辰与我的关系如故，他对我的冷战仍然在继续。有时候走过门口，我就想到了办公室的丹麦奶糖，在这个时间段里又多了两盒。我看着他冷峻严肃的面孔，犹豫着还是把奶糖的事放下了。

但是有一天，我不得不告诉他，不管他对我有何意见，他必须得和我出一趟远门。

"为什么我要和你一起？"

"因为你娘病了。"我说。

一听这话，曲辰慌了，慌得恨不得插翅飞回故乡。

我开着车在黄石公路上奔驰。我们的目的地是衡水武邑县清凉店镇。那是曲辰的家乡。一路上，曲辰都显得紧张不安，他脸色非常难看，想必是一夜未眠的缘故。听到老母亲病重的消息，让他彻底改变了出狱时的铁主意。他还是决定去见母亲，不管他多么不孝，人生多么失败，他都无法回避，在遥远的一个地方，一个行将就木的老人，是他心中永远的牵挂，也是最牵挂他的人。他选择了坐在后排的位置上。我从后视镜中看到他屡次身体前倾，试图想和我说说话，但最终都放弃了。一路无话，路途沉闷无比。

老天有眼，让他见了老母亲一面。

老母亲伸出颤巍巍的手，抚摸着他的脸，他的身体。曲辰像是在风中簌簌发抖的小树，哭泣着。母亲把他摸了个遍，对他说："仙生每年都来看我。你让仙生给我捎的吃的喝的，我都吃了，喝了。我吃的时候，喝的时候，就想到你小时候在村子里跑的样子，你上房掏鸟的样子。你让仙生给我捎来的钱，我一分钱也没有花，都替你存着，我知道，你早晚有一天会用上的。"她从枕头底下艰难地拿出一个脏脏的小包，是用手绢包裹着的。她把小包递到曲辰手里。曲辰回头看了看我。我把头转过去，我不忍多看这令人忧伤的场面。

曲辰与母亲在一起相聚了一下午。母亲拉着他的手不放，实际上老人已经没有了力气，基本上是曲辰在抓着母亲的手。她用生命中最后的力气在讲以前的曲辰，讲他小时候，讲他上学时候的事，但她没有提一句曲辰进监狱的事。我走到了院子里，把时间留给了他们母子。我坐在院子里，看着两三只鸡在悠闲地踱步。院子和房子都很破败，房顶上还长出了草。他们说话的声音丝丝缕缕地能传到我的耳朵里，但听不真切，基本上是老母亲在说。我相信，那是曲辰生命中最美好的一个下午。我也感觉内心里澄澈明净。时间仿佛一下子慢下来，静静地如细水长流。我耐心地看着屋檐的影子一点点地挪动，一寸一寸地把我罩起来，那夏末秋初的阴凉是如此的清爽美好。

当院子里再也看不到房屋的影子时，屋子里传来了曲辰的哭声。

那天晚上，守在母亲身边的曲辰突然真诚地对我说："谢谢你为我做的一切。"

我说："我答应过你，替你照顾好老母亲。"我知道，不管到何时何地，这是我永远无法蜕掉的一层皮。

他又哭了。哭过之后，他说："我把你的钱还给你。"

我摇摇头："听你娘的话，那钱是你的。你娘说，你早晚能用上它。"

第二天，我一个人开车回去，有一个省委宣传部的文化座谈会要开。曲辰在家安排母亲的葬礼。他在老家给母亲过了头七才回来。回来后的曲辰对我说他突然有了梦想，他在城里完成答应狱友小张的诺言，便要回到老家，守着地下的母亲，他说，他们那里的很多土地都荒了，没有人愿意种田。他要回去承包几亩地，种果树，大枣、梨、苹果，做一个有梦想的人，一个痛改前非的人，一个有用的人，一个有意义的人。

从那以后，我和曲辰的关系有所缓和。他又开始向我敬礼。

那年的冬天，许久没有露面的诗人何小麦兴致勃勃地要请我吃饭。我警惕地说："不去酒吧。"

"请您吃饭，当然地点您定。"她的声调有些像林志玲。

但是在光明渔港，她依然自带着苏格兰的威士忌。她说这是她从英国带回来的，我一看威士忌就想到曲辰说的话，就紧张。这像是套取隐私的药引子。我赶紧说："我喝啤酒。我喝不惯洋酒。"

何小麦说："我不管你喝什么，反正我只喝威士忌。"

何小麦请我吃饭的目的有两个，她毫不隐晦，一是她写的有关曲辰与他的狱友的长诗就要出版了，她想搞点活动，在社会上制造点响动，第一步是在新华书店做一个新书发布会，想请我去，还要请曲辰也去。这个我答应了，但是曲辰那里我做不了主，得问后再定。她从 LV 包里拿出一个信封，递给我，"这是出场费，我先付你了"。我随手放到口袋里。听她讲第二个请求。她说："你不是和宋玉老师熟吗？我想请你引荐一下，我想去长沙见他，我这本书，想申报他们办的那个但丁诗歌奖，你也知道，这个奖在诗歌界地位很高。"

我想了想，我和宋玉关系很好，只要有益于她，我乐意做这个引荐人，但是有一点我有些犹豫。我说："你也知道，宋玉嘛，这个宋玉，有点……有点……"

何小麦说："好色。天下谁人不知，这算哪门子事呀。这是他的公共隐私吧，你忘了，我最擅长的是什么。"

我想起她的收集隐私癖，便说："好吧。我给你引荐。"

突然之间我想起一件事，问她："你去过丹麦吗？"

何小麦说："去过。不过我不太喜欢那个国家。"

"为什么呢？"

"太井井有条了。没意思。很奇怪，那种地方怎么会诞生一个叫安徒生的老头。"何小麦说，"我想去那里，是因为一个诗人，英格·克里斯滕森。你听听她的诗句：鸽子存在，做梦者，以及玩偶；杀人者存在，以及鸽子，以及鸽子……日子存在，日子和死；以及诗存在……"

在何小麦的脑海里，是这种坚硬的令人感伤的诗歌，而不是安徒生，不是温情。但是那个遥远的地方，于我没有任何关系，我只想到了那盒奶糖。

她出发去广州那天，在机场给我发了微信，是一张她的自拍照，搔首弄姿，穿得鲜艳无比。照片下还附着六个字：献给宋玉的礼物。

诗人的脑子里在想什么？

小张出狱了。

小张就是曲辰的狱友，被冤枉的那个。曲辰很兴奋，而肖燕则有些许失落，她不再可能陪着曲辰去寻找所谓的正义，余下的日子，属于两个寻找幻想的人了。我回到家里，看到她像那天一样，坐在黑屏的电视机前，盯着电视屏幕发呆。我问她怎么了。

她说："小张出来了。"

"哪个小张？"

"就监狱里那个，我们一直都在为他忙活。"

"你见他了？"

"没有。"忙活半天，她连面都没见过。

"那你应该感到高兴才对，就不用你天天陪着曲辰做那些无用功了。怎么这么垂头丧气？"

肖燕想了想："是呀。我怎么就高兴不起来？"

停了一会儿她又问我："你说，他们能得到想要的……东西吗？"

"连你也怀疑了吧？"我说，"我并不看好，不靠谱的事，不着边际。"

曲辰倒是很执着，他执意要让小张来见见我。他想让我给小张一些鼓励，他说他告诉小张我是个什么样的人物。所以小张来到我面前时，紧张万分。小张是个很木讷的人，就像曲辰所说，他看上去很苍老，总是低着头，不敢正面看人。他始终不说话，曲辰说一句，他点点头。曲辰说："你应该有信心，有自信。你既然没做的事，为什么要背一辈子黑锅。"

小张点头。

曲辰又说："你看到没有，董仙生，我大学同学。是我们省，啊不，全国的大评论家，名人。国务院每月都给他发工资。他的话你得信吧。他知道你的案子，他也不相信你做过坏事，他相信你能成功。必要的时候，他会帮助我们。"

小张抬起头感激地看了我一眼，泪水在眼眶里打着转，迅疾又低下头。他拼命点头。

他们向外走时，我拉住曲辰，疑惑地低声问他："我什么时候说过那些话？"

"你没说过难道心里不是这么想的吗？"曲辰说。

我尴尬地不知如何回答，赶忙转移了话题："这个小张是不是不会说话？"

曲辰说："他只和我说话，话痨，多得很，就是那一套老话题。陌生人他从来不说话，他不信任何人。他只信任我。"

我想说些泄气的话，可话到嘴边又咽了回去。我摆摆手，让他走了。

　　他们的进展很不顺利。这我早就意识到了。参加何小麦的新诗《幽暗之光》发布会时，曲辰一直愁眉不展，正当何小麦意气风发地给读者签名售书时，被晾在一边的我偷偷地问曲辰，是不是遇到难题了？曲辰苦笑："是啊，还在原地踏步。我们找到了更近距离接触她的时机，因为我发现，她也不想把事情闹大，她好像有某种顾虑，不想让她的家人知道这件事。你说她为什么要改名？为什么要躲避她的家人？肯定是心里有鬼。但是她就是一口咬定，十几年前那个侵犯她的人就是小张。她说，你就是变成鬼，化成灰，我都认得出来。小张很痛苦。他在监狱里拼命地努力，减刑提前出来，就是要见这个女人。可她一点希望都没给他。"

　　现场气氛热烈，人数众多，到场的以诗歌爱好者居多，我看到有很多似曾相识的面孔。发布会因此推迟了半个小时，我站得都累了。曲辰一直看表。他说他和小张还约好了一起去找那个印彩霞。发布会终于开始了，何小麦不仅是个男人隐私的收藏者，一个特立独行的诗人，还是一个会推销自己的讲故事高手，她把自己这部长诗的背景说得荡气回肠，好像每一句诗后面都是一个悲情的故事，都躲藏着一个阴暗的心灵。然后我说了几句冠冕堂皇的话，参加此类活动太多了，我感觉自己就像是个机械人，在哪个场合，说什么话，都有一套固定的模式，无非是称赞诗作，拔高艺术水准，肯定思想高度。我的话引来读者的阵阵掌声。轮到让曲辰发言了，何小麦显得很激动，面色娇艳红润，几乎是含情地看着曲辰。曲辰看看何小麦，他没有见过这种场合，有些发蒙，张了张嘴没有说出话来，我们耐心地等着他，连读者都那么期待地看着他，因为主持人说他就是这首诗的源头，也就是这部长诗的灵魂，是幽暗之光。大家都想看看光之灵魂是如何附在一个刑满释放犯身上的。憋了半天，曲辰才犹豫着问："我说什么？"

下面有一些小的骚动。何小麦说："你想说什么就说什么，最真实的想法，最真实的感受。"

"我想说什么就说什么？"

何小麦鼓励地说："说吧。"

我冲他点点头。

曲辰说："那我就说了。我虽然离开这个社会二十年，可是我觉得不管是在哪里，在监狱里，在监狱外，大家对于美的认同是有一个标准的，审美从古至今都不会有多大的偏差。我记得诗歌是颂扬美好的事物，美好的人性的，比如《诗经》里的，关关雎鸠，在河之洲，窈窕淑女，君子好逑。可是，这本书里的诗，写得完全是恶，是阴暗面，是不可告人的丑陋。你们为什么还那么喜欢？那么推崇？……"

何小麦的脸色变了。主持人赶紧截住了他："好的，诗中的主人公之一，当他解读这部佳作时，他是用书中的灵魂，在对这个社会，这个时代，发出他的质疑与困惑。这也是这部长诗带给我们的震撼。谢谢曲先生。下面……"

曲辰搞砸了新诗的发布会。发布会匆匆结束，有不满的粉丝还踹了曲辰一脚，何小麦一言不发地在众多读者的簇拥下扬长而去。她们的下一个目的地是酒吧，到酒吧里喝威士忌、读诗。

曲辰委屈地说："又不是我想说。我不想说，非让我说。我说错了吧？"

我的评论集《听，那精神的轻唤》入围了全国最高文学评论奖的最后获奖名单，获奖篇目正在网上公示。我已经接到了无数恭贺的短信、微信和电话，我已经让研究生黄莺儿安排好请客吃饭。而肖燕对我的获奖似乎无动于衷，她挖苦我说："你写的那些东西都能获奖，这都是当下文学的悲哀。"

　　我有些不满："你看过吗？你认真地看过我写的论文、文章吗？"

　　"没看过。"肖燕说，"因为不值一看。"

　　"你看都没看。你怎么知道不值一看？"

　　"就是不值一看。"

　　我懒得和她理论，这个时候电话响了，是我的研究生马悦。马悦急急忙忙地说："老师您赶快上网看看吧。"

　　"怎么了？"

　　"有人举报您获奖的书里，有一篇文章涉嫌抄袭。网上吵得可热闹了。"

　　在看到网上的举报内容前，我还是很平静的，这事不可能发生在我身上。我是个爱惜羽毛的学者，从不做那些令人不齿的事。可是看到网上的匿名举报内容，我有些动摇了，不平静了。这篇写乡土文学的文章是出书之前才写成的，在《文学争鸣》上发表，《文学争鸣》的命题文章。我没有时间去写，便把大概的想法告诉黄莺儿，基本由她来完成的。文章写成后，我只做了简单的修改，便发给了催命鬼似的《文学争鸣》的苏主编。这时，黄莺儿打来了电话，愧疚地向我道歉，她说，她写的时候根本没多想，写到那里时，那些观点好像就已经在她脑子里形成了，顺手拈来，她根本想不起来，那是她曾经看过的她一个硕士的师兄写过的主要观点。她哭着说："对不起老师，我真的忘记了。"我虽然心绪难平，但强压着怒火安慰她："没关系。这和你没关系。"我突然想起她是老焦介绍给我的，如果不是这件事，我早就忘记了，她是一个勤奋上进的姑娘，于是我问她："你去过丹麦吗？"

黄莺儿愣住了："老师您说什么？"

"没什么，没什么。"我说，"挂了挂了。"

随后打来电话的是老焦，这有些意外。老焦完全是关心关怀的口气，他说："老兄啊，不用顾及网上的流言蜚语，你是一个正直的人，走得正行得端的人，谁不知道呢？那点小毛毛雨无足挂齿，轻如鸿毛。走自己的路，让别人去说吧。"他停顿了一下："不过，你得奖的消息可是传遍了，全院上下都等着你来请客，昨天院长还问我，什么时候给你开庆功会。可是今天院长有点不高兴，他就不直接找你了，让我转达你，让你好好给评奖委员会说明情况，不隐瞒事实。事实就是事实，谣言无论披上多么华丽的外衣毕竟也是谣言。保重啊老兄！"

我无言以对。我知道这是老焦早就给我下好的套，可是我太过自信和自大，无意间留下了一条缝，就让他给钻进去了。我只能认下这一步棋局，因为这是我的失算。第三个电话是评奖委员会的副主任委员姜先生打来的，他张嘴抱怨道："你电话这么忙，一直占线。"

我连忙道歉："所有的责任都由我来承担。不管评奖委员会做出什么决定我都坦然接受。"

姜先生便消了怒火，安慰我一番，鼓励我下次再努力之类的，便挂断了电话。我呆呆地坐在那里，不知道要干什么。

在我一直通电话的过程中，肖燕在旁边敷面膜，刷微信，一如往常。等我呆坐在那里，任凭电话响个不停时，她拿过我的电话，调成静音，对我说："完了？"

"完了。"我说。

她那张贴着白色油亮的面膜的脸，毫无表情："这个奖对你重要吗？"

我木然说："重要。"

"什么对你不重要呢？"

"你说什么？"我的脑子一时缓不过神。我虽然已经在最短的时间内把那篇文章与老焦，与我的学生黄莺儿的关系理顺，可我还是无法在短时间内说服自己。

"我是说，什么才是你可以放得下的呢？这么多年，你像是一个饥饿的人，疯狂地占有，疯狂地攫取，你想得到所有可以证明你身份地位的证书、奖励、职位、津贴，连我都替你累了，你却从来都没有感觉到疲惫。"肖燕的脸像是个玩偶。

"如果我一无所有，像曲辰一样一无所有，你能满意吗？"我问她。

肖燕想了想："不能。"

"那你让我怎么做？"

肖燕说："我不知道。反正不是现在这个样子。"

一连几天，都有人发来信息和问候，劝慰我，替我惋惜。尤其是始作俑者黄莺儿，每天都会在我面前哭诉，哭诉她的无意，她的大意，她的马虎。最后她会颤巍巍地问我："董老师，我能如期毕业吗？"每一次我都会说："跟你没关系。跟毕业没关系。"可她第二天仍然会哭丧着脸出现在我面前，像是一个天天要去火葬场的人。

就连曲辰，也不知从哪里得到了消息，他竟然说想请我吃饭。

我们坐在马路边，已经是深秋了，路边的烧烤摊生意稀落。坐下来后，曲辰说："有两个事，一个是你的，一个是我的。先说哪个？"

我说："说你的。我知道你说的第一件事是什么，第二件我不知道。"

曲辰说："那好吧。还是小张。他要疯了。每天他都给我讲一遍事发时的情景。他说他确实见过那个女人，但他不知道她叫什么，做什么工作。整个夏天，他每天骑车下班时要穿越一条胡同，都会从她家门口经过，几乎每次，他都会看到那个女孩坐在窗子前的一张椅子上看书。通常都是黄昏时分。窗前女孩读书的场景太美了，他经过时就会情不自禁停下来，多看两眼。入梦之后，那个场景也会反复地出现。他不断地问自己，难道就是因为我喜欢美好的东西，欣赏美好的东西，就有错了吗？"

"没错。美好之所以存在，是因为人们都喜爱。"我说。

"是啊，小张也真是委屈。"曲辰说，"他仅仅是想把那个场景留在他的脑海中，仅仅是想多看那个女孩两眼。那个女孩显然也注意到了他，她肯定是留意到了一个年轻的小伙子，支着车子，如饥似渴地观看她的样子。女孩并没有因为有人窥视自己而羞涩，她可能也很享受这种关注。在他们两人之间，或许形成了某种默契，一个专注的读书人，一个投入的观者。谁也没想着改变这样的情景。所以，当有一天晚上，谁也不愿意发生的事情发生时，在黑暗的保护下，女孩没有看到那个行凶者的真面目。但她向警方可以提供的唯一的线索就是那个支着自行车，窥视她的年轻人，小张。那个时候，那个美好的场景对于她来说已经完全是另一回事了。"

"如果没有后来的事情，这是一个好的故事的开始。"我叹息道。

当代中国最具实力中青年作家书系

曲辰说："是啊，谁说不是呢。造化弄人。开始阶段，印彩霞还是一口咬定，那天晚上的那个行凶者就是他，她反问小张，如果不是你，法院为什么判了你十五年徒刑，为什么你自己都承认了？后来，我们不断地打扰她，牛皮糖似的黏着她，让她倍感压力，她明确地告诉我们，她的丈夫、孩子都不知道她的过去，她也不想让他们知道这一切。所以还是劝我们，不要再找她，而是去找法院，检察院，公安局。再后来，印彩霞说，即使我说不是你，我有证据吗？法院会听我的吗。小张想请她一起去当时判案的法院，向他们说明情况。印彩霞指责小张，你们还想让我好好活着吗，你想毁了我的生活吗？小张和我，一筹莫展，不知道下一步要干什么。"

我说："绝望了吧？"

"是的。"曲辰说，"小张彻底地绝望了。他觉得，他活着的唯一的希望就是找回骑自行车穿过那条胡同时的自己。如果找不到，他活着已经没有任何意义。"

我盯着曲辰同样失望的脸，问："你找我是想得到一些精神上的支持？"

曲辰说："我不知道。看着绝望的小张，那天晚上，他想到了死，他跑到社科院的楼顶，他说他想从那里跳下去。但是他是个胆小如鼠的人，他哭着说，我连死都不敢。我害怕地紧紧抱着他，唯恐他真的跳下去。就在我抱紧他的那一瞬间，我突然意识到，原来我也被别人的命运所左右着。如果他真的跳下去。我该怎么办？对于我与小张，也许是我们距离现今的社会太远了，我们都不知道，该如何应对，我们手足无措，慌不择路。"

我问他："你知道了我的事？"

曲辰点点头。

"你看到了什么？"

曲辰仔细地看看我，点点头又摇摇头："我没看出什么。"

我说："我知道你的另一个目的，是想来安慰我，安慰我丢失了一个已经到手的大奖。我只能用我的经验来告诉你，所有的宽容与大度、人文情怀，都是扯淡。你别指望别人会对你心慈手软，会对你良心发现。"

肖燕虽然已经失去了与他一起去寻找印彩霞时的热情，但她仍然对这件事满怀热忱。她想起了安徒生，想把它送给小张。那天晚上，她把那套绿皮的安徒生摆放在茶几上，一遍遍地抚摸着它们，就像是抚摸自己的宝贝孩子。我劝解她，舍不得就算了，你就是给他安徒生，又能怎样？肖燕说，听曲辰说，这个小张，在监狱里最喜欢听曲辰讲安徒生的童话，每次都痛哭流涕的。如果以前能给他生活的勇气，现在，也能给他展望未来的信心。令她意外的是，不管她把安徒生的童话说得多么好，不管她如何说，在安徒生的每一个童话里，都寄托着一个梦想，小张也没有接受她的馈赠。他说他不需要这些精神鸦片，不需要那些虚幻的梦想，他需要的是能够看得到的，摸得着的那个人，那个真实的，明明白白的自己。

坐在我家客厅里的曲辰，面前摆放着那套退回来的《安徒生童话》。曲辰显出了无奈，他像个孤独的漂泊者，看不到大海的边际。梦想早就破灭的肖燕却信心仍在，她问曲辰："你是不是在小张身上看到了你自己？"

曲辰惊惧地看着她："我想都没想过。"

肖燕说："那是因为你不敢想，但是你潜意识里肯定是有这个

当代中国最具实力中青年作家书系

念头，而且这念头还很强烈。你和小张，都不想承认贴在你们身上的标签，不承认你们现在的身份，你们想让时间倒流，让记忆消失。"

曲辰脸都白了，眼睛红了。

"对于你来说，想要彻底告别过去是不可能的。但是你从小张身上看到了希望，你已经把你和小张的幻想绑在一起，那是你们共同的梦想。"肖燕不愧是一个出色的语文老师，她的分析让曲辰心惊肉跳，连我这样一个评论家，一个自认为对经典文学人物已经了解得透彻的人也不得不佩服。那个夜晚，我和曲辰，都成了她的学生。

肖燕接着说："你比我要幸福得多，毕竟，你和那个小张，还有梦想。不管那个梦想是不是合理，是不是合法，但它毕竟是一个实实在在的梦想。你想得到我的建议吗？"

曲辰拼命地点点头。

肖燕说："牢牢地抓住它，去实现它吧。梦想稍纵即逝。"

我相信，肖燕的话给了曲辰巨大的精神上的支撑，让他抛弃了绝望与无奈，带领小张，走上了一条追寻他们卑微想法的不归路。

黄莺儿一直处于忐忑不安之中，在我面前谨言慎行，唯恐说错一句话。她越表现得像是犯了错，心里有鬼，我越不知道如何坦然相对。弄得我们俩像是互相提防的对手。终于我无法忍受这种局面，把她单独叫来，想和她好好谈谈。

我还没开口，她先紧张地说："老师，没有马悦她们吗？"

"没有。"我说，"今天我们不说课题，说点别的。"

她低下头。

"你去过丹麦吗？"我冷不丁地问她。

黄莺儿惊讶地抬起头："老师，上次您电话里问过我了。我没去过。我没出过国。"

我说："啊，我忘记了。我找你来，就是想告诉你，那件事情已经过去了。对我对你，都已经过去了。你不要总是感到愧疚。"

黄莺儿脸色绯红："老师，我什么也没做。我和焦叔叔什么关系都没有。"

我摇摇头："我不关心你和老焦什么关系。我只知道，你是我的学生，我是你的老师。我希望我能把我自己最好的知识都教给你，我也希望你能做一个优秀的学者。没有别的。"

"老师，我和焦叔叔真的什么关系都没有，我无意中犯的错跟他也没有关系。"她脸色又变白了。

我越显得真诚，黄莺儿越觉得惊恐万分。谈话其实已经无法进行下去，我挥挥手："算了。今天就到这儿吧。"

她一步一回头，走到门口，还给我鞠了一躬。

唉！

我心绪难平，立即拿起电话给老焦打电话。他的副院长任命很快就要下来了，他正志得意满。我说："老焦，不管我们俩之间如何竞争，我都不希望你把一个无辜的孩子牵涉进来。"我没等老焦回答便挂断了电话。

与老焦较量的落败，除了让我感到失落之外，也许并没有什么影响，我仍旧是一个有分量的评论家，来寻求我的帮助的作家诗人们依旧趋之若鹜，我依旧去各地讲学，在妻子肖燕的眼里，我也依旧是那个被梦想抛弃的人。

不仅仅我是个被梦想抛弃的人，有一天，我接到了孟夏的电话。电话里的声音很是焦虑，她问我还记不记得一个叫何小麦的女诗人。我说："我以为你已经消失了，我需要再等待若干年，才会在某时某地和你邂逅。"

她说："你别打岔，回答我的问题。"

我问她怎么了，我经常能见到她。孟夏说，以前她上过我的节目，还是你介绍的。但是现在她提出了一个无礼的要求。

我有点紧张："什么要求？"

"要和我谈谈男人。"电话里的孟夏很是气愤，"非常无礼，这是对我的底线的挑衅。"

我安慰她，让她不要理睬那个疯子女诗人。我说："她的念头是我们无法理解的。"后来我问她最近生活怎么样。她回答说，很好，好得不能再好。我们闲聊了几句，就在我觉得无话可说，要挂断电话的那一刻，有一个想法突然冒了出来，我冷不丁地问她："你还有没有梦想？"我记得，当初主持《读书》栏目时的那个年轻美貌气盛的孟夏，梦想着用书籍照亮所有人平凡的心灵，照亮所有人前行的路途。

她略微犹豫了一下，也许她早就忘记了这两句话，早就忘记了《读书》栏目，她有点动情地说："仙生，我告诉你，我现在脑子里经常想到的是一个场景。那是小时候，大概七八岁，我父亲领着我，在我们家楼下的人行道上，在夕阳的余晖中，监督着我翻跟头的情景。便道上铺着灰色的方砖，紧挨着马路，是一排排的法国梧桐树，树皮斑斑驳驳，很是好看。西边是一个新华书店，夕阳就从新华书店的楼上照过来，映在父亲身上，父亲的脸是昏暗的，但他的目光却是亮的。我翻了一个又一个，我的身体轻盈无比，整个世界都随着我翻滚、旋转，那一刻，我觉得，整个世界都是我的。现在我只有一个梦想，那就是回到七八岁时的自己，我迫切地想在父亲的目光中，再把整个世界旋转起来。"

我说："这也不难。我们可以找一个地方，轻松地让你梦想实现。"

她有点激动："真的吗？"

我说："当然，我的一个学生，经营一个健身房。他那里地方很大，足够你翻上千个跟头。"

对于我的提议，孟夏很是兴奋。我们讨论了具体的细节与时间，我说，我可以让我的学生停业，等待着我们。我还建议她早点准备好翻跟头的服装与鞋子。孟夏兴趣盎然地说："当然，我要好好地准备。"我说："我可以来代替那个明亮的目光。"孟夏笑了。最后我们约定，在周五的晚上，我在健身俱乐部的门口等她。

约定的时间，也是夕阳西下，余晖绚烂，只是，我没有见到法国梧桐。

她却没有来。夕阳很快地就落在了高楼大厦的另一端，此时，光明跌落，夜幕拉开，城市像个巨大的制造黑暗的机器，瞬间就把余晖搅进了黑暗之中。汽车、灯光、就连我，都是这个巨大机器的一部分零件，我们各就其位，共同生产着城市的梦想与传说。闪着刺眼灯光的汽车组成了一条条的河流，我隐约看到，孟夏，那个梦想回到过去的人，在汽车的河流之上，翻着跟头，追逐着已经落下的夕阳而去。

没有人会想到那个意想不到的结局。

小张最终还是没有能够逃脱掉他内心的折磨。我们不知道，在整个事件的进展中，曲辰到底起了什么作用，因为小张这个人，

当代中国最具实力中青年作家书系

他是无论如何也不会鼓起那么大的勇气，去做一件天大的事的。他软弱胆怯的性格，决定了开始，却无法预见到未来。我和肖燕都相信，决定结局的钥匙在曲辰的手中。

那个寒风凛冽的冬天，我们只是知道了一个结果，后来具体的情节我们是从电视上看到的，那已经是一年之后，在法制频道上，有一期节目叫作《悔恨的泪》，讲的就是小张如何再次犯了罪，走上不归之路的。主持人的解说里，没有说小张内心的挣扎，一开始就认定了小张以前的犯罪事实是成立的。电视上的小张剃了头，眼睛很亮，很坚定，不像我们见他时头发蓬乱，目光茫然无神。他说，他已经彻底放下了内心的包袱，他从一个被别人冠名的坏人，变成了一个地地道道的坏人。他反而内心感到了十分的安宁，镜头里，他咧嘴一笑，笑得还真是轻松。他说，我现在可以对她说，对不起，请你原谅我。电视里也给了曲辰的几个镜头，曲辰说，是他给了小张勇气，他不知道，为什么会给他那样的建议，他只希望，时间快快地过去。

回到我们最不愿提及的那个阴郁的下午。曲辰和小张要去见印彩霞，曲辰对我说，这次是印彩霞提出要见面的。这让他和小张都感到有些不可思议，以前躲都躲不开他们，为什么这一次却如此主动，这反常的举动也加深了曲辰的忧虑，他说，也许这是最后一次，如此下去，小张的精神都会出问题，我怕他承受不了。

实际上，这一次，小张的精神没有任何问题。

到晚上九点多，曲辰给我打来了电话，他说，对于我们俩，可能这是最后一个电话。他的语气听上去有些奇怪，好像是如释重负的一种感觉，他说，小张做了一件惊天动地的事。我问他是什么事。曲辰说，他真的强奸了印彩霞。原来，他们去见印彩霞，印彩霞拿了两万块钱，她希望小张拿上这些钱，跑得远远的，不要再来纠缠她，影响她正常的生活。小张愤怒了。曲辰说他第一次见到小张愤怒。小张看看曲辰，明显地想从他那里得到力量。曲辰拍拍他，兄弟，你怎么想的就怎么做吧。曲辰说："就是这样，很简单，十几年前他没做过的事，却背负了十几年的事，今天做了。"

已经没有必要再来纠正他，关于十几年前，小张是不是真的做过那件事，这已经不重要了。

曲辰说："我也逃不了干系。有点遗憾的是，我在农村的梦想无法实现了。我只有一个牵挂，每年的清明，还得麻烦你，给我母亲的坟头上烧一炷香。"

我没有在曲辰被警察抓走前见上他一面。在电话里，我听到的他最后的话是他的忏悔。他向我透露了一个藏在内心的秘密。他向我忏悔，他说，他有深深的罪恶感，当他看到我和孟夏在一起时，他的怒火冲昏了头脑，他对我的态度发生了转变，他对这个陌生的社会产生了仇恨，他知道，他和小张，对于我们来说都是怪物。所以当他和肖燕去北戴河时，他一股脑儿地把我如何诱导他去给我偷老焦的笔记本，如何与孟夏在一起，都告诉了在北戴河找寻旧时梦想的肖燕。他痛哭流涕，分不清是因为再次要入狱，还是悔恨，"请你原谅我。愤怒让我变成了另外一个人。当然，这就是我人生最致命的弱点。我的人生就是因为这样的不冷静出现得太多而发生了改变"。

我不知道该如何回答他，是安慰他还是安慰我自己。但我最直接的反应还是震惊，不是因为他向肖燕告密，而是因为肖燕的反应。她明明早就知道了我与老焦之间那些龌龊的小动作——这是她最不齿的，早就知道了我与孟夏的苟且之事——这也是她痛恨的，可她什么也没有说。我放下电话，曲辰告诉我的那个令人痛心的故事似乎变得不那么重要了，我的脑子里全是肖燕，我的妻子，从那个满怀梦想和憧憬的大学生到现在的中年女教师。难道，这就是生活的全部？

小张被判了死刑，在那年冬天被处决。而曲辰再次入狱，这一次，曲辰换了一个监狱，那个监狱离石家庄很远，一直向北，在河北的北部，冀东监狱，那里的监狱长不是我的党校同学，我们得照章办事。我们去探过监。肖燕还带了那套《安徒生童话》。曲辰对那套书没显出过分的激动，他说，这里的人不喜欢听这类故事。我们看到，曲辰比在外面胖一些了，目光平和，他说他想看一本书，就是诗人何小麦写的那本《幽暗之光》，我答应回去给他寄过来。

临走时，曲辰笑着说："你们，何小麦，还有孟夏，在另一种牢笼之中。"他终于说到了孟夏。

在回程的路上，我们一路无语。我们在想着曲辰那句话。快要到石家庄时，肖燕说："是不是我们对不起曲辰？"

我想了想说："不，是他，是他对不起这个时代。"

沉默。

我突然想到了孙尔雅，我问她："我想去一个地方。"

"哪里？北戴河吗？"肖燕问。

我说："不。云南勐海，一个山村学校。"

肖燕惊讶地看着我。

我坚定地说："我一定要去。"

惊讶从她的脸上慢慢地褪去，她说："我已经有一个月没有在微信上看到她的消息了，她令我非常担心。我也想去看看。"

在很长时间里，肖燕都无法从曲辰再次远离我们生活的阴影之中缓过神来。她有一种深深的愧疚感，她觉得自己影响了曲辰对于事情的判断，影响了他对社会的判断。多少次，她都在半夜里醒来，她说她在梦里看到了曲辰，她在反复向曲辰说那些关于梦想的话。

丹麦奶糖仍然会收到。一直持续到曲辰再次从我们的生活中消失后一年，之后在杂乱的书信和快递之中，再也无觅它的踪影。我甚至开始怀念时常有糖果到来的日子。这一次，我已经无人可送，它已经积累到六盒，放在我的办公室桌子上，已经相当可观。我尝试着打开一盒，拿出一颗，放在嘴里，甜，甜味不像我们国家的糖，没有那么浓，如同刮过一阵香甜之风。淡淡的甜味慢慢地从舌尖，口腔，大脑神经，向全身蔓延，舒畅无比。我又蜕去了一层皮。是该忘记它的时候了。也许，生活就是这样，当多达六盒的甜蜜堆积如小山时，谁还想去思考那些干扰我们正常生活的烦恼呢！

完美的焊缝

师傅环顾一周，目光在每个徒弟的脸上均稍作停顿，最后落在前方纵横交错的管线上。他郑重说道："你们当中有一个人出卖了我。"

这是在加氢装置的管廊之下，密密麻麻的管线遮住了耀眼的阳光。师傅这句话犹如晴天霹雳，让炙热的空气陡然间紧张起来，凭空多了一丝凉意，在他们的血液中奔流。午休时间，师傅把他们集中到一起。阳光中，加氢装置闪烁着银色的光芒，水泥路面快要被烤化了，看上去软软的。热气在管廊外蒸腾着，在路面上方，形成了一团炙热的气流。管线稀疏的阴影中，工具箱、焊条散落一地，他们有的站着，斜靠在塔架，有的坐在泵上，有的坐在安全帽上。师傅这句话后，大家没有面面相觑，而是不约而同地绷直了身体，木然地看着师傅的脸，想从师傅的脸上看出点内容。可是师傅随后便陷入了沉默，再不说话了。

下午四点半，郭志强坐班车离开了厂区，在疾驶的汽车上，一路上他脑子里想的都是女朋友小苏，师傅那句话，和车窗外的风景一样，很快就被抛到了身后。小苏今天坐火车来，他要去接她。在温暖的回忆中，小苏还是上次见面时的样子，恋恋不舍，又有些淡淡的忧伤。她和小苏的相遇很文艺，半年前他们在火车上坐到了对面，郭志强手里拿着一本顾城的诗集《黑眼睛》。他们先是谈顾城的诗，谈舒婷和北岛，然后又谈到了电焊。郭志强说："两部分金属，管道或者钢板，就像两个不同的人，迅速地升温，飞翔到顶点，再飞速地冷却，急剧地降落。如果是两个人，这得是多么巨大的考验。而正是这种熔化，凝聚，升温，冷却，在快速的巨大落差间，才让它们完美地接合在一起。"他的话听在小苏心里，就像是一曲来自工厂的热情而有哲理的诗篇。爱好诗歌的小苏被顾城吸引，然后爱上了八方炼油厂青年焊工郭志强。郭志强同样喜欢顾城，爱好诗歌，也偷偷地写诗。这更加坚定了小苏的抉择，她让母亲的愤怒随风而去，让邢台与石家庄两座城市之间的距离变得不那么遥远，她告诉郭志强，她要让他们的爱情完美地焊接在一起。几乎每个周末，中学教师小苏都会乘坐火车赶往石家庄，然后再倒炼油厂的班车去和郭志强约会。而每次，郭志强都充满激情地带她到厂里参观，让她看看厂里的塔，球罐，油品罐区，管线，泵，以及一列列的原油罐车。每个周末，郭志强都会写好一首诗，热血沸腾地等待着赠予小苏。郭志强的诗从炼塔开始，他誓言要给每一座塔写一首诗，而每一首关于炼塔的诗都表达着他对小苏日益坚固的爱情。小苏对郭志强的师傅单鹏飞心存敬仰，有一天，她在生活区宣传栏里看到了单师傅披红戴花的照片，便对郭志强说，我想见见你师傅。她见到的单师傅和电影里、诗歌里的工人师傅一模一样，勤劳朴实，可亲可敬。她不禁赞叹道："怪不得他能带出你们十二个徒弟呢。"

接上小苏，在返回炼厂的路途中，小苏紧紧依偎着郭志强，仿佛郭志强随时可能离开似的。她不停地给他讲她这一周读到的诗，这一周和她一起参加培训的吴老师从她这里借走了舒婷的诗，她的母亲又和她吵了一架，小苏发誓说："如果她再和我吵，她再抱怨老天对她不公，非要惩罚她，给她找一个当工人的女婿，我就从家里搬出来，住到学校去。"

快到厂区时，已经看到了火炬的光，小苏突然问："你师傅怎么样啊？我给他带了一条石林烟，是我爸爸的。我听你说过，你师傅抽烟很凶的。"

"我师傅？"郭志强的回答犹豫、不自信，小苏的问话让他突然间想到了中午时分师傅那句令人有些毛骨悚然的话，所以他不知道如何回答小苏，他只能含糊其辞地说："都在忙着检修。"

住下之后，小苏收拾自己的衣物时，看到那条石林烟，便又提起了单师傅："郭子，你师傅怎么了？"她显然觉察到了郭志强的迟疑。

郭志强不是个会说谎的人，便一五一十地把中午时分，加氢装置管廊间的事情告诉了小苏。小苏惊讶地瞪大了眼睛："你师傅怎么会那么说？"

郭志强淡淡地说："我也不知道。挺突然的，也挺奇怪的。"实际上他并没有把这件事完全地放在心上，就像他对所有的事都不在乎似的。除了上班，偷偷地写诗，爱上一个火车上的姑娘，这些好像都是他命中注定的事似的，而师傅的那句看似简单的话，也许就和他们必须要面对的一次次的检修和抢修一样，是必然要来临的。

小苏的反应出乎郭志强的意料，她觉得这是个天大的事："你怎么可能不知道呢？怎么可能呢？"她瞪着郭志强，好像他做了什么伤天害理的事似的。

郭志强笑着说："我真的不知道。难道我还能无中生有，胡乱编造一个理由吗？"

小苏意识到了自己的反应过度，她缓和一下语气问："你那些师弟师妹们呢，他们也不知道吗？"

"谁知道呢？一下午我们都在干活，干完活我就去接你了。"他略微想了想，"你这一问，我现在觉得有些不对劲，整个下午，我都有一种怪怪的感觉，像是下雨前的那种气氛，闷，心里有什么话说不出来。干活的时候大家的话都特别少，都不敢正视对方。躲避，对，是在躲避。"

小苏显得兴奋异常："对。这正说明，你师傅是有所指的。你们当中有一个人出卖了我。"她重复着单鹏飞师傅那句话，像是在琢磨这句话背后的深意，然后断定："肯定是有个人出卖了他。是谁呢？谁又出卖了你师傅什么呢？"

郭志强觉得一直纠缠在师傅的那句话上，让他们难得的相聚变了味，连诗歌都退居其次，高尚让位于庸俗，浪漫让位于现实，于是他说："也许师傅只是随口那么一说。没有人会记在心上，连师傅都会在太阳升起之后把它忘得一干二净的。"

这是郭志强的心声，可他不能代表小苏，在他们相聚的短暂时间里，不到二十四小时，诗歌与爱情真的悄悄地落在了后面，小苏在郭志强朗诵那首《分馏塔：上升或者降落》的诗时，她的倾听便有些分心。

上升是一种选择

当代中国最具实力中青年作家书系

降落，在命运的掌纹中

凋零，哭泣……

她突然打断郭志强声情并茂的朗诵："你师傅这几天有什么反常的举动没有？"

郭志强顿时诗意全无，情绪很糟糕，他不得不重新梳理自己的记忆，让思绪回到那个中午，或者更早的时间段："好像有一点反常。周四上午，他没有给我们开班前会。小郑那天下午神秘地说，师傅去了办公大楼的五楼，纪委监察室。他嫂子在党办，看到师傅从监察室进去。师傅在那里待了整整一上午。"

"我就说，你师傅不可能平白无故地说那样不着边际的话。他肯定是犯了错，让纪委抓到了把柄。"小苏拍了一下巴掌，像是找到了一个答案。

郭志强试探着问："那我还读诗吗？"

小苏说："你读，你读。我听着呢。"

事实上，朗读与倾听都变得不那么重要了，师傅的那句话，让那个周末索然无味。

上火车前，小苏叮嘱郭志强："那句话有什么新进展，一定要先告诉我。"

第二天中午，从食堂吃完饭往回走的路上，郭志强被师妹林芳菲叫住了。她躲在检查科楼边的大树下，像是怕被别人看到似的，轻轻地叫了一声"师哥"。

郭志强拎着饭盒走过去，笑着问她："你躲在这里干啥？"

林芳菲面露忧愁："我在等你呢。"

郭志强说："那走吧，我们一起回车间。"

林芳菲却一把拉着他向大树后边走去，一排茂盛的松树遮挡住了检查科的二层小楼。"怎么了，神神秘秘的？"郭志强觉得平日里怯生生的小师妹今天有些反常。站定之后，林芳菲四下望望，感觉安全了才定神说道："师哥，我想问你一个问题，你可一定要如实回答我。"

郭志强笑着说："菲菲，到底发生了什么，把你吓成这样？"

师妹林芳菲一脸严肃："师哥，事儿闹大了，非常严重，所以我在这里等着你。在食堂里我就盯着你，生怕你提前走了。可食堂里人多，眼杂，没法说。所以就在这儿拦着你。师哥，我就是想问问你，你昨天去见过师傅吗？"说完，她满脸羞红，像做了一件有愧的事。

郭志强仍然一副松松垮垮的样子："昨天我女朋友来了，我一直陪着她，没见师傅呀。怎么了？师傅怎么了？我看他今天好好的呀。"

林芳菲叹口气："师哥，真被我猜中了。我就猜你没去师傅那儿。其他师哥，都去过了。而且是单独去的，谁也没碰到谁，想是算准时间，彼此都有默契似的。"

郭志强一头雾水："他们去师傅那里干什么？我咋一点也不知道？师傅病了吗？"

"没有，师傅好好的。"林芳菲心事沉重地说，"你心怎么就那么大？你忘记前天中午的事了？师傅当着我们十二个徒弟的面，说，你们当中有一个人出卖了我。你以为师傅是说着玩的，跟我们开玩笑呢？师傅是那种人吗？他从来就没有开过这样的玩笑。所以他们都去找师傅了，还拿着礼物，给师傅表忠心去了。"

蝉的叫声突然间大了，刚才，郭志强根本没有意识到，除了他与师妹的谈话，还有另外一种声音。蝉的叫声连绵、轻快，却钝钝地从他的心上擦过，心头上就像长了一层铁锈。

"师哥你说话呀。"林芳菲着急地看着他，额头上还有细密的汗珠。

"你也去了吗？"郭志强问。

林芳菲低下头，停顿了一下怯怯地说："去了。我是最后一个去的。已经是傍晚了。我思想斗争了一整天。"

郭志强说："我知道了。谢谢你菲菲。"

林芳菲却仍旧紧追不舍："师哥，那你到底去不去呀？"

"去干什么？"郭志强反问。

"去告诉师傅，那个人不是你呀。"林芳菲瞪着眼睛时，她的眉毛就很清晰地跳动着。

蝉的叫声更加响亮了，松树之外，夏天的光芒万马奔腾。郭志强接着问师妹："那个人本来就不是我呀。所以我为什么要去呀。我不去。"

林芳菲拽着他的胳膊："师哥，我知道你是个随性而为的人，你洒脱，超然物外，把一切都看得很淡。可是这件事，你可不能掉以轻心。"

郭志强说："我知道你是好意。我心领了。算了。我不去。我不能违背我内心的意志。没事，菲菲，别替我担心。我不去向师傅表白，师傅也不会怪罪我，把我当成一个叛徒。"

本来，郭志强的包里揣着那条石林烟，他想在下班前当着大家的面送给师傅，可是当黄昏来临，当他坐在家里准备给小苏写另一首关于炼塔的诗时，那条石林烟，已经和顾城的《黑眼睛》

并排躺在书柜里，书香和烟香，混合成一种奇异的味道，钻进了他飞扬的灵感之中。

整整一周，林芳菲都在做着不懈的努力，劝说郭志强去向师傅表白。又一个周末来临，她突然出现在气分车间的抽提塔前，那时候，郭志强正给小苏介绍这个塔的功能。林芳菲对郭志强说："师哥，我能不能借用一下苏姐姐？"

和郭志强一样，小苏也很喜欢林芳菲，她觉得这个二十岁的姑娘单纯得像一杯清水。她们笑着挽着胳膊走到一边，悄悄地说了有五分钟，期间还不时地向郭志强张望。最后她们俩走到郭志强面前，师妹林芳菲对师兄抱怨："不是一家人，不进一家门。"说完，便气鼓鼓地走开了。郭志强问小苏，她们都说什么了，让师妹如此不开心。小苏说："你还问我呢，要不是她给我说，我还蒙在鼓里呢。她让我劝你去向师傅表白心迹。说你不是那个背叛者。"

郭志强叹了口气："唉，我这个师妹！那你怎么答复她的？"

小苏反问："你说呢？"

郭志强嘿嘿笑了："你的意见和我高度一致。"

小苏伸手，握住了他的手，说道："你手心里有虚汗，你是不是担心我不会和你站在一起？"

郭志强说："你要是那样的人，也不可能火车没到站就跟我下了火车，非要跟我来看看炼油厂什么样，看看焊接是怎么回事，看看焊花的壮观，看看我诗歌里的炼塔什么样。"

小苏说："瞧你美的。如果哪一天，我不和你站在一个战壕里了，你可不能怪我。"

"怎么可能呢？"郭志强自信地说，"我们会永远在一起，我一辈子写诗给你，直到你老了，耳朵背了，听不见了。”

郭志强的誓言在那个夏天像是一股甜甜的微风，吹走了漫漫的炎热，在她频繁地来往于邢台和石家庄两座城市之间时，感到了无比的幸福。华北平原上的这两座城市，成了她生活中必不可少的两个温暖的牵挂。

连接生活区和厂区之间的马路，被高高的白杨护佑着，路两旁绿油油的玉米已经没过了小腿，放眼望去，阳光中辽阔的玉米像是缠绵絮语的诗句，在他们的心中激荡，连缀成行。小苏情不自禁地吟出了郭小川的名句：

> 北方的青纱帐啊，北方的青纱帐！
> 你为什么那样遥远，又为什么这样亲近？
> 我们的青纱帐哟，跟甘蔗林一样地布满浓阴，
> 那随风摆动的长叶啊，也一样地鸣奏嘹亮的琴音；
> 我们的青纱帐哟，跟甘蔗林一样地脉脉情深，
> 那载着阳光的露珠啊，也一样地照亮大地的清晨。

读完郭小川，小苏的思绪立即就转回到了现实，她说：“你师傅，到底是个什么人呢？他为什么会接受徒弟们的表白，他想要什么？”

郭志强感到有点突然：“你想听什么呢？”

“我在师大上中文系时，我们的写作老师，总是提醒我们，要注意文字背后的深意。一个人也是一样。看来，你师傅不只是宣传栏里的笑容可掬的那个人，他肯定还有更多的故事，是在外表之外，你从来不给我讲。”有些怨，有些不满，小苏用脸色表达着

自己的内心感受。

此刻，面对他爱得如痴如醉的人，她的怨怼，仿佛突然为他打开了一扇门，那扇门通向他幽深的内心，他惊奇地发现，在那幽深之处，还有另外一个自己。他重重地舒了口气："我不能对你有任何的隐瞒。"

小苏温柔的目光鼓励着他。她的身后，那伸向远方的玉米地，在不远的地方，与一些白杨会合到一起。它们安静，绿得明亮。它们和一个年轻得如一株正在拔节生长的玉米一样的语文教师，都是他忠实的听众。他觉得那些言语在幽深之处已经积淀太久，几乎被冰冻了。

"我是师傅的大徒弟。从技校毕业，一进厂就跟着师傅，我对师傅充满了敬重。但是从三十八岁起，师傅突然喜欢上了徒弟们给他做寿。那一年，师傅的徒弟已经有十个，师傅也成了我们检修一队的大队长，管着三十多号人，管、焊、铆、起重，每个工种都有，但最受师傅重用的当然是我们这些嫡亲徒弟们。我忘了是谁先提出要给师傅做寿，师傅略为推辞了一下就答应了。从那年起，师傅每年的生日对我们来说都是一个重大的节日，每个徒弟都争先恐后地给他买礼物，生日宴会那天还要上礼。我挺烦这些的。我觉得给师傅最大的礼物就是把工作做好，把活干漂亮，圆满完成一次次检修和抢修任务，给他长脸，别给他丢脸。可是没有人认同我的观点。这让我非常苦恼。因为我是大师兄，按理说，师傅做寿，理应由我来张罗，但是一个内心不情愿的人，根本无法指望他做成什么事的。所以，每次，积极张罗的那个人都是师弟张超民。他不停地埋怨我不积极，其实他心里乐开了花，他愿意在师傅面前表现自己。他忙前忙后，师傅都看在眼里，因此，每年的先进都是他，师傅还让他当了班长。而我，除了进厂第二年侥幸得过一次先进之外，任何奖励都和我无缘了。我乐得自在逍遥，工作，阅读，写诗，日子顺着自己的心去过，就平和而幸福。我也从不消极，师傅做寿时我从来没有缺席过，当然我已经沦为随大流的那一类人。半个月之前，师傅的寿宴刚刚结束，"郭志强停顿下来，仿佛回到那个夜晚，表情中透出一丝的忧虑，"这一次，出了一点意外。寿宴倒是正常，也很和谐，都喝了不少酒。问题就出在寿宴之后。师傅爱打麻将，因此，喝完酒有人提议陪师傅打麻将，于是我们就来到附近的邱头村，师弟小关是这个村的，他有一处闲置的房子，是家里准备给他娶亲用的，他们经常在那打麻将。所有的人都去了，有陪师傅打的，有观战的。满满一屋子的人，师傅高兴，手气也好，不一会儿面前就堆了不少钱。我对打麻将提不起兴趣，关键也不会打，所以看了半个小时我就觉得头发涨，眼皮子打起架来，于是我就告别了师傅师弟们，踩着月色提前回家了。第二天我才知道，我走后一个小时，邱头镇派出所的人就摸了进去，抓赌抓了个现行。师傅赢的钱，包括徒弟们孝敬他的钱，都被当成赌资给没收了。据小关讲，那晚上师傅的脸色非常难看，跟从管线里漏出来的原油一样，黑黑的……"

小苏打断他："派出所抓赌时，只有你一个不在场？"

郭志强确定地说："没错。我回到家没多久就睡着了。那天闹了一夜，我困死了。怎么了？"

"那第二天，第三天，或者第四天，你师傅都说些什么，你师弟们说些什么？"她紧张地看着郭志强。

郭志强笑着说："没有啊。那事很快就过去了。小关给我说这些的时候，也只是把那天我错过的情节补充完全。他们随后也回家睡觉，他们进入梦乡的时间会比我长一些，毕竟，被没收了钱，心情沮丧一些。"

"你师傅会不会说的是这件事？你们当中有一个出卖了我？"小苏变得焦躁不安，她在树荫下来回走动，这个寿宴的故事一点也不精彩动人，却使她的心情发生了某些细微的变化。

"不知道。"郭志强洒脱地说，"我不去想，也不想去想。就像这些玉米，一年年的，从种子到长成茂盛的青纱帐，每年都是这样，物的模样，事的原委，该是什么样，就是什么样，也不必放在心上。"

小苏伸出了手，这一次，手心里有汗的是她。

"你怎么了？"郭志强问。

小苏幽幽地说："我怎么突然间有些怕。"

郭志强说："怕什么呀，我又没做什么亏心事。"

小苏低下头，沉默了几分钟才抬起头问："你恨你的师傅吗？"

对这个问题，郭志强感到意外，他刚要回答，小苏伸手捂住了他的嘴："先不要回答我这个问题。不着急，等你什么时候想明白了，想透彻了，再回答。"

实际上，这一次的相聚，小苏留给郭志强一个不大不小的问题，这个问题在郭志强的脑子里由一个小点慢慢地变大，但不是变得清晰了，而是模糊了。之后，没有小苏的那一周，仿佛有些漫长，漫长并不是因为时间，而是因为内心里凭空生长出来的一些东西，是除想念、爱、诗歌之外的东西，那东西无形之中，拉长了分离的时间。

再一个周末来临的时候，匆匆地赶往火车站的郭志强并不是去接来约会的小苏，而是要去赶火车，他要赶最近的一班火车去邢台。昨天，小苏发来电报，只有八个字：速来我被赶出家门。字里行间，郭志强看出了小苏的无助，化成了八个字。赶到市里，天还没有黑透，他走下班车，急匆匆要脱离开下车的人流向车站走时，感觉到胳膊被人挽住了，回头一看，是小师妹林芳菲。昏暗的光线中，她的微笑很迷人，她叫了一声"师哥"。班车上挤得满满的，郭志强根本没发现她也在拥挤的人群中，便纳闷地问她要去干什么。林芳菲俏皮地说："跟你一样啊。"

"我可是去邢台，去小苏那儿。"郭志强说。

林芳菲却并没有把手松开，她的手抓得反而更紧了："你去哪儿我就去哪儿。"

郭志强想摆脱掉小师妹的手，却没有办法，他急切地说："你别开玩笑。我得急着赶火车。要赶不上这趟车，我就得后半夜才能到邢台。"

"赶紧吧。"林芳菲说，"别耽误工夫了。"

郭志强真是哭笑不得："你去干什么？邢台跟你可一点关系都没有。"

林芳菲倔强地说："我不管，只要让我离炼油厂远远的，不管去哪儿都行。"

师妹的一意孤行，让郭志强放弃了坚持，他只能让师妹挽着他的胳膊，快速地从中华大街拐上自强路，走上五百米，来到了人流攒动的火车站。

南下的列车上，站在拥挤的车厢里，不时地躲避着来来往往的人，师妹才向郭志强说起了原委，她说："我不是要赖着你。是因为师傅给我介绍了一个对象，我不想去见，又没有理由拒绝。我没了主意，就漫无目的地坐上了班车，后来就看到了你。这一下，我有理由了，我陪着你去邢台呀。这个理由够充分吧。"

郭志强摇摇头："不充分。你躲过了初一，躲不过十五呀。你干脆回绝了不行吗？"

林芳菲反问："师傅的话能回绝吗？"

两人就不说话了。师傅，不知道从什么时候起，郭志强发现以前那个虽然严厉但平易近人的师傅消失了，师傅喜欢上了众星捧月，喜欢上了高高在上的感觉。唉，他不禁叹了口气。

他们站在过道里。一百二十公里的旅程，拥挤不堪，不断地有人从身旁经过，上厕所的，打水的，无聊地挤来挤去的。车厢里什么味道都有。不一会儿，小师妹林芳菲脸色便有了变化，腿也打颤了，她抱怨火车上人怎么这么多，环境怎么这么差。突然她像是想起什么似的："我苏姐姐每次也是忍受着这样恶劣的条件去看你吗？"

一经师妹提起，郭志强也是心里一惊："她从来没有说过呀。"看着车厢内嘈杂的情景，感受着恶劣的氛围，再想想文弱的小苏，他还真心疼起小苏来。

"我真佩服苏姐姐，不顾距离的阻隔，不顾家庭的反对。师哥，你以后可得对苏姐姐好啊，你要是变了心，连我都不答应。"林芳菲直视着他说。

不一会儿，车厢内芜杂的空气就让林芳菲疲惫不堪，昏昏欲睡，她实在坚持不住了，很自然地把身子靠在郭志强的身上，头依在他的胸前，像是睡着了。路过的人的气流把她的发丝吹起来，撩在郭志强的脸上。他低下头，看着面如土色的小师妹，感觉到，这一刻的小师妹已经忘记了她不喜欢的约会，忘记了她不喜欢的那个不知名的小伙子，此刻的林芳菲，靠在郭志强的胸前，安静，满足。

夜色中的邢台，空荡荡的，寂寥，孤独，还有些古城的凋败。据小苏说，邢台在历史上曾经短暂地做过商代、赵国（战国）、晋代后赵的都城。可是走在那低矮楼房挤压中的街道之上，郭志强一点也感受不到古代帝都的恢宏气息。

看到林芳菲，小苏还是很惊讶。她站在邢台一中的门口，像是已经在这里等了许久。"呀，菲菲，你也来了？"她说。

因为被母亲从家里赶出来，小苏不得不搬到了学校的宿舍里，宿舍在一栋三层小楼上，边上楼，小苏边给他们介绍："这个学校抗日战争时期是日本人的一座兵营，学校西北角还保留着日本人建的碉堡呢，明天我带你们去看看。这栋楼是日本人的指挥部。屋里都铺着木地板。"

听着她的介绍，郭志强悬着的一颗心渐渐地放下来了，小苏没有表现出多大的悲伤，他原以为，见到他，小苏肯定会无比的委屈，会扑在他怀里痛哭流涕。

小苏寄居的宿舍在二层，一间八平方米的小屋。那天晚上，他们不得不三个人挤在一间屋子里，屋子的中央拉了一块床单，小苏和林芳菲挤在一张单人床上，白色床单的另一边，郭志强只得睡在地上，躺在坚硬的凉席上的郭志强却感到了欣喜和宽慰。他所看到的小苏，是一个没有因为家庭的抛弃而悲伤的姑娘，如果是那样，他会无地自容，深怀自责。黑暗中的郭志强偷偷地长舒了一口气。

黑色在小屋中流淌，像是水流过他们的面颊。夜真寂静呀。

没有装置的轰鸣，没有生活区四周的狗叫和鸡鸣，一个青年教师的宿舍，那深藏的疑问，在黑暗中悄无声息。这一切都是因为多了一个人，小师妹林芳菲，她也一定感觉到了自己存在的尴尬，于是率先打破沉默的那个人是她，她说："你们想说什么就说吧，就当我不存在。我困死了，躺下就睡着了。"只有一天的周末，一分一秒都是珍贵的。已经在心里积攒了一周的疑问像春节的爆竹一样已经被点燃了。小苏终究还是被自己的好奇和对郭志强的忧虑所击败，黑暗中的她轻声说："说说你的师傅吧。他一定还有更多的故事。"

郭志强犹豫了片刻，这显然不是在无边田野簇拥下的乡村公路上，听众也不仅仅是小苏和忠实的玉米，他咳嗽了一声还是开始讲述关于师傅的故事，在讲述的过程中，他惊悸地感觉到，他好像也是第一次重新认识一个人。这个讲述中的师傅，和现实中的师傅是一个人吗？和他朝夕相处的师傅是一个人吗？

"我师弟孟海军，他的生活突然跌入了万丈深渊。他刚出生的女儿得了白血病，他要去北京给女儿治病，急需一大笔钱。虽然车间里，厂工会都给了他一些救助，可这都是杯水车薪，根本解决不了问题。海军急得一下子老了许多，半个月的时间就像是过了三十年，头发都白了。那天，菲菲也在场，师傅给我们十二个徒弟开了个会。大意就是，我们要想尽一切办法，把这笔巨额的费用给凑齐了。先是师傅让我们出主意想办法，我们七嘴八舌，吵吵嚷嚷，却说不到正点上。然后师傅才说出了他的主意，很显然，他已经胸有成竹，师傅想到了我们检修时换下来的那些旧的设备，泵啊，管道啊，阀啊，甚至还有火炬顶端白金的探头。如今，它们都静静地堆在车间的仓库里。师傅说，它们待在那里真是可惜，真是浪费，虽然不能再为装置服务，不能为我们厂创造价值，如果能发挥余热，废物利用，挽救一个孩子的生命，它们也是生得伟大，死得光荣了。师傅是在打那些旧设备的主意。他想把那些旧设备弄出来，转手卖了，把钱交给海军治病。师弟们都低下头没有说话，只有我提出了反对意见，我说了我的理由，仓库里的东西都是国家财产，我们把它弄出来，转手卖掉，那就是犯罪。我说得振振有词，反应却寥寥。我说完，看到大家都看着我，像是在看一个怪物。师傅铁青着脸，问我，你能拿出那么多钱？我回答说不能，但我们可以想办法。我的声音很微弱，没有得到任何的响应，师傅说，我们投票吧。师傅喜欢投票，一遇到要大家解决的问题，师傅总是采取投票的方式。当然，在投票前，师傅会把他的意见先说出来。投票的结果就会完全按着师傅的意图产生。这一次，师傅把决定权也交给了投票。我知道自己的反对是毫无意义的，于是我弃权了，我没有投票，而是走出了车间，来到阳光汹涌的院子里，我看到有一群麻雀落到那个巨大的旧法兰上，法兰好像在这个院子里待了有好长时间，锈迹斑斑，麻雀欢快地在那上面啄呀，叫呀，那个被热滚滚的油汽泡过、被风吹雨打过的笨拙的家伙，能有什么吸引这些自由自在、无拘无束的麻雀呢？

"邢台的夜真静啊。我仿佛都能穿越时空，回到那个午后，听得到我自己心跳的声音。我不知道，在没有阳光照耀中的车间里，师傅和我的师弟们，他们能否听到自己的心跳。那之后没多久，也就是两天之后，我就听说车间仓库里的旧设备被盗了。整整一屋子的设备，竟然在神不知鬼不觉的情况下，被风刮走了，被夜色吞没了。仓库的大门、窗户安然无恙，一点也没有被撬过的痕迹。厂公安处忙活了一个月，一无所获，没得出任何结论，草草结了案。"

在郭志强讲述师傅的故事时，小师妹林芳菲一直没有插话，躺在床单那边的两个姑娘都很安静，只能听到那张破床吱吱呀呀地响着。讲完后郭志强轻声问："菲菲，这些你都是知道的，你也是参与者，我说得对不对呀？"床单另一边，只传来一个姑娘的回答，那是小苏，她轻声说："睡吧。"

第二天一早，林芳菲对郭志强说："师哥，昨天晚上我好困，都没听到你讲的故事。"

那个周日，郭志强帮小苏把宿舍收拾了一下，买了一些日用品，把那张快要散架的单人床重新钉了一下，昨天晚上，郭志强是听着那张床传来的吱吱呀呀的声音入睡的。他还没有忘记给小苏读诗，这首诗的名字叫《常压塔：沸腾的生活》。显然，迷恋诗歌的小苏却没有表现出对这首新诗的更大的热情，她心事重重，看着郭志强的眼神都很特别。这眼神让郭志强有些不适应，趁林芳菲不在身边，他忐忑地问小苏，我哪里做错了吗？小苏的表情仍然那么忧郁，眉宇不开朗，她说："你没有做错。你做得很对。可我就是觉得怪怪的。心里有什么东西堵着，可又说不出来是什么。"郭志强刚想安慰她两句，林芳菲回来了，她说："我喜欢你们校园，比我们厂子弟学校的操场大，两旁的树也多。下回来我还要在这里跑上十圈。"林芳菲喜欢跑步，每天坚持。到了这里也没懈怠。

回程的列车上，仍然是人头攒动。他们紧挨着站在车厢的一头，林芳菲问郭志强："师哥，你打算一直这样两地奔波呀？多难呀。"

郭志强思忖了片刻，这个问题他还真的没有过多的考虑："你知道我这个人，随波逐流，走一步看一步，从来没有过多的奢求。"

林芳菲便没有再追问。年纪轻轻的她，竟无比惆怅地说，要是我也有一个苏姐姐这样的异性朋友，我就可以有理由待在邢台，永远不回去了。

郭志强笑着说："你的大好年华才刚刚开始，别那么悲观。你要是不愿意去见那个小伙子，我去劝劝师傅。"

林芳菲摇摇头："你别去。你觉得有用吗？"

"那你自己可以给师傅说呀。你说你不愿意。这是你自己一生的幸福呀，你不是为别人在找一生的伴侣，而是你自己。"郭志强耐心地说，他觉得这个小师妹善良，单纯，就是事事胆怯，办事犹豫，优柔寡断。

"可是，"林芳菲咬着嘴唇，"师傅也没说非要我嫁给他，只是让我去见个面，主意让我自己拿呀。"

郭志强能想得到师傅说这话的语气，那是不容置疑的。师傅，越来越无法容忍徒弟们提出哪怕一丁点的反对意见。

对于无法摆脱掉的现实，林芳菲觉得应该像师哥学习，随遇而安。没多久林芳菲便依在郭志强的身上，连郭志强安慰她的那句"也许师傅给你选的那个人很好呢"都没听到，师哥身上的气息像是催眠剂似的，她靠得紧紧的，很快就迷迷糊糊地睡着了。

林芳菲约会那天是个黄昏，下午刚下班，夕阳和燃烧的火炬交相辉映，天际被分成两半，上面是重重的云彩，而下部却夕阳如血。余晖中，她骑着自行车赶上师哥郭志强，央求他跟着自己一起去，她说："我有点害怕。"

郭志强说："哪有约会带着师哥去的。又不是去打架。没事，见几面，你要是不喜欢，可以推掉呀。我听黄三说，那个男的是个大学生，有文化，肯定比我们没文化的好。"

林芳菲说："我才不管他是不是大学生。我就是害怕。"

郭志强说："男大当婚，女大当嫁。自然规律，别怕。要是那男的真欺负你了，到时你再找师哥来，我替你出气。"

令郭志强没有想到的是，他一语成谶，等需要他来替师妹出气时，事情已经无可挽回。那个夕阳无限好的黄昏，他目送着林芳菲走向她约会的翔龙酒店，他才突然发现，林芳菲竟然还穿着蓝色的工作服。

那天晚上，林芳菲的约会也成了郭志强的一件心事。因为晚饭后急促的敲门声打断了他写诗的思路，进来的是林芳菲，她的神色和分手时没什么两样，害怕与惶恐，浓重地写在脸上。她看了看铺在桌子上的稿纸："你给苏姐姐写情书呢？"

郭志强纠正她："不是情书，是诗歌。"

林芳菲坐下来："反正都是一样。我真羡慕你们，你们的爱情，有诗歌这样美好的东西，有不辞辛劳的奔波，有互相之间的惦念。而我呢，我都不知道有什么？"

她怅然若失的样子令郭志强很是担忧："那小伙子人不好吗？"

"不知道。"林芳菲摇摇头，"文质彬彬，戴着眼镜，家是张家口的。名叫魏秋声。供应处的，负责采购业务，经常要出差。话不多。可是，师哥，我怎么就快乐不起来？我看你和小苏姐，那么快乐，那么幸福，不管有没有距离的阻碍，不管有没有家庭的反对，你们对爱情的渴望都那么强烈。可我怎么就不能呢？"

那天晚上，没有化妆打扮，穿着工作服，快乐不起来的林芳

当代中国最具实力中青年作家书系

菲让郭志强陪她去跑步。在小师妹面前，郭志强说不出一个"不"字，况且，诗歌可以慢慢来，不急于一时片刻。

厂子弟学校的操场上，跑步的人并不多。林芳菲跑得很快，不一会儿，她就把郭志强丢下很远，他喊道："等等我，等等我。"他的喊声无济于事，林芳菲好像已经忘记了还有他这个师兄在陪伴着她一样，她越跑越快，渐渐地把郭志强甩得远远的。后来她超越了郭志强，没有跑步习惯的郭志强干脆停下来，他能听到自己心脏剧烈的跳动，他扶着位于操场南边看台旁的旗杆，气喘吁吁地看着林芳菲一会儿近一会儿远，一会大一会儿小。他觉得师妹就像是一颗愤怒的子弹，而跑道就是一杆长枪。只有在跑步的时候，小师妹林芳菲才是个意志坚定的人。

林芳菲的爱情一开始就带着明显的个人情绪，不情愿，情不得已。她怯懦的内心，使得那个不得不到来的爱情充满着许多未知的前途。所以她要找一个信任的人，陪伴在犹豫不决的自己左右。郭志强说："菲菲，爱情是两个人的事情。"

林芳菲说："可是我心里不安。你不愿意帮我呀师哥？"

郭志强摇头，说："你到底是怎么想的，如果你觉得你们之间没有任何可能，我劝你就和那个小魏摊牌吧，告诉他，你们俩不合适。"

"师傅那里我怎么答复？"林芳菲无奈地说，"昨天师傅还把我叫到一边，给我说一大通小魏的好处，说他踏实肯干，深得常副总的赏识。用不了几年就会受到重用。"

"那你是怎么想的？"郭志强对小师妹的犹豫不决很是不爽。

"不知道呀。我脑子里空空的，什么想法也没有。师傅也是对我好，师傅详细地给我分析小魏的美好前程，如果我的一生寄托在前程似锦的小魏身上，便幸福美满了。"林芳菲低下头，"师傅说，你一个工人出身，能攀上一个大学生，那是你前世修来的福分。"

郭志强恨铁不成钢，可是又爱莫能助。林芳菲不想违背师傅的意愿，对于她来说，也许算是一个生活的态度，他不能勉强任何人都和他一样，顺着自己的心愿一条路走到黑。他对自己说，也许，她的选择是一条更适合她的路呢。

十一来临的时候，魏秋声邀请林芳菲去爬泰山。林芳菲走之前显得心事很重，她再次邀请郭志强陪他跑步，这一次，她跑得很慢，郭志强基本上能够跟得上她的节奏。月亮挂在偏西南的天际，一直跟着他们，郭志强感觉那盏皎洁的月亮像是一个跟踪者，在时刻窥伺着他们，这让他头一次对月亮产生了一丝的厌烦。他想跑快点把月光甩掉，可是他跑不快，那月光他也挣不脱，它像丝一般粘在身上。林芳菲的速度出奇的慢，好像她想让那跑步一直持续下去，她说："师哥，你说爬泰山和爬炼塔有什么不同？"

郭志强觉得她这个问题很奇怪："那当然不同。境界不一样啊，爬泰山你有一览众山小的宽广胸襟，爬炼塔你就只想着一件事，那就是赶快把分给你的工作干完。"

"我对泰山的风景一点也没有兴趣，我宁肯在这个假期把所有的塔都爬遍。"

林芳菲心底的真实想法永远都只能停留在那个月夜之中，把它隐藏在黑暗中，隐藏在月光中，而被动地迎合着爱情和一切。她和魏秋声去了泰山，而郭志强，迎来了同样心神不宁的小苏。

倾听，是那么迫切。

"我不能确定检修车间仓库的失窃事件是否与师傅有关，我也不知道后来海军为什么突然有了去北京给孩子治病的底气，但是我要做我自己该做的事。他临去北京前的那个夜晚，我去了他家，口袋里装着一个信封，里面有两千块钱。我只是想尽我力所能及的一点义务。可是海军毫不留情地拒绝了我，他的脸色像猪肝一样，好像我做了什么大逆不道的事情似的。他说他不需要我的怜悯和施舍。他的话重重地伤了我。我不知道自己是怎么从他家里逃出来的，我伤透了心，平时亲密无间的师兄弟怎么会如此猜忌，如此隔膜！漫无目的地走出生活区，走上没有路灯的乡间公路，我就那么走，一直走，真想那个夜永无止境。

　　"黑暗对我来说可能还远远没有结束。我的师弟们都对我敬而远之，好像我是一个怪物似的。我把更多的注意力集中到工作当中，当我戴着面罩，拿起焊枪，我感觉自己就被那喷射的弧光，闪烁的焊花所吸引了，那蓝色的光，红色的光混在一起，圣洁，美丽，像是神圣的宗教仪式一样。有一天，我们在新建的二催化的塔顶作业，那是一套新建的装置，建成之后，炼油厂的生产能力会有一个大幅度的提升。那个蒸馏塔还没有完全成型，通往一层层平台的阶梯还未完工，我们是从四层的平台上踩着搭起的架子来到塔顶的。塔顶离天空更近，春天里阳光照在塔上，形成的阴阳错落的样子，再加上蓝色天空的背景，蓝色和银色，像是刚刚完成的一幅水彩画。但是高处的风畅通无阻，很轻松地就穿透衣物，抵达皮肤，就会感到塔上塔下完全是两个季节。我专注地拿着焊枪在作业，从午后一直到了阳光西斜，等我感到身体累了，乏了，直起身来，眼睛从面罩下解放出来，那浓稠的夕阳映在塔顶，映在我的身上，我觉得自己依然埋在焊花里似的。四下一看，除了夕阳，圆圆的塔顶，孤寂的平台，在散发着焊条味道的护栏之中，只余下我一个人。他们都去哪儿了？我喊了一声'张东明'，比四野还要空旷的塔顶连回音都没有。我师弟张东明本来就在我的旁边，和我一起焊北边的护栏的，此刻他也不见了。我扶着塔壁向下张望，搭好的架子也撤了，他们为什么把架子拆了？整个蒸馏塔，只有我一个人。那是一个建设工地，收工了，地面上的工人们也早就没影了，我的喊叫声疲弱地传到地面上，起不到任何作用。美丽的夕阳转瞬即逝，天渐渐地黑下来，我坐在那里，已经放弃了会有人还记得我，记得我还孤独地待在一个孤寂的地方。我安静地坐着，旁边是早已冷却的焊枪和焊条，我茫然地看着蒸馏塔和我，一起缓慢地失去了清晰的轮廓，突然坠入了无边无际的黑暗之中。远处，气分车间装置的轰鸣声闷闷地传来，撞到我四周的黑暗之中，像是水滴进入了大海。更远处的火炬，那光亮似乎比平时看上去近了许多，但光芒却小小地，怯怯地在那里闪着。春天的风也有让人揪心的时候，在离地三十多米的空中，风比黑暗更加自由，它可以肆意地蹂躏我的身体，像是把我的身体当成一个可以穿越的目标。我坐在那里，思想冷得失却了旋转的动力，它像是一台没有了电能的气泵，沦落成一个物体。你想想，如果你能够看到你的思想成了一台泵，你连绝望的机会都没有了。黑夜如此漫长。火炬的光像是静止的。那真是神奇呀，天地间黑茫茫一片，只有那一点光亮，坚定却又渺小。像是出现在遥远的过去。黑暗也是静止的。天地间万物都是静止的。那一夜，我懂得了一个道理，不要相信弹指一挥间的鬼话。我一夜未眠，直到我能看到自己和塔的轮廓，直到那火炬的红光变黯淡了，直到天光大亮，我看到塔下的人陆陆续续地来到工地上，塔下，他们的身影就如同我小时候下的军棋，他们是一个个的棋子，工兵，班长，排长。只是，操作他们的不是我，而是上苍。九点，我的工友们才从塔下慢慢地爬到三层的平台上，他们若无其事地重新搭起两层的架子，然后攀登上来，像是意外发现了被遗忘在塔顶的我。张东明呀的一声，说，师哥，你怎么来得这么早呢？”

"你怎么有那么多的秘密？有那么多的悲伤？为什么你不告诉我？"小苏伤心地说。她把他的脸捧在自己的两手中间，透过泪眼凝视着他伤感的眼睛，这还是头一次，她看到一个内心悲伤的郭志强。她以为早就把这个她深爱的男人看透，如今，她动摇了。

小苏的手温暖细润，似乎要把郭志强的心融化："如果不是师傅的那句话，如果不是你的坚持，我是想把它永远埋藏在心里，让它腐烂变质，连我自己都把它彻底地忘掉的。"

"你应该大声疾呼，告诉他们你真实的想法。你并没有做错什么呀。"泪水在小苏的眼睛里打着转，仿佛那个被人不理解的人是她自己。

郭志强苦笑道："如果我去辩解，去据理力争，只能说明一个问题，那就是师傅错了，他们都错了。你觉得这个可能吗？"

小苏便沉默不语了，眼泪夺眶而出。郭志强替她擦拭着眼泪，反倒是他在安慰小苏："哭什么，我这不是好好的吗？又不缺胳膊少腿的。如果真到那天，我就去找你，在邢台安营扎寨，给你写诗，陪你变老。"

小苏破涕为笑："一言为定。到时候我也抛开一切，什么父母，工作，都不要了，我们也不在邢台，浪迹天涯，像浮萍一样随波逐流。"说完她感觉那一天似乎已经来临，那一天像是突破阴霾的刺眼阳光，温暖地照耀着她和他，他们真的成了两个无拘无束、没有任何社会羁绊的人，一股欲望的暖流腾空而起，把她托起来，她感觉自己的脸热辣辣的，浑身燥热难耐，她的身体轻飘飘的，像是一张纸，一片云。她无法自已地娇嗔地说："快快快，拽住我，拽住我，别让我飘起来。"郭志强也被她所感染，她潮红的脸，动人的睫毛，水波荡漾的眼神，抖动着的丰润嘴唇，柔软的身体，都在向他召唤。在那一刻，他们都暂时忘掉了师傅，忘掉了师傅的那句话，忘掉了还有许多不可知的未来，他同样颤悠悠地伸出手，剥去小苏颤抖的衣服，他触摸到的是一汪亮晶晶的温泉。他的身体拖着小苏，沿着一道明亮而狭窄的通道，在快速地沉下去，沉下去，直到跌入那万丈之光的深渊之中。

　　在国庆的那两天假期里，小苏完全是一个被欲望征服的女人，她不停地上升，而郭志强便不断地降落。每一次的高潮之后，她都高声地给郭志强背诵顾城的诗：

　　　我需要，
　　　最狂的风，
　　　和最静的海。

　　　我希望，
　　　每一个时刻，
　　　都像彩色蜡笔那样美丽。

　　　我希望，
　　　能在心爱的白纸上画画。
　　　画出笨拙的自由，
　　　画出一只永远不会，
　　　流泪的眼睛。

当代中国最具实力中青年作家书系

一片天空，

一片属于天空的羽毛和树叶，

一个淡绿的夜晚和苹果。

我想画下早晨，

画下露水，

所能看见的微笑。

画下所有最年轻的，

没有痛苦的爱情。

……

　　背诵完，她的欲望再次响起，他们重新投入飞翔和降落的过程之中。北京亚运会的吉祥物熊猫盼盼不时地在电视上闪现，他们一边数着中国运动员又拿了多少块金牌，一边忘记着自己多少次地被欲望所吞没。那是没有白昼和夜晚的两个日出日落，那是让他们终生都难以忘怀的两天两夜，那是类似欲望赌注一样的国庆假期。小苏觉得，她美丽的青春，必须要在那两天挥霍一空似的。

　　等她踏上返程的路途，才突然想起，她此行其实想看看郭志强是如何把两个物体焊接在一起的，她觉得那同样是一件浪漫的事情。她不禁有些伤感，郭志强对他们悠长的青春有充分的自信，他说："不着急，反正有的是时间。下次吧。"

　　林芳菲没有看到泰山日出。这和小魏的说法不一致，小魏兴致勃勃地向郭志强描述着泰山动人的日出景观，在他有些口吃的讲述中，泰山的日出瘪瘪的，干巴巴的，秃秃的，像是从山顶向上扔出的一个大大的麻布袋。

那是在俱乐部门口，他们一起从班车上下来，郭志强刚送完小苏，而林芳菲他们刚刚从遥远的泰山归来。天已经黑透，俱乐部广场上的路灯光黄澄澄的，照到人脸上，每个人都像是刚刚经历了一场灾难似的。看到日出的兴奋还在激励着小魏："郭师兄，你要是去泰山的话，我建议你最好多带些衣物，最好是军大衣。那上面租的军大衣，味道真不怎么样。"

"你真没看到日出？"郭志强问林芳菲时，已经是第二天的夜晚。他们奔跑在子弟学校的操场上，林芳菲说："没有。我什么也没看到。"

郭志强问："那你去干什么去了？"

隔了一会儿，林芳菲才回答："我在和一个人战斗。"

"谁呀？"郭志强停下来。林芳菲却没有停下来，他只好紧跑几步，跟上去。

"我自己。"林芳菲平静地说。

郭志强狠狠地吐出一口气，即使他已经习惯陪着师妹跑步，可是他的步伐总是在不断地调整之中，呼吸也是一会儿紧一会儿慢的，因为他摸不准心情变化多端的林芳菲什么时候跑得疾，什么时候跑得缓。林芳菲接着说："师哥，我拿定主意了，我不想和小魏谈朋友了。"

郭志强大感意外，很是振奋，他感觉自己的腿上都有力了："这可是个喜讯，你终于想通了。"

林芳菲干脆停了下来，这是从来没有过的。她停下来，站在路边，那晚，没有月光，能听到操场上秋虫的鸣叫一会儿高一会儿低。林芳菲说："师哥，泰山之行让我不寒而栗。让我也痛下决心，做回我自己。你知道吗师哥，小魏是个不善于表达，却喜欢表白的人，一路上，他都不停地给我说他辉煌和悲惨的过去。他辉煌的学业，他在讲述自己从小学到高中时期的优秀时扬扬得意；而悲惨的命运是他的家庭，他生在农村，是个单亲家庭，母亲只身带着他和妹妹，从很年轻的时候就守寡，一直没有再嫁。他说，他看到村里的那些男人欺侮母亲，他就暗下决心，总有一天，他要让那些人尝到苦头，他要让那些人跪在地上向他求饶，他要用铁锹把他们拍在地上打滚。他把他们的名字都记在一个小本子上，把他们的面容牢牢地印在脑子里。我听着听着就起了一身的鸡皮疙瘩。师哥，我觉得他内心太阴暗了，太可怕了。所以我打定主意，要和他一拍两散。"

对于师妹林芳菲的选择，郭志强给予了大力的肯定和赞扬，那天晚上，他还鼓励师妹，不要违背自己内心的意愿，做不得已的事情，还说了人生处处有芳草之类的话。接下来的跑步就变得轻松愉悦了，连郭志强也开始从那天起喜欢上这项运动了，他感觉到身轻如燕。

可是，事与愿违，过了没两天，与厂报编辑余坚吃完饭的郭志强发现林芳菲和小魏一起从俱乐部里出来，他们一道观看了王朔小说改编的电影《一半是火焰一半是海水》。林芳菲像是做了错事，在看完电影后主动找到郭志强，邀请他一起去操场跑步。两人没有像往常那样并排跑在跑道上，而是相隔有两三米的距离，林芳菲在前，郭志强在后。跑了有两圈，郭志强就感到疲惫不堪，他停了下来，弯着腰喘着粗气，林芳菲心有灵犀地停下脚步，犹豫了片刻，便走了回来。她呼吸均匀，丝毫没有郭志强那么费力。

她伸出右手，试探了几次，最后还是抓住了郭志强的胳膊，细声细语道："师哥，对不起。"

郭志强赌气地说："关我什么事。我不是狗拿耗子吗？你有什么错？又不是我找男朋友，又不关我的终身大事。你找个什么样的人我可管不了，我就是觉得你这种犹犹豫豫、拿不定主意的劲头，让我失望和痛心。你什么时候才能长大呀！"

按林芳菲的解释，是师傅的一番话，又让她重新回到了无所适从的轨道上。师傅说，生活就跟焊条和管道、容器的关系是一样的，什么样的材质，得用什么型号的焊条。而能不能把管道、容器、板材完美地焊接到一起，你要不断地进行摸索，不断地总结经验，要观察材质，观察厚度，要懂得运用电流的大小，要根据材质的大小、位置，采取适当的焊接方式。即使焊接好了，还可能出现裂纹呢，气孔呀。所以，你想一蹴而就，既无法焊接成功，也不能把生活搞好。

郭志强说："师傅说得对。"

他们走向看台，坐在看台的边缘，脚悬空。夜空下着绵绵秋雨，淅淅沥沥的，他们身上早就湿透了，跑道上空无一人。操场边，那棵白杨的树冠黑得浓密而巨大，细碎的雨声绵软悠长。

林芳菲说："师哥，你从来都不违背自己内心的意愿吗？"

郭志强不假思索地朗声回答："当然，我心底无私，问心无愧。"

"那你得到了什么？"林芳菲尖锐的问题在细雨中那么刺耳，一直在回响。

郭志强呆住了。他以为自己的内心始终被那炫目的焊花照耀着，他一直觉得他的心里亮堂堂的，此刻，在这个悒郁的雨夜，师妹的问话像是倾盆大雨，把他心中的焊花浇灭了，内心顿时灰暗无比。

灰暗的时刻远没有就此打住。在冬天来临之前，厂里要选派一批工人到荆门石化，帮助荆门石化建设一个新的聚丙烯装置。愿意去的人寥寥无几，据说，那里的冬天没有暖气，天气非常寒冷。任务落在了郭志强身上。接到师傅的通知后，他毫无怨言，只说了一句话："好的，我去，师傅放心，我不会给你丢脸，不会给咱厂丢脸。"

令郭志强意想不到的是，在去荆门的人员中，竟然也有林芳菲。出发上班车时，他才看到拉着皮箱的林芳菲，不免万分惊讶地说："你去干什么，不在家好好待着？"

林芳菲吐吐舌头："我是主动要求去的，给你去打下手呀。"在火车的卧铺上，林芳菲才向他吐露真言，她说，她去荆门也是去躲清闲，躲开小魏。郭志强恨铁不成钢地说，反反复复的，你什么时候才能痛下决心呢？

荆门的工作持续了有四十天。南方的日子对于两个人来说，平淡而宁静。小苏几乎没有任何消息，而小魏却穷追不舍，林芳菲几乎两天就会收到小魏的一封信。林芳菲却从来没有回过一封。两个人似乎都忧心忡忡，郭志强担忧久没有消息的小苏，他感觉到，自从她知道了师傅那句话，知道了师傅的一些事后，他们之间，明显没有以前那么快乐，不像以前那么毫无芥蒂地大胆去爱了。他们的爱变得有些谨慎，有些不平坦。在荆门的夜晚，一想到这些，郭志强便辗转反侧，睡不好觉，后来他还是利用难得的一次休息日给小苏打了一个长途。电话那头的小苏仍然表现得很快乐，笑声朗朗，但郭志强就是疑心她的快乐有些掩饰。林芳菲却怕施工的日子很快到达终点。

其间他们还登了一次圣境山。圣境山在荆门西北十公里处，据当地人讲它属于秦岭的余脉。当若干天后，他们迎接着北方那个冬天的大雪弥漫时，他们也许忘记了圣境山的青山绿水，但是郭志强和林芳菲可能都不会忘记，他们在山巅的真武观的那一番对话。在圣境山，难得他们的嗅觉中没有焊条融化时浓烈的刺鼻味道，而多了些花花草草的芳香，可是心中都知道，恐怕这一生，那带着淡淡苦涩的焊条的味道，都会伴随他们左右。

"你觉得师傅那句话说的是什么？"林芳菲一说话，焊花飞溅时的味道就能穿越时空，钻到他们的身体里。

林芳菲突然的发问让眼前的景色顿时失色，郭志强说："不知道。"

"那师傅说的那个人，出卖他的那个人是谁？"林芳菲步步紧逼。

郭志强心烦意乱："不知道，我怎么会知道呢？"

"师哥，在你心目中，师傅是个什么样的人？"林芳菲的目光闪避着师兄郭志强，她觉得这个问题本身对她自己来说都是压抑的，好像这个问题在心中郁积了太久，所以她偷偷地吸了口气，再长长地吐出来。

长久以来，郭志强都在回避与师傅有关的任何问题。师傅，是他心灵深处最脆弱的一点。让他为师傅说一堆的好话，把师傅捧上天，他办不到，他觉得羞愧；可是要让他贬低师傅，否定师傅，他也做不到。他说："我告诉你一件事吧。我刚进厂那一年，特别自卑，因为我突然发现，身边有那么多的大学生，中国石油大学的，抚顺石油学院的，河北化工学院的，不济的还是兰州石化中专的，他们朝气蓬勃，对前程充满自信，他们才是国家的栋梁和未来，而我一个技校生能有多大的出息？师傅看出我的想法，他把我带到一联合车间，站在主控室外面，南面就是并排而立的两座油塔，蒸馏和精制。我们抬头向上张望，塔太高了，我的脖子都酸了。师傅又领我在塔下的管廊间走了一趟，让我看那些各种各样的泵、阀门、法兰、管线，然后，当我们重新回到主控室外，再抬头看塔时，师傅问，你说塔高还是泵高？我说，当然是塔。他又问，塔大还是管线大？我说，当然是塔。师傅语重心长地说，不管塔再高，再大，它也离不了泵，离不开管线，没有这些小小的离心泵、计量泵、进料泵、回流泵……没有密密麻麻的管线，塔再高，再威武，也没有动能，装置也运转不起来。"

林芳菲说："如果师傅说你和我这样的人是泵的话，那师傅是什么？也是个泵吗？他应该是个什么泵？"她想了想，"我知道了，是原油泵。"

"我不知道。"郭志强头脑中的师傅，似乎停留在最初的阶段，当林芳菲故意要把历史拉长，要还原一个立体的师傅时，郭志强便沉默了。

林芳菲也就不再追问下去，他们并肩而坐，秀美山川尽收眼底，可却无法在心底留下任何痕迹。后来，林芳菲就把头一歪，依在他的肩头，幽幽地说："师哥，我们不回去了，永远待在这里好不好？"

郭志强没有作答，他的心里，还挂念着小苏，在这一个多月的时间里，不用每个周末往返于两个城市之间的小苏，她在忙些什么，为什么连一封信都没有？

直到援建结束，回到厂里，郭志强才知原委。小苏早从邢台赶了过来，在宿舍里等着他。天色如漆，屋内的灯光和充足的暖气让郭志强感到温暖亲切，小苏却未等他征尘落定，便急迫地说："郭志强，我都不认识你了。"

郭志强还以为她说的是分别久了，有点陌生，笑着说："我才离开四十天，又不是四十年。"

小苏说："这四十天，我每个周末都来石家庄。"

她的话让郭志强倍感惊讶："我不在厂里，你来干什么呀？"

小苏冷静异常："这四十天，我来了四趟，每来一次，我心中的疑惑便增加一分。"

郭志强忘记了旅途的疲劳，他凝视着小苏，不知道她看似平静的表情背后，隐藏着什么。

"我想要替你洗刷不白之屈。从你走的那天起，我就决定去拜访你的师傅。你走之后的那个周末，我从你书柜里拿了那条石林烟，它身上落满了灰尘。我先去了你师傅家，我把石林烟给了他。你师傅喜欢抽烟，这是你说的。他看到那条烟，眼里放光。他赞叹说，好烟。他没有拒绝。他问，是志强送给我的？我说，是的。你师傅就问为什么志强不亲自送给他。我说，你走之前买好的，来不及。我还说，志强临走时对我说，要从荆门给师傅买烟抽。你师傅就点点头，表示很满意。以后每个星期日我都来，而每次我都会给你师傅带一条烟，红塔山、红梅、金芙蓉……不管什么牌子的，反正我爸柜子里有什么烟我就从那里偷一条出来。而每次，我也会给你师傅说，这是你从荆门寄回来的。我不管你师傅相信不相信，反正他是欣然接受的。你回来之前的最后一个周末，我拿的是一条中华。我对你师傅说，那个出卖师傅的人绝对不是志强。你师傅就一乐，说，何出此言，没有的事，志强是我带的第一个徒弟。我从一个普通工人，到班长，到队长，志强都是我身边最信任的人。你师傅信誓旦旦的，不由得我不信。好像，塔顶的事，派你去荆门，都是别人所为。你师傅还说，他还想让你当焊工班的班长。看着你师傅那张慈祥的脸，我真的没法把他和你讲的那个人联系在一起。"小苏一口气把郭志强四十天来的疑惑都解开了。她看着郭志强变颜变色的脸，毫不后悔地说："要说的话必须说出来。这就是我。"

在小苏讲述的过程中，郭志强没有插一句话，等她讲完，愤怒也就在他心中一点点地积攒起来，成了一团熊熊燃烧的烈火，他站起来，浑身颤抖着，咆哮着说："谁让你找我师傅？谁让你替我求情？谁让你给师傅送烟？你当你是谁呀？"暴跳如雷的郭志强完全变了一个人，他忘记了自己是谁，也忘记了对面的姑娘是谁，一股无名之火把他彻底吞噬了。而小苏，本能地向后退了一步，她当然知道，郭志强不可能冲上来对她拳打脚踢，但她还是惊恐万状地看着他，像是看到一头陌生而疯狂的猛兽。他在屋子里来回地走着，脚下生风，小苏明显感到，那影子像是有了分量，越来越重。十几分钟的光景，小苏才张口说话："你说完了？好吧，轮到我了，我只想对你说一句话，你当你是谁呀？"说完，小苏站起身，背上包，头也不回地走了出去。

郭志强有好几分钟才反应过来怎么回事，火气顿时烟消云散，随之而来的是巨大的恐惧，他问自己，我做了什么？当他意识到，刚才，就在几分钟前，小苏还在兴冲冲地侃侃而谈时，他发足奔了出来。一出门，却险些与一个人撞到一起，定睛一看，原来是林芳菲。他急匆匆地边下楼边说："你在这里干什么？你不是都回家了吗？"林芳菲却拽住了他，说："我还拿着行李呢，先放你家吧。"郭志强惦记着小苏，也未及多想，待林芳菲放下行李，再次冲下楼去，向生活区外的班车站点跑去。班车点空荡荡的，只有冷风，站牌，站棚。借着路灯光，郭志强看了看手表，已经是夜里九点四十了。末班车在十分钟前就告别班车点，冲进茫茫的夜色中，向市区驶去了。小苏是不是赶上了末班车？他们之间这唯一的一次争吵是不是让她心灰意冷，连夜赶回邢台了？或者，她仅仅是一时的恼怒，没有上班车，在生活区里漫无目的地走着呢？这样想着，竟有些悲从中来，小苏，你在哪儿呢？这时，有一只手搭在了他的胳膊上，他一阵狂喜，转过头，不是小苏，而是师妹林芳菲。昏黄的路灯光下，林芳菲的脸白惨惨的，她柔声道："师哥，我和你一起去找苏姐姐。"郭志强的泪水奔涌而出，他别过脸去，立即向暗处快步走去。

他们在生活区里，在各个班车点，在通向东南西北的每条公路上都找了一遍，冬季，北方的寒冷让他们猝不及防，泪水在郭志强的脸上已经风干，他能感觉那泪痕硬邦邦的，像是从眼睛里，顺着脸颊，一直戳到他的心里。直到他们精疲力竭，被寒冷击败，他们的寻找在子弟学校操场边的看台来到了终点。他们像上次那个雨夜一样，靠在一起，互相取暖，听着对方的牙齿响亮地互相问候。还是林芳菲实在坚持不住，她说："师哥，我们回去吧。再坐一会儿，我们就成冰棍了。"他们失魂落魄地互相搀扶着，落寞地走在萧瑟而孤寂的浓浓夜色之中。

郭志强和林芳菲，坐在客厅里，面面相觑，等待着奇迹的出现。墙上的钟每隔一小时就会响一下，提醒他们，奇迹越来越远了。林芳菲的话让郭志强能暂时地忘掉小苏："我临回来前，收到小魏的一封信，他说，他要在我们回来这天在我家门口等我，最早见到我。他说他很想念我，一刻也不能忍受分别的痛苦。我怕他真的在我家门口候着，所以我慢腾腾地往家走，不知道该怎么办，我还是怕早点见到他，可是这也不是办法，后来我就想到你这儿躲躲。我刚到你门口，恰巧碰到苏姐姐跑出来，她白了我一眼，一句话也没说，就跑走了。"

下一个周末，郭志强在约定的那个时间去了火车站出站口，等到夜里十一点钟，目送了一拨拨行色匆匆的旅人，知道小苏不会来了，便买了一张开往邢台的火车票，在凌晨两点半出现在了邢台的街道上，他走过那个卧牛的雕像，走过邢台狭窄而冰冷的街道，路旁那些高高低低的房子，像是出现在梦中的中国画，全是浓墨。邢台一中，要穿过郭守敬大街，拐向一个向西的小路。学校的大门朝南，铁门紧锁。他试图翻越铁门进入学校，惊醒了看门的大爷，大爷偷偷地打了报警电话，他被赶来的警察摁在了学校里面，一簇冬青树旁，离那个日本人留下的三层楼十几米的地方，不管他如何辩解，警察还是押他到派出所，把他铐在一张硬木的长条板凳上，警告他，如果再喊叫，影响他们睡觉，就用电棍打他。郭志强这才老实下来，在坚硬的板凳上躺了一夜。

第二天跟在小苏背后走出派出所时，郭志强并没有因为在派出所待了一夜而闷闷不乐，虽然他又困又乏，却有些兴致勃勃，脚步轻快。明亮的阳光铺展在街道上，郭志强此时也觉得邢台这个城市清爽了许多，像是一个打扮得朴素的年轻姑娘。

小苏冷冷地说："你不该来。"

"我是来道歉的。这个愿望在我心里憋了一个星期，都快长毛了。"郭志强轻松愉快地说。

他们没有直接回到小苏的宿舍，而是在一中的校园里漫无目的地走着，环境幽静，树木翠绿，仿佛都在低头沉思。小苏说："让我们平心静气地面对一切吧。"

郭志强还是觉得她的语气过于沉重了，他调侃道："哪有那么复杂！"

小苏的脸上看不出任何的表情，她像是聊着家常："不是那样了，都变了。你没有发现吗？在我们之间，有一个东西突然消失了。"

郭志强挠挠头，他觉得这种猜谜的对话太压抑："什么呀，我怎么不知道？"

"诗歌。"小苏说，"我们是因为诗歌而结缘，然后相爱。但是你想想看，当我们见面时，我们还有多少时间在谈论诗歌，还有多少时间在朗诵和倾听诗歌。"

郭志强便低下头陷入了沉默。经小苏这么一提醒，他才猛然发现，诗歌真的消失了，他的心里凉飕飕的，不是个滋味。他说："我来给你朗诵一首吧。"

"不要朗诵顾城的诗。你有新的诗歌吗？关于炼塔，关于焊花。"小苏反唇相讥。

郭志强再次把头低下时，羞愧难当。

小苏叹了口气："你也别难受。这一周，我想了想，不能怪别人，也不能怪自己。有些事情是命中注定的，就像当初我们俩在火车上邂逅。"

郭志强感觉小苏像是在做最后的审判似的，他抬起头来："难道你不能原谅我吗？原谅我的粗鲁，我的无礼。"

"不是我去原谅你，而是命运能不能原谅我们。"小苏的话太有哲理，太玄奥，让郭志强摸不着边际。小苏接着说："其实我还遍访了你的师弟们，在那一周的时间里。除了林芳菲，只有她跟着你去了荆门。"

郭志强认真地听着。

"你师弟们都不拐弯抹角，他们都很快人快语。当我向他们求证我的疑虑时，他们给了我一致的答案，他们说，你是那个出卖师傅的徒弟。至于你出卖了师傅什么，他们都不肯说。挺讳莫如深的。也许他们真的不知道。我就问他们你师傅因此受到了牵连、处罚或者批评了吗？没有人能说得上来。我问他们，为什么你们一口咬定就是你们大师哥做了对不起师傅的事。他们说，那不明摆着吗。我问他们为什么是明摆着的。他们就支支吾吾地不说了。我就问他们，是不是你们觉得你师傅心里是那么想的，你们便也那么认为了。他们说，反正他们都看出来了，你不喜欢师傅，你不听师傅的话，你不想和师傅为伍，你觉得师傅做的任何事情都是不对的。他们一律对你们师傅表现出了无比的忠诚，他们说你师傅是元老，是检维修的灵魂，不管他以后还当不当队长，或者主任书记，他会一直是你们的师傅。师傅，你知道吗？师傅永远是对的。这不是最简单的道理吗？他们说，你做什么事都显得和他们格格不入，你不陪师傅打麻将，你不和他们吹牛、斗地主，你们好像不是一个师傅带出来的，你自命不凡，不可一世，好像其他师弟都那么平庸、无聊、无能似的。他们说，你忘记了自己的身份，其实你和他们一样，你是一个工人，一个再普通不过的工人，这就是你的命运，这一点永远无法改变。"小苏看着郭志强软塌塌地低着头，悲伤在他的嘴角弯曲着，"你觉得你自己是那个出卖师傅的人吗？"

郭志强没敢抬头看小苏的眼睛，他不知道，小苏的目光是什么样的，是怀疑，鄙夷，还是可怜，他听到自己的回答是那么软弱无力："在我师傅面前，我渐渐地迷失了自我。有时候，我宁愿自己还停留在刚进厂的那几年，停留在他把我们比作泵和管线的那一年。但是在我进厂的第二年，师傅突然让我去一趟南营镇。南营镇离炼油厂十五公里，是个有着两千多人的村子。村东那一家，门口立着一个用装置上的废料焊的一个类似狮子的东西，那是师傅的杰作。我觉得它有点像是毕加索的作品，很抽象。那一家的主人是个与师傅年龄相仿的女人，家里还有一个男孩。我给女主人捎来了厂里发的一箱苹果。男孩管我师傅叫爹。从那以后，我每年都会数趟往返于炼油厂与南营镇之间，我把师傅的温暖送到那个家。你一定以为我说这件事毫无意义。我告诉你，它正是我迷惑的开始，每年的往返，我都在不停地问我自己，我在做什么？师傅在做什么？是的，在生活区，师傅还有另外一个家，我的师母，比乡下的那个显得年轻一些，经常会请我们去他家里吃饺子，而师傅的女儿，一天天地长大。师傅的两个家，像是两条平行的线，永远都无法有交叉点。他们相安无事，这一直让我惊讶不已。有整整三年，一直都是我在替师傅奔波于南营镇与炼油厂之间，通常都是去送液化气罐，在厂里的液化气站灌好，然后骑着自行车送到南营镇，师傅的乡下妻子见到我从来都是笑呵呵的。而我，在她的笑容之中，却困惑而不安。为什么？是我在受着良心的谴责，还是师傅的形象，已经在我的心目中渐渐地产生了变化？我从来都没有去深究过。我是不敢呀。"他的声音说到最后已经越来越小，几乎他自己都听不到了，他更像是对自己在说，而不是另外一个人。

此时，他们已经回到了小苏的那间宿舍。小苏把他拉过来，两人相拥而立，他们自己都不清楚，这样的相拥是互相安慰还是

当代中国最具实力中青年作家书系

互相猜忌。小苏的头靠在他的肩头，轻声说："我受不了了，这样的生活让我感到了疲惫。"

　　小苏每个周末几乎是例行的到来突然就中断了。她发现，一个诗歌的男人，一个理想的男人，如今被现实的河流冲刷着，越来越远。代之而来的是书信，她暂时中断了爱情的旅行，开始写信。她的第一封信是这样写的："你去荆门的那四十天，发生的事情太多，以至于我都无暇告诉你。除了忙碌地遍访你的师傅、师弟们，我还经历了一件恐怖而匪夷所思的事。那天晚上，我躺在你的床上，我刚刚坐最后一趟班车赶到炼油厂。生活区静寂得吓人，屋内，老是感觉有什么细微的声音在撕破这沉寂，我在每个房间都看了，什么也没有，水管关着，卫生间的马桶也关着，其他房间的灯也关着。我试图把这里，你的家，当成我的家，好把那些许的恐惧从脑海里赶走，可是我怎么也无法集中精力，我感觉到那寂静越来越大，像是一片巨大的沙漠。我读不下去诗，便关上灯，躺到床上，强迫自己快速地进入梦乡。我迷迷糊糊的，似睡非睡之间，后来便听到有人开锁的声音，门被推开了，黑暗中，有杂沓的脚步声进到了客厅，不像是一个人，两个到三个，我还听到了他们的说笑声。我以为自己是在梦中，便拼命想要从梦中爬出来，可是我的身体却不受思想的支配，它在梦境的旋涡中越陷越深。客厅里的灯光亮了，他们边说笑边翻着什么，间杂着有东西掉落的声音，还有一个人说，小心点，别碰坏了东西。然后他们进了另外一间卧室，翻找东西的声音很响亮，那声音压着我的身体，让我感觉到轻飘飘的，无声地向梦境的深渊滑去。翻箱倒柜的声音、说笑的声音、脚步声，甚至吐痰的声音，此起彼伏。最后，他们来到了我睡觉的这间卧室。有人摸索着拉亮了卧室的灯。然后，那些声音就都沉寂下来，我恍恍惚惚地在强烈的光线中，看到门口挤着三个人，他们的脸在我慢慢适应了强光的目光中浮现出来，他们惊愕地看着我，一个人手中的一本书还掉到了地上。他们都很年轻，他们年轻的面庞那一刻如此深刻地印在我的脑海中，我顿时觉得那梦境比现实还要清晰。他们不慌不忙，不羞不臊，其中的一个说，啊，这里还有人，我们走吧。他们没有羞愧，没有惊讶，没有一点点闯入者的不安，他们镇定地替我拉灭了卧室的灯，我重新被黑暗包围，重新向无边的梦境中滑去。另一间卧室的灯光灭了，客厅的灯光也消失了，越来越远的脚步声，关门声，然后，无比的寂静重新袭来，狂沙般吞没了我。我的身体直到半个小时后才从僵硬的状态下缓过来，我下了床，拉开灯，来到客厅和另一间卧室。房间里乱成一团，完全是刚刚被洗劫过。我坐在那堆乱糟糟的东西之中，仍然无法确定，我到底是在梦中还是现实中。那一夜，睡眠已经无法来到我的身体里。我坐在沙发上，等待着天光从窗户一点点地渗入，把梦境彻底从屋子中，从我的灵魂中赶走。在白日的激励下，我告别了恐惧，我把废墟一样的屋子重新收拾整齐，像你走时那样，我发现，他们没有拿走任何东西，甚至是一条香烟。后来，在我遍访你的师弟时，我印证了一个假象，那就是，他们并不是在我的梦境中出现。我看到了那天晚上挤在卧室门口的那三张脸，他们分别是你的师弟毛福林、张松涛和安振海。他们见到我，像是从来没有发生过夜间的闯入似的，他们一律笑容可掬地问我，大师哥不在，你有什么事需要我们办的尽管说。你想想，我能有什么事让他们办呢。我只不过是想从他们嘴里听到一句话，听到他们说，他们大师哥，并不是那个出

当代中国最具实力中青年作家书系

卖师傅的人。可是没有。我没有听到……"

　　这一封长信，小苏写的时候心情很沉重，投到邮筒前她还在犹豫是不是应该给郭志强看，但是最后，她还是在寒风中伫立了许久之后，决然地投进了邮筒，仿佛她把一丝怀疑也投进了过去美好的时光中。

　　但是，这封信，郭志强永远没有看到。

　　小苏以每两天一封的速度，不停地给郭志强写信，开始她还感觉有些不习惯和别扭，毕竟，那一周一次的奔波似乎已经成为她生命中的一种必然的方式。但渐渐地，她发现，她开始慢慢地喜欢上用这种方式与郭志强交流，与他交谈，她可以更游刃有余，更畅所欲言。她可以撇开那个百里之外的小社会，那个郭志强必须要待在那里的地方。她给郭志强分析他所处的环境，分析他的师傅，他的师弟，他们之间的关系。信中，她写道，你师傅是一个权力的奴隶。我相信到现在，他也是一个非常出色的工人，是一个非常合格的师傅。但是他所习惯的环境，他要遵守的规则，让他懂得了权力的重要。任何渺小的权力都能让他满足，甚至迷失。

　　她渐渐地发现，她的理性已经完全超越了诗歌。她也剖析自己，我是不是一个生活在幻想的象牙塔中的人？诗意是不是蒙蔽了我的双眼？

　　最后，她解剖了郭志强，她写道，从各个方面分析得出的结论都要是一致的，你有可能会出卖你师傅。当她写下这句话时，大吃一惊，感觉到脊背发凉，手心冒汗。钢笔在她的手里被攥得湿湿的，滑滑的。那是一支英雄牌的钢笔，还是郭志强给她的生日礼物。现在，当她用这支笔写下对郭志强的怀疑时，她有些恶心，想呕吐。她匆忙地把那句话用蓝色的墨水抹掉，继而把那张写信的稿纸撕掉，但是躺在床上，她仍旧能看到那句话，赫然地浮现在她眼前。第二天，第三天她再次写下那句话时，恶心已经没有那么强烈。直到第四天，那句话才正式地落在纸上，成为信中的一句话，这一次那句话竟然不那么刺目，不那么令她反胃了。于是，她接着写下去：你选择了挑战权力，所以你就可能选择出卖权。

　　郭志强从来没有收到过小苏的信件。他也从来不知道小苏选择的交流的方式。他焦虑，无奈，心烦意乱，不知道该如何去面对他们之间缓缓变钝的爱情。而林芳菲，却在反反复复的爱情中遇到了最艰难的抉择。那天晚上，她把郭志强拉到操场上，跑啊跑啊，不知道跑了多少圈，郭志强早就累得瘫软在跑道旁边，林芳菲仍然在跑啊跑。每次经过郭志强旁边时，郭志强都会提醒林芳菲，好了，别跑了。这是郭志强见到的林芳菲最漫长的一次长跑，直到跑道上只剩下她一个人，她仍在跑。郭志强说，你会把自己累倒的。直到她再也跑不动了，她跌倒在离郭志强两百米远的跑道上。郭志强跑过去，根本无法把她扶起来，她软成泥。郭志强只好把她抱起来，向操场外走。怀里的林芳菲突然就放声痛哭起来。郭志强只好停下脚步，可是又不能把她放下来，他只好待在那里，静静地听着她的哭声漫过他们的身体，漫过他的视线，漫过他们的内心，与月光、与夜色牢牢地混在一起，不分彼此。哭完，怀中的林芳菲悲愤地说，师哥，他说要杀了我。

　　林芳菲说的他就是小魏。小魏终于无法忍受反复无常的爱情，他使出最卑劣的手段，四处扬言要杀掉林芳菲。没有人相信他真会那么做，连郭志强都觉得林芳菲是小题大做。他说："他怎么会做那种傻事，那么做对他有什么好处？"他劝小苏不要胡思乱想，要正确地对待和处理他们之间的事。林芳菲不满地说："你怎么和师傅说的一模一样。"

面对小魏的威胁，林芳菲惶惶不可终日。有一天，她没有来上班，郭志强奉师傅的命去家里找她。门响了半天，她确定是郭志强后才打开房门，她脸色憔悴，蓬头垢面，无力地说，她害怕小魏就躲在上班的路上，躲在通往检修车间的氮气站的后面，躲在每一棵树的后面，躲在她的身后。郭志强劝她不要疑神疑鬼，根本没有的事。为了印证他说的话的正确性，他拉着林芳菲去找了一趟小魏。小魏住在单身宿舍的三楼，一个人一个房间，据说，和他一个宿舍的同事忍受不了他孤僻的个性而搬了出去。因为有师哥陪着，林芳菲才能够坚持着走到小魏的宿舍，她紧紧地抓住郭志强的衣服。小魏笑眯眯的："郭师哥，我能下得了手吗？我能那么没有人性吗？我能那么冷酷无情吗？你看我是那样的人吗？"

郭志强说："我不知道。我只知道菲菲很害怕。她怕得连工作都干不了。"

小魏不急不恼："我不过是说说气话。我还真能杀了她？我是因为太爱她才说出过头的话。"

郭志强警告戴眼镜的小魏说："如果你敢欺负我师妹，我饶不了你。"

也许小魏只是想以狠话来博取林芳菲坚定的爱情，林芳菲却信以为真，那种惶恐不安的生活开始让她离纯真的爱情越来越远。她越来越依赖师兄郭志强的保护，她觉得有师兄在身边，她才感到安全，除了跑步，上下班她都紧紧追随着师兄的脚步，师兄走到哪儿她跟到哪儿，她说她能在任何地方看到小魏那双想要行凶的红红的眼。她成了一只惊弓之鸟。

郭志强也在内心的煎熬中无法自拔，他决定再次去一趟邢台，已经两个星期没有小苏的任何音信。她像一只断了线的风筝，让他感到六神无主。可是他已经失去了曾经拥有的自信，他请求林芳菲陪他一起去。林芳菲慨然应允。

古都邢台，在一个夏日中显得困乏而慵懒。街道在热浪之中笨拙地伸向密密麻麻的远方，像是胡乱生长的树枝。林芳菲因为远离了炼油厂而兴奋异常。

他们见到了小苏。在小苏居住的那栋日式小楼下。小苏戴着墨镜，打扮一新，正准备要出门。看到他们，小苏略微有些吃惊，她说："你们怎么来了？"

经她这么一问郭志强反倒不知道该怎么回答了，他一下子愣住了。林芳菲急忙说："我师哥想你了。"

小苏皱了下眉头："今天我可能没有时间陪你们了。因为，今天，是我母亲的生日，我要回去给她过生日，同时，我也要对她说一声对不起，我想从今天起搬回家里住。那间宿舍太小了，太孤单了。"

小苏毅然决然的爱情已经开始动摇，她选择了向母亲妥协，那么，她的下一步会是什么？他们挤在返程的列车上，一副丢盔弃甲的样子。一路上，郭志强的脑子里都在回响着小苏的那句话："我想要给你说的话，都在我写给你的七封信里，你难道没看懂我的意思吗？"

不知道为什么，郭志强没有告诉小苏，他根本没有收到她的七封信。不安、恐惧、彻骨的冰冷，让列车中的酷热都退居其次了。信，来自小苏的信，从邢台，经过长途的奔袭，经过炎热的考验，在列车上和他们一样拥挤在一起，来到他的身边时，那会是某种的暗示，希望或者绝望。可是，信在哪里？

从邢台返回的数天之内，郭志强都在寻找应该属于他的信。按照小苏的说法，它们确切地已经离开了一个城市，来到了他的身边，却足迹皆无，他找到厂收发室，找到车间的办事员，他们都确信有他的信，信被统一地分发到了各个队，各个班组。但是，有了信的下落，信在哪里？这成了一个谜。他问了师傅，问了师弟们，问了铆工班，起重班，钳工班，连车间值班的临时工大爷他都问了好几遍，没有人看到过给他的信件。他甚至开始怀疑小苏，怀疑自己，也许根本就没有那些信件。他不安地对林芳菲说："真的没有一封信。"可是，就算疑虑那么强大，他也仍然没有放弃对信件的寻找。谁都知道，那些日子的郭志强为了几封莫须有的信而魂不守舍，茶不思，饭不想，像一个梦游者。

信件，确切地说是其中的一封，一封残缺不全的信，在不经意间，很偶然地出现了。下午，越接近下班时分，郭志强反而越觉得焦躁，每一个特定时间段的到来，都像是对于失败一天的总结，空气异常凝固，眼中的同事们像行走在幻境中一样，动作缓慢，而且，郭志强有一个很明确的念头，同事们都在偷偷地瞄着他。这更让他心绪不宁，下腹突然下坠，带点轻微的疼痛，他四下看了看，一眼看到了工友们刚才打牌时垫的两张皱巴巴的纸，他不假思索地抓起来，跑向了卫生间。

蹲在那里，小腹的疼痛感在一丝丝地减弱，他这才徐徐地展开那两张揉得很皱的纸，是稿纸，上面有水渍，有油渍，居然还有文字，他一眼就看到了"志强"两个字，那是一封信，虽然字迹已经不甚了了，但依然能够看出那是一封信，是一封写给他的信。下腹的疼痛感瞬间就消失了。可以辨认的文字是如此的亲切，如此的温暖，他在跳跃的阅读中，在克服那些破洞，克服被油污、水渍侵略过的地方后，他读懂了信的大意，信中，小苏在给他讲一个道理，一棵小树是如何在森林里才能够长成参天大树。他蹲在那里，觉得自己是一棵即将被巨大的阴影吞没掉的小树，呼吸虚弱，阳光在遥远的天际飘荡。

从卫生间出来的郭志强怒不可遏，是一头凶猛的狮子，他看到的每个人都是一个偷窃者，一个窥伺者，一个刺探者。那封残缺不全的信，此时安稳地待在他的裤兜里。他碰到的第一个人是师弟左明阳，他抓住了师弟的脖领子，咆哮着让他交出信。他根本没有给师弟说话的机会，愤怒转化成了力量，他手上的力气越来越大。左师弟的脖子出血了，他依然不放手，他开始拳打脚踢。左师弟是个瘦弱的人，根本不堪一击，他也没有解释的余地。其他的人都停下来，或坐或站，待在原地，冷漠地看着这一幕。上来劝解他的是林芳菲，她喊着哭着："别打了别打了，再打就出人命了。"左明阳真的有些上气不接下气，他的身体软软地倒了下去，满脸是血。这时才有人走上来，说了声，赶快送厂医院。

幸运的是左明阳没有生命危险，只是皮肉伤。而小苏写给郭志强的信，除了那封被当作打扑克的垫纸而外，其他的都杳无音信。愤怒的郭志强受到了主任的批评，被扣发了一个季度的奖金。但是倔强的他拒绝去医院看望左师弟。在车间里，他彻底成了一个孤家寡人、形单影只的人，没有人和他说话，没有人和他对视。他们甚至故意地冷落他，大声地说笑，疯狂地斗地主，好像他根本就不存在似的。他被师傅派到焦化的新建工地，看护材料和设备。晚上，他觉得那些崭新的钢板，管道，阀门，都像是小苏信里的文字，变得柔软而亲切，散发的不是钢铁的腥味儿涩味儿，而是芳香的蓝色钢笔水味儿。

越过堆积的管道和钢板，从黑暗中慢慢地靠过来一个人，她怯怯地叫了一声"师哥"。月光中，林芳菲的脸愁云密布。郭志强的目光从钢板上挪回来，他看着林芳菲："你又在躲避小魏？"

"不是，"林芳菲说，"我是专门来找你的。我想向你坦白。我想了好几天，看着你痛苦不堪的样子，好像在割我的心。师哥，你能原谅我吗？"

即使被发落到工地上来做看护，悲伤仍然没有水一样溢出他的身体，他只是叹惜生命在缓慢的时间中，毫无意义地流逝。而愤怒，竟然在仰望星空中，融入了茫茫的夜色之中。他说："你说什么呢？"

林芳菲抓住了郭志强的胳膊，暗夜中，师兄的胳膊如同他看护的那些没有生命的钢材一样，坚硬，冰冷。"师哥，我再也不能继续下去了。我要向你坦白。我是一个同谋者。我和他们是一伙的。他们让我待在你的身边，尽可能地和你多接触，观察你到底是不是那个出卖师傅的人。师哥，虽然我开始时并不情愿，但是你知道，我是个意志薄弱的人，态度并不坚定，所以我不可能拒绝，我没有任何自己的主张，没有任何自己的主意。我只能顺从，只能听之任之。"

"他们是谁？是师傅吗？"

师兄郭志强出奇的冷静让林芳菲反倒感觉到了一股犀利的寒意，她觉得师哥胳膊上的坚硬传导到了她的手上，沿着她的胳膊，快速地遍布全身。她不知道如何回答，她的舌头都木木的，僵硬，说不出话来。郭志强说："算了，你是在安慰我吗，还是在可怜我？放心吧，我足够坚强。黑暗血一样漫过我的身体，我却看到了澄澈的河流。"

诗歌突然降临到郭志强的灵魂之中，如昙花般转瞬即逝。连他自己都感到惊慌。他想再找到一个合适的诗句时，却发现，它从来都没有到来过。

"我说的是真的。"林芳菲小声嘟哝道。声音如蝇声之小，连她自己仿佛都没有听到。

那个夜晚，孤独的郭志强坐在那里，仿佛忘记了身边的师妹，忘记了一个内疚而神思恍惚的姑娘，忘记了浓重的夜色如迷雾般袭来，忘记了师傅曾经的那句轻描淡写的话，忘记了友情与背叛，忘记了爱情与凋零，忘记了自己，忘记了一切。而陪着师哥的林芳菲，再也找不到任何的言语，她陷入了无边的惘然之中，不清楚到底是来谢罪的，还是来寻求自我的心理安慰的。

一旦林芳菲决定要把真相告诉给郭志强时，像是陡地放下了所有的包袱，在忏悔的路上开始狂奔。她甚至有些痛快淋漓地剖析着自己扭曲的灵魂，把自己装扮成一个可怜的怪物展示给伤心的师哥。告诉他，第一次去邢台时，她还忐忑不安，为自己的行为而羞愧。可是当她陪同师哥去荆门时，她感觉，那个谎话就像是被润滑的唾液浸泡过，就等在嘴边，一旦需要就脱口而出。她悔恨地诅咒自己："我怎么变成这样一个人！"

她不厌其烦地讲她的心灵的挣扎，讲她曾经那么近地在侵入郭志强身边的生活，她说，她的眼睛，变成了另外一个林芳菲，她自己都不认识的林芳菲。她说当时的她根本看不到那个林芳菲，她用眼睛去捕获郭志强的工作、生活细节，捕获他的内心，捕获他思想上的漏洞。她说她就像是一个仪表盘，一个记录装置运转的登记表盘，温度、流量、压力……而师哥郭志强，就是一个装置。

而郭志强，似乎拥有的只是倾听。

"师哥，你是不是看不起我？你是不是鄙视我？"

郭志强反问："为什么？"

泪水在林芳菲的眼边等待着："为什么，你沉默不语，你连愤怒都没有了，我做了那么多对不起你的事，那么多背叛你的事，你却一句狠话也没有对我说，哪怕是一句埋怨。"

郭志强显得有些木讷，他说："我在找一句诗，来表达我的心情。"

"什么诗？"

郭志强摇摇头："我不知道，我一直在找，却找不到。"

诗歌的尽头，在深秋的萧瑟之中，袒露出来，如同收割过的田野。小苏不期而至，多少个周末，郭志强已经不抱有任何的希望。所以当小苏突然出现，他惊慌失措，不知道该如何应对了。小苏年轻的面庞光洁明亮，额头饱满莹润，目光明澈，她说："你的状况看起来不好，脸色灰暗，目光浑浊。真让人揪心。"

郭志强勉强地笑了笑："我很好。一切照旧。"

小苏便不再追问。她的到来，目的不言自明，两人心照不宣。那天夜晚，除去身上的衣服时，小苏娇羞扭捏，如同第一次尝试鱼水之欢。郭志强也同样慌乱、莽撞，像一个渴望而又不懂男女的愣头青。他们的激情就在这种混合着开始与结束、迷乱与冷漠的复杂情绪中，缓慢、悠长、笨拙、珍惜。两人都尽量使这一夜丰满，能给记忆一个美好而充盈的空间，然后两人都热泪长流，相拥而泣，把那一夜弄得湿润而阴冷。之后，躺在床上，小苏突然就想到了诗歌，她说："请给我一首关于炼塔的诗吧。"

郭志强只读了一个开头："银色的炼塔……"便卡壳了，他搜肠刮肚，苦思冥想，绞尽脑汁，想把诗歌的语言、意象、断句、拉回到他的头脑中，再通过他沙哑的语言脱口而出。他失败了，诗歌，仿佛隐藏在了黑暗之中，在冲着他发笑，嘲笑他的无能，他的自以为是。他痛苦地说，我不能，我不能了。他突然悲伤地想起，在气分车间，他答应小苏的那句誓言："我们会永远在一起，我一辈子写诗给你，直到你老了，耳朵背了，听不见了。"

那一夜，诗歌便再也无法来到他的灵感中，而他也没有想到，那是埋藏诗歌的一个夜晚，从那夜起，一个叫诗歌的词便永远地告别了他的灵感，他的灵魂，他的思想，他的现实生活。

第二天一早，他们来到焦化装置的工地上。小苏从来没有见识过，焊工郭志强是如何把两个物体完美地焊接到一起，自她在火车上邂逅郭志强以来，"焊接"这个词就一直在她诗性的想象中，被幻化成一个美妙的意象。她要求郭志强，一定要让她的意象成为一个具象的时刻，好让它凝固在她的记忆中。

郭志强从工地上找到两截废弃不用的钢管，蹲在地上，戴上面罩，拿起焊钳，夹住焊条。刺眼的弧光喷射而出，焊花开始飞溅，刺鼻呛人的烟尘顷刻弥漫开来，包围了他们。小苏的眼睛无法承受那炫目的弧光，她戴上了墨镜，在墨镜褐色的掩护下，那弧光柔和了许多，光彩在蓝紫之间不断地变幻，红色的焊花如同儿时鞭炮释放的花朵，在那一刻，小苏真的有一种梦幻般的眩晕，她头脑中那个美妙的诗的意象，此刻，真的在现实中出现，她一度以为，她和制造弧光和焊花的那个人，一起回到了飞奔的列车上，回到了顾城

当代中国最具实力中青年作家书系

的诗句中，回到了永恒而美妙的意象之中。她的眼睛湿润了。

在小苏从诗的意象到现实场景的涅槃之中，郭志强凝神静气，终于完成了他的焊接。他松开焊枪，摘下面罩，看到的是一个激扬并略带悲伤的小苏，肆意流淌的泪水纵横交错。他掏了半天也没找出一块手帕，最后只能无奈地说："擦擦你的眼泪吧。"

等小苏摘下墨镜，擦干了眼泪，小苏羞涩地笑笑说："你看看我，多没出息，看到这些焊花就流泪。你要是也这样，还怎么工作？"

郭志强点点头："是，我早就麻木了。我倒是提防着弧光别灼伤我的眼睛，皮肤，焊花别溅到我的胳膊上、衣服上。它们像是一个朋友，又像是一个敌人。你爱它，又憎恶它。"

等焊接起来的钢管慢慢冷却下来，郭志强才让小苏来看他的成果。在小苏看来，两截钢管完整而神奇地连接在一起，这就足够了。她想要看到的也就是如此。郭志强却万分地沮丧，他说："焊接失败了。这是个不完美的焊件，你看到的只是表面，表象，两件物体，被硬生生地连接到了一起，这很容易。可它的的确确是一个残件，废件。你看这个焊缝，焊边突起，过渡得极不自然，粗笨，歪歪扭扭，不美观，还有明显的气孔和夹渣，一看就是个新手干的。一旦这样的管道用在生产中，就是个极大的隐患。"

"为什么你会焊成这样？"小苏忧心地问，仿佛这个焊件真的即将被用在生产中。

郭志强一脸的茫然，呆呆地看着那极不完美的焊缝，沉默片刻，他说："我尽了力。有心做好，却无力回天。我蹲在那里，腿发软，手抖得厉害，就像我刚开始当焊工学徒时一样。不管我如何用意志来控制，也无济于事。对不起。我没有办到，让你失望了。"

小苏看着懊丧不已的郭志强，她试图想要抚慰一下，可还是放弃了，她的慰藉对郭志强，还有什么意义呢？

爱情的告别，匆忙、茫然和沮丧，却没有悲伤。和列车上的邂逅相比，那个最后的时刻，就如同一道轻轻划过的铅笔印，能轻易地被橡皮擦拭掉。在以后漫长的岁月里，在偶尔的回忆闪现时，那个告别的时刻都那么脆弱，那么轻淡，那么模糊。郭志强甚至都忘记了他是如何送走小苏的，忘记了小苏最后的表情。

倒是小苏离开的第二天，却在他的记忆中永不磨灭。

清晨，深秋的阳光阴冷却透明，像是穿越冰层而来。工地上冷冷清清，林芳菲奔跑着出现在郭志强的视线中，身影越来越清晰，她大声喊着："师哥，快救救我，快救救我！"郭志强惊愕地看着她跑到自己面前，抓住他的胳膊，摇晃着，表情惊恐万分："师哥，小魏要杀我。"郭志强向她奔来的方向望去，没有看到小魏的影子。突然间，小苏离去后空空荡荡的思想，像是射进了一缕耀眼的阳光，与林芳菲有关的场景快速地闪过，一股厌恶、愤恨之情顿时涌上心头，他甩开林芳菲因恐惧而哆嗦的手，讥讽道："你还在演戏。我已经受够了，受够了。你不用假惺惺的，博取我的同情，不用采取这种卑劣的手段来证明什么。你去告诉师傅，告诉他，我就是那个出卖者。我从小关家出来，深夜里到派出所举报了他们赌博；我看不惯师傅窃取仓库里的国家物资，把这个消息透露给了厂公安处；我对师傅以不同的名字，拥有两个家庭，感到困惑和不解，去了厂纪委。这一切都是我做的。你满意了吧？监视者，卑鄙的监视者。"

惊恐在林芳菲的脸上蔓延着，她脸色蜡黄，眼睛圆睁，瞪着双眼，嘴大张着，眼泪扑簌簌地掉下来，打湿了胸前的衣服。她尖叫了一声："师哥！"然后，猛转身，奔跑着离开，安全帽掉到地上，她有些不辨东西，被一堆钢管绊了一下，钢管咕噜噜散开了，她摔倒在地。她爬起来，继续踉踉跄跄地向前方狂奔。郭志强骂完，心情反而更加糟糕，委屈、愤怒、羞耻、痛苦……潮水般淹没了他。等这些情绪缓缓地坠入他内心深处，他四下望望，各种工种的工人们，安全员、技术员、监理、焊工、起重工……已经陆陆续续地来到了工地上，工地上突然就喧闹起来，沸腾起来。各种声音此起彼伏，电焊声、吊车声、电锤声……忙碌的人群中，好像少了一个人似的，那个人是谁呢？林芳菲哭泣的面容突然分开人流，奔到他的眼前。他猛地一激灵。发足狂奔，顺着林芳菲消失的地方追去。

路上，不断地有人向一个方向跑，有人说，减压塔上有人要跳塔，可能有人要杀她。郭志强跟着人流，跑到减压塔下，惊慌地向上望，果然站在塔的第三层平台的林芳菲已经跨越了护栏，一只手抓着栏杆，向下看了看。她一定看不到郭志强悔恨交加的那张脸。郭志强喊了一声"菲菲"，他想冲上塔去阻止林芳菲愚蠢的轻生念头，可是，一切都已经晚了。林芳菲听不到任何人的喊声，她听到的只有自己内心的声音，那声音催促着她：跳下去，跳下去！她松开左手，那巨大而坚固的塔便头一次变得轻盈、飘逸，她感觉那庞然大物正快速地与她分离，向天空弹去，和白羊似的云朵亲密地拥抱在一起。她听到了塔和云朵相撞击的声音，剧烈、沉闷而没有痛苦。

林芳菲没有死。死神拒绝了她的请求。她就摔在郭志强的身边，幸亏她没有爬到塔的最高层，同时，支在塔下面的一个临时的架子担了她一下，不然，死神想拒绝她都没有任何的理由了。在开往厂医院的救护车上，郭志强抱着她，她的脸上并没见到血迹，郭志强说："你怎么会那么傻，我不过是随便发泄一下，你怎么就当真了？我从来没有怪罪过你呀。我怎么会怪你呢。你这傻师妹！"不管他怎么呼唤，林芳菲都无法听到，她的脸冰冷而灰暗。

林芳菲在厂医院抢救了一天，随后被送到了省第三人民医院，那是个优秀的骨科医院，坐落在省委大院的后面。她在那里躺了半年，等她脸色红润地从那里出来时，是被郭志强用轮椅推出来的。半年的时间里，他一直守在她的身边，看到她第一次睁开眼睛，第一个用匙子喂她饭，第一个告诉她，今生你已经无法再站起来了。郭志强第一次知道，眼泪可以流干，悲痛却仍旧没有停止。

师傅在林芳菲纵身从常压塔跃下之后没多久，被提拔为检修车间的副主任。而关于他的流言也从来没有被广泛地传播，半年中他带着不同的徒弟，到医院里看望过林芳菲六次，而每一次，师傅都会叮嘱郭志强，不要过多去想车间里的事，安心地把林芳菲照顾好，就是最重要的工作。

林芳菲出院时，夏天已经来临，郭志强给她买了一身漂亮的花裙子，对天发誓，从今往后，他会陪着她，永不分离，每年的夏天，他都会给她买无数的漂亮裙子。

郭志强推着轮椅上的林芳菲，再也没有回到八方炼油厂。他们在市区里租了一间房，住下来，郭志强找到了一个新的工作，仍旧干他的老本行。时光荏苒，林芳菲的轮椅已经更换了有七个，而她也拥有了属于自己的大大的衣柜，专门盛放花裙子的衣柜，各种花色的裙子散发着丝绸、棉织物的芬芳，她时常把头埋在那些裙子之间，拼命地吸着，嗅着，她再也嗅不到炼油厂那恣肆的油的味道，铁的味道，焊条熔化呛人的味道了。

郭志强后来自己开了一家化工设备维护公司，公司的规模越来越大，业务也越做越大，遍及北方的许多石化公司，但他告诫自己，不和八方炼油厂有任何的瓜葛。因为业务，他经常要出差，但不管他去哪儿，山东、内蒙古、东北，甚至新疆，他都会带着坐在轮椅上的妻子林芳菲，他说，他不放心把她一个人丢在家里，他要时时刻刻都能看到她。

在齐鲁石化，他们待了足足有一个月。他们住在淄博市区。在任何一个地方，郭志强都会细心地让妻子远离炼厂，远离塔，他害怕勾起她痛苦的回忆。林芳菲已经学会了上网，一个夜晚，盯着电脑的她突然喊道："志强，你快过来看。"郭志强从卫生间出来，来到电脑前。林芳菲指着电脑屏幕："你看，这首诗。"屏幕上的诗叫作《分馏塔：上升或者降落》。郭志强的心猛地一沉，他别过脸去想躲开那首诗。林芳菲却抓住了他的手，轻声说："你知道这首诗的作者是谁？"郭志强惊讶地看着她。

"伊莲。"林芳菲动情地说，"这是她的笔名。她的真名你一定不陌生，苏春晓。"

郭志强一惊。林芳菲抬头看了看他："二十年了。虽然时间那么长，你不可能忘记她。我也不能。有时候，我想想邢台，那个小城市，我还真想去看看，它现在是个什么样子。为什么邢台没有炼油厂呢？"

郭志强把目光从电脑屏幕上移开，静静地听着她说："伊莲是个非常有名的诗人。得了很多大奖，包括鲁迅文学奖。她接受了无数次的采访，你知道她说的最多的是什么吗？不是她自己，而是你。她说，你是她所有诗歌的源头，是意象的开始。她说起你，说到一个焊工，说到她和一个焊工诗人的惊天动地的爱情，说到你们在列车上的邂逅，说到顾城的《黑眼睛》，说到每一首关于炼塔的诗，她说，她的每一首有关炼塔的诗都是与你共同完成的，她是在你的诗的基础上，饱含着对美好往事的追忆，用情用心用眼泪用血去改写的。每一次她都会读一首有关炼塔的诗，而每一次她都会热泪盈眶，激情洋溢。她在找你。她说她一直在找你，可是她找过你工作和生活过的地方，八方炼油厂，没有人知道你去了哪里。她迷茫地对记者说，你从这个世界消失了，仿佛是要考验她诗歌的神经。她发誓，这一辈子最重要的事就是要找到你。她和你的故事感动了媒体，感动了所有人，他们都在帮着她来找你，在网络上，在电台，在报纸上。"

"她还说了什么？"事隔二十年，郭志强的心仍然有一处是被师傅遮蔽住的，那一处，阴冷而疼痛。

林芳菲沉默了一会儿才说："我不知道该不该告诉你，当记者问她，为什么要那么执着地寻找那个焊工。她的眼里泛着泪光说，因为那是她最纯真的爱，是她最想回到的爱的起点。另外，她停顿了一下，泪光似乎消失了。"她也停顿了一下，"她说，二十年了，她当年给你提过一个问题，而你没有给她答案。她提的是什么问题？"林芳菲盯着郭志强。

郭志强目光躲闪着，显得有些慌乱，他没有回答，他突然觉得大汗淋漓。林芳菲伸出手，抚摸着他的脸颊，脖颈，那冰凉的细密的汗水传导到她的手上，她和他，早就有了心灵上的默契，她再也没有去追问。

郭志强没有再看那闪来闪去的电脑屏幕，他没有去看那首《分馏塔：上升或者降落》，他也没有去找有关小苏的消息，他不知道，小苏已经变成了一个多么著名的诗人。他不知道，在未来的日子里，小苏仍然会在众多的场合，讲述一个焊工和一个女诗人感人至深的故事。那些往事，那些诗歌，早就与他没任何的关系了。在那之后的几天，那个石化城淄博，在现实的雨中，变得潮湿如水墨画，而他却失去了用欣赏的眼光去端详这个城市的心情，他奔波于石化公司的维修现场，他感觉到，自己的生活注定就是在那些装置间、塔间、管线间，而诗歌，早就走到了它的尽头。

八方炼油厂，像一匹骆驼一样，在苦撑着没有水、没有食物的日子，像走进了永远无法走出的沙漠，越来越走下坡路，很多装置已经停工，在等待着被宣判死刑的那个时刻的到来。有一天，林芳菲试探着对郭志强说："你说，如果你那些师弟，我的师哥们，他们生活艰难，他们想要来投奔你，你该怎么办？"她看着灯光下的郭志强，她发现他的鬓角已经有了白发，她伸出手，摩挲着他的头发。

郭志强咬着牙，他看了一眼妻子，她温柔的目光仿佛能融化所有的仇恨，他说："你定吧。我都听你的。"

林芳菲含着泪说："委屈你了。他们找到我，他们的现状确实很困难，他们面临着人生中最难以渡过的难关。他们不敢直接求你。他们知道，我是那个软肋，我是你生命中最柔软的那部分。毕竟，我们曾经有过师兄弟的情谊。师哥！"

这一声师哥，把郭志强叫得伤感凄戚。他转过脸，感到自己的脸颊凉凉的。

郭志强的师弟们，纷纷地来到了他的公司，他们在他的公司里找到了自己合适的位置，他们不辞辛劳地到新疆、东北的工地上，承担了重要的工作。当他们偶尔在施工现场碰面时，他们小心翼翼的，谁也没有提到过师傅，提到过他们曾经拥有过的那段不堪回首的时光。

　　向郭志强提到师傅的那个人只能是林芳菲。深夜里，那是在新疆克拉玛依，狂风在窗外呼啸，像是要把整个大楼掀翻，风像疯狂的石子一样打在窗户上。林芳菲蜷在郭志强的怀里："你为什么不停下来，让自己歇一歇？我算了算，今年一年里，我们在家里待的时间只有一个月。"

　　郭志强好像没考虑过这个问题："是吗？这么多的业务，怎么能停下来？"

　　"任何事情都能够停下来。我不强迫你，你想让自己永远在奔波，永远在忙碌着，也许这是你最好的选择。不管你走到哪里，只要你不嫌弃我，不怕我是个累赘，我就永远跟着你。"林芳菲幽幽地说。

　　郭志强搂紧了妻子瘦弱的肩："在上海的一个朋友说，有个医院能让你站起来，我想开了春，带你去试试。"

　　已经有过太多次的尝试，林芳菲已经不抱任何的希望，可是，只要郭志强想要这么做，她从来不拒绝。停了一会儿，她说："开了春，师傅就六十了。"

　　郭志强的手突然就松了，搂着妻子的力量明显地弱了，妻子从他的怀里滑开去一点，像一件往事，散落在黑暗中。

　　林芳菲深呼吸，她知道，要说的话总是要说出来的："师傅退了休。可是他的儿子，儿媳，女儿，女婿，都在炼油厂工作。师傅想重新出来工作，替他们分担一下经济的压力。"

　　郭志强没有像上次她提到师弟们时一样，把往事轻易地放下，他心灵深处的那个幽暗之处，是那么牢固，如完美的焊缝般坚不可摧。他没有回答。

在克拉玛依，林芳菲提到了三次师傅，那个已经六十多的老人。郭志强都没有回应。每次提到师傅，他都会感觉到内心的冰凉一浪浪地涌来。

一个夜晚，林芳菲被噩梦惊醒，习惯性地摸了一下身边，空荡荡的。她爬到轮椅上，来到窗户前，这是个难得的没有狂风的深秋之夜。院子里，白炽灯光下，一个人在孤独地走来走去，拖着长长的身影，他走得急促、慌张。宾馆里那个不大的院子，像是一个庞大的古罗马的斗兽场，郭志强，她的丈夫和师哥，就像一个角斗士，他的面前，似乎有着强大而难以战胜的对手。一行清泪便打湿了林芳菲的衣襟，连续几个夜晚，她都被噩梦唤醒，她都会从窗户里看到一样的情景，那个孤独而挣扎的长长的身影，像是一条粗壮的铁链，捆住了她颤抖的心。她恍若觉得，她看到的情景其实只是一个夜晚，它们不过是反复出现在她自己的梦境中而已。

之后，林芳菲再也没有提到师傅。她悄悄地给师傅打了个电话。

三个月之后，在沧州炼油厂的工地上，他和沧炼厂的周经理边谈着边在工地上走着，视线中突然出现了一个非常熟悉的身影，那个人戴着安全帽，身形笨拙苍老，看到他，急忙躲避着，想要避免和他见面，可是因为太过慌乱和匆忙，他被脚下的东西绊住了，扑倒在地，他趴在那里，不知道该怎么办。小苏想要得到答案的那个问题突然闪现在脑海中"你恨你的师傅吗？"这个二十年前的问题重重地击打着他的神经和血液。郭志强愣了片刻，身边的周经理非常尴尬，想要解释什么，郭志强摆摆手，走过去，在泪眼蒙眬中伸出了犹豫的手，叫了一声：

"师傅！"

我们的爱

老虎来石家庄那一年，我正热烈地爱着一个姑娘。

老虎是我兰州大学的室友。住在我的下铺。大学时期，他是著名的校园歌手和第三代诗人。他长发飘飘的形象曾经打动过兰州大学无数女孩的芳心。大二那年，老虎爱上了中文系低我们一级一个来自内蒙古的姑娘。两人成双成对地出入我们宿舍。那个内蒙古姑娘俨然就是我们宿舍的第九个人。有一个事实我必须要讲，那就是地质系来自新疆的某个姑娘为此还自杀过一次。姑娘被医生救活过来的第一句话就是想见老虎。等老虎被人从兰花柴电影院里拽出来，懵懵懂懂地站到病榻前时，她说她想听老虎读一首自己的诗。老虎稀里糊涂地就读了一首自己刚刚给自己内蒙古女友写的爱情朦胧诗。老虎还没有读完，新疆姑娘已经泪水涟涟。她突然伸出自己虚弱的双手抓住了老虎的胳膊，央求他爱她。老虎毫不犹豫地拒绝了她的无理要求。他说，他愿意陪着他的内蒙古女友走完漫长的一生。实际上，老虎的誓言只是感动了女友一个夏天，却让新疆姑娘一生都生活在回忆的阴影之中。老虎和他的内蒙古女友，在大学毕业时就分道扬镳了。据说内蒙古姑娘毕业后去了上海。

大学毕业后老虎被分配到昆明的一家医院里。一个喜欢写诗和唱歌的人，对于医院那种令人压抑的环境很快就失去了兴趣。他给我写信说，他就像是被泡在福尔马林药水里的死尸一样，整天无所事事。就连滇池那么优美的风景也无法开启他尘封的灵感。我委婉地对他说是不是因为那个内蒙古姑娘的离去，让他心灰意冷。老虎坚决地予以否认。他给了我一个令人啼笑皆非的理由，他说，是医院的药味让他过敏。

老虎写信说，昆明成了他的伤心之地。他要离开了。想去唱歌。

那一年是1992年。我爱上了一个姑娘，姑娘姓谢，叫云娜。她从北京石油学院毕业，分配到车间里倒班。令她头疼的是上夜班。午夜一点钟，骑着自行车穿行在通往厂区的大道上，听着风吹麦浪时低低的细语，谢云娜感到无比的恐惧。她说，她之所以答应和我谈恋爱，就是因为我能够忠实地充当她的守护神。实际上也是如此，在谢云娜上夜班的日子里，因为要接送她，白天上班时我经常萎靡不振。即使如此，我毫无怨言。我保持着旺盛的爱情斗志。

第一次约会时的情景给我们以后的爱情之路涂上了一层浓郁的浪漫色彩。

因为时间和地点的缘故，一整天我都有些心神不宁，我不知道自己应该怎么做才能让谢云娜对我产生好感。午夜十二点，我应约来到生活区外面的俱乐部广场上。我的手里打着一个手电。由于我的疏忽，电池即将寿终正寝，所以在我前面晃来晃去的光线十分幽暗。我有些后悔自己没有早点检查恋爱的必要设备。我想找个小卖部买节电池时，谢云娜骑着一辆自行车翩翩而至。她穿着一条碎花的淡绿色的裙子，裙裾随风舞动，使那个午夜有了一丝灵异的妩媚。她骑车的技术我不敢恭维，自行车摇摇晃晃地冲着我而来，她慌张地大呼小叫："快拦住我。快拦住我。"

我左闪右躲，我想抓住那辆失控的自行车，却没有办到，最后，我们两人连带着那辆崭新的自行车一起摔倒在广场的中央。幸亏那是个万籁俱静的午夜，没有什么人笑话我们。自行车和谢云娜都压在我的身上。我感到疼痛像是蚂蚁爬满我的全身。谢云娜却并不领情。她站起来后非常恼怒地说："你怎么这么笨，连个自行车都拦不住！"

我掐着胳膊，说："是我不好。我笨。"其实我想说为什么她连个自行车都骑不好。我没有说出口。如果那天我说出那句话，我们的爱情就会胎死腹中，也就没有后来发生的种种让我忧愁的事情。

谢云娜告诉我说，她根本不会骑自行车，因为要上班，她才不得已买了辆自行车。她说，自行车就像是她的一个敌人。她想往东走时，它偏偏往西。俱乐部顶上的那盏灯仿佛是被雾气包裹着，实际上那是个晴朗的夏夜。我们头顶星光闪烁。谢云娜突然问我会不会骑自行车。我说，当然会。我骑自行车的历史比我上学的历史还要长。我不是吹嘘，我说的是事实。谢云娜问我能不能骑车送她去厂区。我毫不犹豫地扶起自行车。我说，请上车吧。

我骑车带着她向厂区飞奔。正是上夜班的时候，不时地会有自行车从我们身边经过。开始时我们之间还保持着一定的距离。我能感到我身后宽阔的空间。有风在我们之间吹过。她矜持地让她的身体尽量向后靠。来到了厂区门口，我停下自行车，突然觉得这不像是一次约会，不免有点失落。谢云娜突然说："我忘记了，今天我不是夜班。"

我失落的心情一下子消失得无影无踪。返回生活区的路上，我有点兴奋。我感到她挨得我近一些了。因为我感到了来自她身体的热量。返回时的路上冷落而寂寥。只有我们身下的自行车发出吱吱呀呀的声音。两旁的麦子诡秘地制造着某种恐怖的氛围。谢云娜问我害不害怕。她说，那个姓史的姑娘就是这个时候被人拖到麦地里强奸的。我说，别怕，有我呢。谢云娜伸出手抓住了我的衣服。

其实我应该感谢午夜时分的化工厂。在通往厂区的那条幽暗的大道上，我们的爱情之花也在夜色的保护下悄悄地绽放。我们借着夜色偷偷地接吻，偷偷地抚摸了对方的脸庞。我们做得小心翼翼，像是两只刚刚长大的小鸟。谢云娜的身体颤抖不已。她甚至哭出了声。我害怕地以为自己做错了什么事，手足无措地一个劲儿地向她道歉。谢云娜抹着眼泪说："我觉得你像是那个强奸犯。"

一九九二年的夏天，爱情还是潮水中的小船。小船宽大而温暖，而当老虎突然降临到我们的生活中时，小船就显得拥挤而混乱了。

一个闷热的下午，老虎背着一把闪闪发亮的吉他从人流中钻出来。等在出站口的我还真的以为又回到了大学时代。他还是老样子，不同的是蓄起了胡子，连鬓胡子像是从长长的头发里探出来的两柄剑。老虎从广州到上海，然后准备去北京发展歌唱事业，路过石家庄便来看看我生活得如何。一下车，志向远大的老虎就要给我唱首歌，他说他离开昆明前在滇池旁写的。我觉得在大庭广众之下有点像是打把式卖艺的。我连忙说："回去唱回去唱，我们那儿广阔天地大有作为。"

我们坐班车驶出市区，在麦田的注视下颠簸了约有四十分钟，才来到我的工厂。老虎看着一望无际的华北大麦田，便抒发了南方人的情怀。在我的宿舍里，老虎放下行李，喝上一口水就迫不及待地给我唱起了歌。那首歌是专门为我而写的：

　　　　你来信说你收到我带来的礼物
　　　　忍不住感动得想落泪
　　　　其实你落不落泪已经无所谓
　　　　只要你还记得我是谁

　　　　你的信里充满了忧郁和伤悲
　　　　似乎你生活得很无味
　　　　这使我想起那年毕业时的你
　　　　是多么的自信没有自卑

　　　　想不到这一年你活得这么累
　　　　我感到隐隐地有一些后悔
　　　　真不该在我们凄凉的毕业晚会上
　　　　不顾一切把你灌得酩酊大醉

　　　　其实建东你别想生活有多么美
　　　　我和你每天都在编织虚伪
　　　　在别人的眼中老老实实一本正经
　　　　到夜晚躺在床上想入非非

别把自己当成圣徒或是哲人

要知道谁都有他的辛酸和拖累

只要能脚踏实地一步一个坑

想想一日三餐和妻子儿女就非常可贵

说一千道一万别管对不对

我只想说我爱你永远不悔

在这个四面楚歌包围的世界上

有个朋友是种多大的安慰

　　这首献给我的歌名字叫作《亲爱的朋友董建东》。他唱得极为动情，我听得也极为动情，我隐隐地感到自己的眼眶有些湿润。如果不是谢云娜及时地赶到为我解围，我想我会尴尬地掉下眼泪。我的女友谢云娜没有听完整那首歌，她进来时，因为我俩都极度投入，并没有注意到她。她靠在门框上，听了一半。听完她率先鼓起了掌。她的掌声把我和老虎都从大学的回忆中拉了回来，我急忙站起来，给他们两个做介绍。谢云娜握着老虎的手，紧盯着他的脸，对他的胡子产生了浓厚的兴趣。她犹豫不决地问了一个相当幼稚的问题，她说："你脸上那个东西是叫胡子吗？"

　　老虎略为愣了一下，然后爆发出了响亮的笑声。他的笑声不像是个南方人。

　　谢云娜问："我说错什么了吗？"

　　老虎急忙压住自己的笑声说，没有，你没说错什么，你说得千真万确，这是胡子。我没有撒谎，我也没有用马毛沾到脸上假装成熟。不信你可以摸摸。

我女友谢云娜虽然充满了好奇，但是一个姑娘的矜持还是让她望而却步。她把双手放到腿侧，偷偷地看了老虎的胡子一眼，又把眼睛挪到了脚下。她的脸微微地有点红润。

那天晚上，我们三个就在我宿舍里吃了顿饭。饭是谢云娜做的。老虎不住口地夸赞她的厨艺，不知是出于礼貌，还是真的觉得是美味佳肴。一晚上，我和我的女友谢云娜成了老虎的听众。老虎的话出奇的多，可能是已经从昆明出来半年有余了，漂泊的日子里没有见到熟人，话都攒到肚子里了。他先是和我一起说起了重庆的贺斌、兰州的叶舟、陕西的大付、北京的小关和连云港的王川等同学。而后那个重逢后的夜晚就成了他一个人的独角戏。他滔滔不绝地讲着从昆明逃出来后的经历。他讲自己在广州和上海闯荡生涯，仿佛就是《射雕英雄传》里的郭靖初出江湖一样惊险。我女友谢云娜几次都忘了把送到嘴边的饭再努力送到嘴里，还是我讨好地碰了碰她的肘部，她才把饭安全地送进了嘴巴。那天晚上，老虎还即兴读了一首自己写的诗：

在红红绿绿的人群中
在莫测高深的天空中
每天在对和错之间不辨真假
每天在说和听之间似懂非懂

在平平淡淡的生涯中
在不动声色的目光中
每天在钱和钱之间疲于奔命
每天在人和人之间强装笑容

我幻想有一天

我能放声大哭

像个孩子一样

放声大哭

我幻想能够有一天

我能像个孩子

放声大哭

这算是一种悲剧

还算是一种喜剧

我说不清

你最好不要去追究

你最好不要去打听

没有人能告诉你

　　读诗时，老虎的长发在我狭窄的单身宿舍里像是一面旗帜一样飘来飘去，而他的络腮胡子像是将军的两柄剑挥舞着。四年大学生活，我早已经习惯了作为一个诗人的老虎有些夸张的做派，但是我安静得像一只猫的女友谢云娜却兴奋不已。她的脸颊绯红，眼睛随着老虎的头发和胡子而转动。

　　说实在话，这一个多月来，老虎的经历充满了冒险、兴奋和忧伤，那样的生活也让我回味自己平淡的生活时有些自惭形秽。而我根本不知道，行吟诗人与歌手老虎的故事掀起了我女友谢云娜内心的波澜，深藏在内心的狂野从此后便一发而不可收。几年之后，当我失去了谢云娜，当我和老虎保持着那种若即若离的关系，当我偶尔想到谢云娜时，我会想到那个夜晚的她，我似乎能看到她平静的内心像是潮水一样地涌动。

当天晚上，老虎要睡在我的单身宿舍里。天已经很晚了，我送谢云娜回女单身宿舍。生活区里寂静而安详，这是我们熟悉的生活场景。谢云娜突然让我抱住她，我依言搂紧了她。我感觉到了她身体的战栗。我问她发生了什么事。谢云娜的话让我大吃一惊，她说："我这二十多年算是白活了。"

谢云娜的感慨在那个浓密的夜晚还没有引起我足够的警觉，两天后，当老虎整装待发，要北上时，谢云娜做出了一个惊人的决定，她要随老虎一起去北京。谢云娜出现在我们两人面前时，背着一个简单的小黑包，戴着一副墨镜。我问她要去干什么。我记得她要上中班。时间不允许她去车站送老虎。就是那时，我的女友说出了那个令我震惊和后悔一辈子的决定，她说："我要和他一起去北京，我想看看他的生活。"

我张口结舌，我说："你，你，你，还要上班。"

谢云娜说："我不管，你去给我请假。理由你自己编，你爱怎么说就怎么说。"

我说："要扣奖金，还有工资。你会后悔的。"

谢云娜说："我不管。我想了两天了。我要是不跟他去北京才会遗恨终生呢。"

我无法撼动她的决心，我只好求援似的看着老虎，我想如果老虎开口拒绝她，她会死了心的。但是老虎没有看到我暗示的眼神。谢云娜的决定反而让他感到非常激动。他觉得总算有人对他过分的行为投赞成票了。他激动不已地说，你放心，小董，我会好好照顾她的。

在去往车站的班车上，我不厌其烦地问谢云娜能不能改变她的想法。谢云娜说："不能，我想去看看信仰到底有多大。"

我站在石家庄火车站的候车大厅里，目送着他们两人融入了茫茫的人流当中，我的视线中，只看到了一把吉他，那吉他背在谢云娜的肩上，一上一下，像是汪洋中的树叶，转眼间就不见了，那一刻，有一丝寒意袭上心头。我不禁打了个冷战。

在谢云娜去北京的日子里，我隔三岔五地就要请她车间的主任老梁喝酒。我对老梁说，谢云娜的母亲得了白血病，就快不久于人世了，她在病床前尽孝心呢。老梁喝了酒就对我的谎言深信不疑。但他也透露了他的忧虑，他说还是让她的母亲早点康复吧，时间太长了他也不好应付。我合手祝福道，愿我的未来岳母大人身体健康。

一个月之后谢云娜才风尘仆仆地回到我身边。她穿着牛仔裤，戴着墨镜，头发散乱地披在肩上。开始我还以为是哪个走黄河的旅行者呢。谢云娜打了我一下，说："你发什么呆呀。是我。"她的声音没有变。

我把她抱起来，原地转了几个圈，我觉得她的身体比以前轻了。

关于老虎在北京打拼的生活，是由谢云娜向我转述的。

老虎带着她闯进了首都。在火车上，谢云娜说老虎显得很安静，就像是捕食前的狮子。话很少。谢云娜想问问他那个内蒙古女孩的事情。老虎却闭口不谈。她问老虎为什么话变得那么少了，是不是面对她有些羞涩。老虎说不是，他说自己正在积蓄力量，焕发潜能。但是谢云娜明显地看到长发和胡子掩饰下的那张白皙的脸有些羞红。

在北京，为他们接风的是我们大学时的同学。北京的同学早早地就在饭馆里等着老虎，有向东、大张、石头和小关。他们都以为那个文静而腼腆的姑娘小谢是老虎的女朋友，她背着老虎的吉他，紧紧地跟在老虎的身边，所以让他们产生那样的错觉是很自然的。老虎急忙否认了他们的猜想，他说起了我。同学们在短暂地疑惑之后，就纷纷地向谢云娜寻问我的情况，他们记忆犹新的是大学毕业时我喝醉的情景，所以他们问谢云娜最多的也就是我还喝不喝酒，喝醉过没有。谢云娜嫣然一笑说："喝，从来没醉过。"

席间，小关弹着老虎那把吉他唱起了《朋友》。其他的人就跟着她大声唱起来。这首歌甚至吸引了饭馆里的服务员和就餐的人，他们纷纷停下来认真地倾听着他们的歌唱。谢云娜也是第一次听到那首歌。她和我的同学们一样激情飞扬。她说，我的同学们眼睛都湿润了。

我同学们的疑惑不仅仅在酒宴之间，在随后的一个月里，我的女友谢云娜跟着老虎在北京城里东奔西跑，他们出入于各个唱片公司，出入于散落于角落中的录音间，和来北京混唱来的天南地北的人一起唱歌，他们形影不离的样子让我的同学们的疑惑一直没有停止过。小关为此还给我的办公室打过一个电话。她先说起了老虎，她说他还和以前一样脑子里全是幻想。东拉西扯了半天才突然问我："小谢是你女朋友吧？"

我说："是呀。我们非常相爱。"

小关说："她也在北京呀！"

我说："我知道。她跟着老虎，她想看看老虎是如何实现自己的幻想的。"

小关笑着说:"真逗……"小关欲言又止。

那次通话到此为止。我没问她没有说完的话是什么,她也没说。一个月之后,我在《文汇报》上看到了小关写的一篇散文,她写到了怀揣梦想闯荡江湖的老虎,她说老虎像是一个侠客存在于我们不敢有的梦想之中。文章中她把老虎当成一个虚幻的人物。他成了我们理想家园中的一棵树。那个时候,谢云娜就坐在我的身边,我们俩一起阅读了那篇文章。谢云娜哭了。我猜测,小关说到了谢云娜的心坎上了。

老虎要到民院的一个老乡那里住。他犹豫不决地问大家谁能帮忙给谢云娜安排一个住处。小关说跟着她去吧,她南口的家虽然不大,但仍然可以让小谢住得很舒服。谢云娜却生气地说:"我跟你来又不是想去找一个舒服的地方住。"大家尴尬地彼此看了看。

老虎只好苦笑着对大家说:"别管了,不用大家费心了。"

我不知道老虎是否后悔过一时冲动要带谢云娜去北京。当他们穿越华灯初上的北京城,来到民院时,他的老乡王灿惊讶地看着他身后有些纤瘦的女孩。老乡王灿说:"我还以为就你一个人。"

老虎介绍说:"小谢,我哥们儿的女友。"

我相信每一个人都会为他的介绍而惊讶的。王灿也不例外。王灿临时在女生宿舍里找了个空床,总算把谢云娜安顿下来。

第二天老虎就领着谢云娜去了唱片公司。老虎要找的那个人叫黄茂。老虎准备了一大堆的卡带,还有各种歌唱比赛的获奖证书,从初中到现在的。当他们奔走在北京的街头,能够感觉到身边有一个忠实的追随者,我想,老虎其实并不踏实的内心也感到了温暖。所以当他即将见到黄茂时,对美好未来的幻想充盈了他的思想。他们在天安门前还喝了一瓶汽水。老虎还问谢云娜想不想去登登天安门。谢云娜说，等你唱红的那一天吧。谢云娜的祝福陡增了老虎的信心。

不巧的是，黄茂不在北京。公司里一个留着卷曲头发的小年轻告诉他们，黄茂在一周之后才能回来。这并没有挫伤老虎的信心。一周的时间说快也很快，老虎领着谢云娜走遍了北京城区各个酒吧，老虎毛遂自荐地给酒吧唱歌，并分文不取。更多的时间他们停留在什刹海。那些幽暗而充满了魅惑的小酒吧里，老虎的歌声纯正而优美。谢云娜夸张地对我说，整个北京都醉了。对她的判断我不敢苟同。说老实话，北京的池子太大，再优秀的歌手也要在浪尖上滚几滚，在水底下喝点水。几年之后我来到什刹海，我看着沉醉在那迷离夜色中的人们，一下子想起了谢云娜说起的什刹海，我以为那里会是歌声阵阵。可是我没有看到。

难忘的歌唱的夜晚给了我女友谢云娜广阔的想象的空间，她的生活在老虎的歌声启发下豁然开朗。也许她的血液里就涌动着那种狂躁不羁，也许她只是出于对于老虎那种虚幻生活的向往，我宁愿相信是后者。我天天盼着她回到我的身边，有一天我听到了她久违的声音。她打来电话不过是让我快速地给她汇点钱过去，她说他们已经身无分文了。那时候他们已经在北京待了整整半个月。老虎的歌唱事业发展的并不顺利。

他们到北京一周之后，在唱片公司见到了黄茂。黄茂坐在沙发上，抽着三五烟看着他们俩，黄茂随意地问了一句："女朋友？"

老虎急忙回答："朋友的，朋友的。"

黄茂优雅地笑笑，但还是忍不住多看了几眼谢云娜。谢云娜低下头，她说她感觉自己的脸像是刚刚在火上烤过。

当代中国最具实力中青年作家书系

他们在北京又等了一周。等到了黄茂的好消息。黄茂说，他觉得其中的一首歌《亲爱的朋友董建东》非常好，想收入《校园民谣》的第一辑中。听到这个喜讯，老虎有些忘乎所以，他激动地抱着谢云娜转了几个圈。说到这里时，谢云娜对我说，其实什么事也没发生，他就是一时兴奋抱了抱我，你可别吃醋呀。我的心情很复杂，老虎是我最好的朋友，谢云娜是我的女友，按理说我不应该做无端的揣测，可是看着她讲得眉飞色舞，仿佛只有我一个人是局外人，我有些黯然神伤。谢云娜显然看出了我的沉重的失落，她的脸贴在我的脸上，那是一张热情得有些发烫的神采奕奕的脸，她声音妩媚地说："你不是一直想看看我的胸吗，我让你看。不过它有点小，你要有点思想准备。"

　　就是在那天他们把仅有的一点钱花了个精光，好好地庆祝了一下。谢云娜说老虎头一次喝了啤酒。她说，那天的老虎像个孩子似的。在民院的草地上，他喝得烂醉，谢云娜说她趁机摸了一下他的络腮胡子，她告诉我说，胡子很硬，真像是两柄剑。

　　我给他们汇去了钱，我在留言栏里写道：速回，我想你。

　　他们收到了钱就有了继续在北京待下去的资本，我不知道我的那句留言是不是能够打动谢云娜，让她想到我。她回来后我问过她，她皱着眉头说："留言？我怎么不记得了？"

　　可能是由于兴奋过度，从来不喝酒的老虎把嗓子喝坏了，所以当黄茂让他到录音棚去录音时，他发出的声音怪怪的，嗓子像是被两只巨大的手掌压扁了。在进录音棚前，老虎的紧张显而易见。他不断地抚摸着自己的胡子，在屋子里来回地走动。谢云娜形影不离地跟着他。老虎沙哑着嗓子说："你别走了，我看着心烦。"

　　谢云娜像只听话的小猫停下来，站在墙角静静地打量着他。

老虎却无法让自己安静下来。后来老虎坐到了那张有些旧的黄色沙发上，抱住了头。我女友谢云娜走过去，拿开了他的双手，把他的头抱在自己的怀里，对他说："你肯定行。别紧张。"

谢云娜的抚慰并没有起到任何作用，那次录音可能是老虎无数次失败之中最惨痛的一次，对他的打击也是最重的一次，因为有一个姑娘期待的目光在看着他。我想，这可能是他觉得非常伤心的原因。黄茂听完他的录音，沉默了许久才说出了自己的意见，他缓缓地说，你的歌词和曲子都是一流的，但你的声音是三流的。这句话等于判了他的死刑。谢云娜在一旁向黄茂解释他嗓子不好的原因，她说他不小心喝了酒影响了声音的效果，等等。其实说再多的原因都无法改变现实。当他们失魂落魄地走出唱片公司，在大街上漫无目的地走了一段路后，老虎突然间笑出了声，他的笑声虽然有些破败，却不乏快乐。他的笑声倒把一直没敢出声的谢云娜吓了一跳。谢云娜说，就是在走出唱片公司的那一刹那，她想起了我，她想起了石家庄。她对我说，你是我最好的港湾。

老虎说，要不是因为有你，我才不管什么录音不录音呢。我实话告诉你吧，我并不太在乎出不出名，能不能大红大紫，我只想让自己快乐。写歌、唱歌、写诗，读给朋友听，唱给朋友听。这都是我快乐的理由。我不需要结果。我只是看到你这么辛苦地陪我来北京，其实你就是想看看我的成功。对不起，我让你失望了。

老虎的一番表白让谢云娜从对我的思念中脱离出来，她顿时打消了对我的想念，也打消了回石家庄的念头。她说，她看到了一个心中真正存有信念的人。他是个纯粹的人，一个超越了世俗的人，一个令她清心寡欲的人。

我女友谢云娜脑子中虚无缥缈的信念给了她继续留在北京的

信心。她不顾我的电报一封接一封。她把电报都扔到了陪老虎去歌厅唱歌的路上。北京炎热的夜晚，飘零着我无比惦念的电报。那寥寥的文字像是断线的风筝，永远留在了拥挤的北京的夜色之中。

实际上老虎在慢慢地等着自己的嗓子恢复过来，他想重新去唱片公司录音，他想给谢云娜一个完美的结局。他想让谢云娜看到那个信仰的美丽尽头。他知道，我的女友不可能永远跟在他的身边。

对我而言，促使谢云娜突然离开老虎的原因一直是个谜。回来后谢云娜闭口不谈，我看到一个完整的谢云娜回到我的身边，我也不用再去应付她的车间主任，我松了口气。那天晚上，谢云娜喝了一瓶啤酒。她让我关掉宿舍的灯，她麻利地脱去了自己的上衣，让我借着月光看到了她小巧而光洁的乳房。那两个有点坚强的家伙一进入我的视线中，我的思想就崩溃了，我忘掉了老虎，忘掉了遥远的北京，忘掉了这是一对仍然埋藏着危机的小天使。

回到我身边的谢云娜仿佛也忘掉了老虎和不切实际的信仰之类，她快乐地上班，快乐地和我享受着恋爱的乐趣。令我没有想到的是，有一天的上午，老虎突然又敲开了我宿舍的门。我想用不期而至来形容他的到来。我正在睡觉，昨天晚上，催化装置出了一起事故，我一直在事故现场盯到清晨七点。我刚刚睡着就被老虎的打门声惊醒了。

我睡眼惺忪地坐在乱糟糟的床上，看着老虎把他的吉他小心地放到桌子上，他深深的眼窝里仍然是那么自信。我们这次的谈话并不愉快。我的态度有些冷淡，老虎看在眼里。所以他的话语并不像上次那样滔滔不绝，而是断断续续，但从他的话语中我仍然能够大致了解一下他最近一段在北京的生活。他说他在北京见到了那个姑娘。我嘴上轻松，内心紧张地问他见到了谁。哪个姑娘。他说是那个内蒙古姑娘。我这才恍然。

老虎在一家酒吧里唱歌时碰到了那个内蒙古姑娘。他刚刚唱完一首歌，内蒙古姑娘和一个白白静静的小伙子亲昵地走进来。老虎说那姑娘一进来他就看到了，他说，虽然已经过去了好几年，但他仍然能够从空气中感觉到她的存在。那姑娘却没有看到坐在那里唱歌的老虎。内蒙古姑娘和小伙子有说有笑地挑选了一个离老虎比较远的位子坐下来。此时，老虎唱了一首忧郁的歌曲。他一张嘴就吸引了内蒙古姑娘的注意。内蒙古姑娘频频地回头向他张望。老虎一曲没有唱完，内蒙古姑娘就来到了他的面前，坐在正对着他的一张椅子上，她双手支在膝盖上，像以前那样含情脉脉地看着他。那一刻，老虎觉得这个世界都融化了。

内蒙古姑娘约他来到他们的桌边，向老虎介绍了她的男朋友，男朋友说着一口蹩脚的普通话，内蒙古姑娘说他从东京来，学的是时装设计。内蒙古姑娘说，哪天他要是开个人时装发布会时，一定请老虎到现场给他唱歌助兴。老虎说："他妈的，我要是去的话就唱一首《大刀进行曲》。"

他的故事很平淡，我只是不知道老虎所说的酒吧中的邂逅有没有谢云娜参与，是在谢云娜走之前还是之后。但这一切都不重要了，重要的是那天的我非常想睡觉，我的情绪非常低沉。所以我问老虎又来石家庄干什么。我的问话显然出乎他的意料，老虎吞吞吐吐地说："没什么，没什么，就是来看看你，对，看看你。你还是那么能睡觉呀，睡觉还磨不磨牙？"

我对老虎假装出来的热情没有了兴趣。我说："我困得要死，你随意吧。"我这句话等于是下了逐客令。

老虎知趣地拿起吉他，和我告别。他提醒我说："睡觉的时候戴一个牙套会对你的牙齿有好处。"

谢云娜从厂里回来时我还在睡觉，我都不知道时间过去了多久。我告诉他老虎刚才来过了。谢云娜在我狭窄的宿舍转了几个圈，还掀开床帘往床下看了看，仿佛老虎是只猫能藏到床下。我不高兴地说："走了，已经走了。"

谢云娜立即阴沉着脸问我："是你把他赶走的？"

我说："没有，我什么也没有说。"

谢云娜把我从床上拽起来，逼着我去火车站追老虎。我虽然老大的不情愿，但是看着她愤然而青色的面孔，只好穿好衣服去坐班车。我打着哈欠对谢云娜说："我去追他可以，但是他愿不愿意跟我回来是另一码事。"

谢云娜说："你要是不把他追回来我就永远不再见你。"

一路上我都有些闷闷不乐，我的美好的恋爱生活被这个突然闯入的老虎给搅得七零八落的。我承认自己的内心深处开始有些恨老虎了。我在火车站的候车大厅里转了足足有十圈，也没看到老虎的影子。我看到的那些人都很正常，生活对于他们来说是一个担子，挑在身上，显在脸上。而老虎和我们格格不入。他身上没有任何的担子，所以从他的脸上看到的只能是对无妄的目标的渴望和信心。

我已经尽了力，在返程的班车上，我都想好了向谢云娜解释的理由。他走得那么急，显示出这个地方对他没有任何的留恋。下了班车，谢云娜焦急地在班车点等着我。一看是我一个人，她扭头就走。我赶上去，我把我的理由喋喋不休地说出来。她根本就不听我的解释。她的眼里含着泪，她说："你是故意的，你嫉妒他。"

我有口难辩。她没有向生活区走，而是一直向南，她显然要穿过邱头村，去南面一望无际的田地里去发泄一下。她喜欢在空旷的田野里奔跑。在我们恋爱的日子里，我没少跟在她的身后，在无边的田野里奔跑，每次都是气喘吁吁地看着她飞出我的视线，然后像鸟一样悄然降临。

在邱头村的村口，急速行走的谢云娜突然停下了脚步。她侧耳细听，我也学着她的样子。我听到她惊呼了一声："老虎！"

是的，我们都听到了老虎的歌声。那歌声是从一堆零零散散的人群中传出来的，是《朋友》。我们顺着歌声望过去，在邱头村的村口，稀稀拉拉地围着一圈人。谢云娜先于我冲到人群的后边，她分开人群走了进去。老虎正在用心地弹着吉他唱着歌，看到了我们，他只是点了点头，继续唱着：

> 如果你有新的，你有新的彼岸，
> 请你离开我，
> 离开我……

老虎被谢云娜带回了我的宿舍。我和他面对面坐着，而谢云娜忙前忙后，她忙碌的身影在我们中间来来去去。她准备了一大桌吃喝。她给我们每人倒了一杯啤酒。她率先举起杯来说："为我们的相聚干杯。"

我没有举杯，我觉得这场面非常窘迫。老虎抓起了杯子，说："我不喝酒。"

谢云娜说："喝，这一杯都得喝，我先干了。"

她一仰脖，咕咚咕咚地把一杯酒喝了个干净。她锐利的目光逼视着我。我犹豫了一下，也端起酒杯喝了。老虎也跟着喝干了。谢云娜就伸出了手，她命令似的说："把你们俩的手也伸出来。"我们不知道她要干什么，缓缓地伸出了各自的右手。谢云娜把她的右手放到我的手上，然后把老虎的手放到她的手上。我们各怀心思的三只手叠着罗汉。谢云娜的手在中间。她说："好吧，我们是好朋友，我们永不分开。"

　　老虎几乎是被谢云娜硬给拉回来的。我不知道老虎答应暂时留在石家庄的理由是不是因为谢云娜。这个问题让我有些伤心。我宁愿去睡觉，晚上，我没有响应老虎的提议去买个牙套。我磨牙的声音也没有人听到。而谢云娜听到我磨牙的声音时已经是秋天了。我的磨牙声让她感到了寒意是那么的迫不及待。

　　老虎破例留在了石家庄，这个根本不可能对他的幻想有任何作用的城市，这个比大城市的节奏永远慢半拍的地方。他没有住在我的宿舍里。他可能看出了我对他的某种防范。他选择了南郊一个叫作槐底的村子，在那里租住了一间民房。

　　那间民房还是谢云娜领着老虎在石家庄转悠了两天才定下来的。我没有时间陪他们去寻找房子，倒班的谢云娜不顾疲劳和困倦，自告奋勇地担当起了向导。他们从东到西，从北到南。二十世纪九十年代初期仍旧有些衰败气息的石家庄，给了他们足够的空间去寻找。不断地挑剔的是谢云娜，她说要给老虎找一个相对来说安静的地方，以利于他写诗和写歌。事实上他们找到的那个房子地理位置还不错。它在幽静的槐中路的南侧。向北走几步就是石门公园。

　　老虎在那所房子里正式住下来后，我们三个还在那里吃了顿饭。谢云娜从她的宿舍里拿了几件装饰品挂在了空荡荡的房间里，使那所房子有了一点生气。老虎也俨然像是那间房子的主人，好像他在那里扎下根来了。席间，我突然向他发问："你是不是想在石家庄娶妻生子呀？"

老虎愣住了，这个问题对他来说有些难度。气氛一下子凝滞了。谢云娜急忙打圆场说："什么娶妻生子，你也太俗了。老虎是那种人吗？只有你这样的人才想这么粗俗不堪的问题。结婚，生孩子，有什么意思！"

我脸色铁青地推开酒杯走了出去。我走下二楼，走出小院，在育才街上看到了一个乞丐。他趴在路边，身前放着一个破旧的帽子。我坐在了他旁边，我闻到了一股呛人的馊味。谢云娜跟了出来。她捂着鼻子拉了拉我的胳膊，她问我是不是生气了，她说她并不是说不想和我结婚生子。她还是把我从乞丐身边拽起来。我们站在街边，热气扑打着我们的脸。谢云娜一边擦着汗一边不无忧郁地说："其实我很矛盾，我非常非常爱你。因为你让我感到了温暖而安全。我想跟你结婚。如果不是见到老虎，我以为我是这个世界上最幸福的人。"

我问她："难道不是吗？"

谢云娜说："我是。因为我不仅拥有你，我还认识了老虎，你让我感到了脚踏实地的幸福，而他让我的心能够飞翔。"

谢云娜所说的心的飞翔我一点也感觉不到，我只是感觉得到，我的爱飞走了一片，它变得不那么完整了。她搂着我的胳膊，头发在我的下巴上蹭来蹭去，她撒娇道："对老虎好点，你想想，他以前和你是多么要好的朋友。你不是说他是你在这个世上最好的朋友吗？你想想看，他辞去公职，只是为了心中的一份信仰。你还有信仰吗？"

她的疑问倒使我真正地思考一下自己的生活。我疑惑地问谢云娜："我比老虎缺什么吗？"

"信仰。"谢云娜说。

信仰其实是个虚无缥缈的东西，就像是海市蜃楼。我问我自己，我以前有过吗？如果有，我在哪里丢失了它？

我的疑问一直持续到现在，仍然无法得到答案。就像是谢云娜，她追随着老虎，去追逐那梦幻般的信仰，反倒把自己也丢失了。

我曾经问过老虎，石家庄是他实现理想的城市吗？我的潜台词是这里并不适合他，这里适合我们把现实生活当回事的人居住。老虎抬头观天，隔了一会儿才回答我，他说："我珍惜我人生中的每一站。"他的回答很让我费解。

我顽固地以为，老虎之所以停止他的漂泊屈身于这个不发达而且落后的城市，只有一个理由，那就是我的女友谢云娜。他们的关系让我甚至有些想发疯。但是我们都很小心，谁也没有去打破这种微妙的关系。那一层薄薄的纸，要去捅破需要多么大的勇气呀！

歌唱的老虎仍然会把唱歌当成他最重要的事业。他说要去石家庄的舞厅去唱歌，一方面他不想让我们养着他这个闲人，一方面他要保持自己的状态，他相信他会用最纯正的歌声打动黄茂。他说他想写一首歌，献给谢云娜。

谢云娜兴奋不已地告诉我这个喜讯时，我无精打采。我说："好啊。"

谢云娜说："你大度点好不好。别那么小肚子鸡肠。"

我说："我是真的说好。他给我写过一首歌，再给你写一首很正常呀。我想这应该叫情侣歌吧。"

那天晚上，谢云娜像只小鸟一样落在我的怀里，畅想着老虎给她写的那首歌。

一场大雨宣告了夏天的结束。谢云娜硬拽着我，陪老虎去舞厅里找一个唱歌的位置。我们在石家庄最热闹的中山路和裕华路奔波了将近四个小时，终于找到了三家愿意让老虎唱歌的舞厅。老虎非常有磁性的声音和他艺术家的外形让舞厅的老板们下了决心。我们从最后一家凯悦舞厅里出来时，已经是后半夜了。九十年代初期的石家庄街头，奔跑着的出租车并不多见。我们走在有点冷清的街道上，雨水淋湿了我们的衣服。我把自己的风衣脱下来，让谢云娜当一件雨衣。谢云娜却坚持要让老虎顶到头顶。她说："明天你就要到舞厅唱歌，冻着感冒了，我们今天的努力就白费了。"

老虎说死也不顶我的风衣。谢云娜说老虎不顶她也不需要。她明天又不用去唱歌，感冒对她没有任何作用。风衣重新回到我的手上。我拿着那件湿漉漉的风衣，心里十分酸涩，我随手就把风衣扔到了雨中。谢云娜和老虎冒雨跑在我的前面，她快乐的笑声在雨中飘散。

回厂的班车早就没有了。我们只好来到老虎租住的房子里。谢云娜在屋子里拉了一条绳子，把我和老虎的湿衣服晾到上面，这时她才发现我的风衣不见了，我告诉她风衣留在了雨里。谢云娜瞪了我一眼，她说："我们只能在这儿凑合一晚上了。明天一早我们得回厂。"

当代中国最具实力中青年作家书系

那天晚上，我和老虎倚在墙边打着盹。谢云娜把那条绳子拉在了床边，晾着的衣服成了一个床帘。她摸黑脱去了自己身上的湿衣服，把湿衣服也搭在了绳子上。我们听到那坚硬的床板响了几声。谢云娜躺了下去。过了好一会儿她突然说："老虎，你忘记吃药了吧？"

每天，老虎都要吃点保护嗓子的药。在那个滂沱大雨的深夜，谢云娜在困意绵绵之中的提醒，似乎给了老虎某种灵感。半个月之后，当他在凯悦舞厅唱歌时，他演唱了一首我们以前从来没有听到过的歌，那首歌的名字叫《丽达，我爱你》。他说就是那天晚上，他的脑子里回味着谢云娜有些缠绵而倦怠的声音，创作了那首歌。

第二天一早我们就赶回了厂里。我还要上班，谢云娜也要去接班。她是白班。

一到晚上，谢云娜就抑制不住自己内心的渴望。她买了几个烧饼，算是我们的晚饭。我有些犹豫着说，我晚上要赶一篇稿子，明天要用。谢云娜说，你就不能到舞厅里去写呀，当初海明威不就是在酒吧里写小说吗？我喜欢海明威，我想当海明威一样的作家。我听信了她的蛊惑。我们风风火火地坐班车去见老虎。在班车上，我闭着眼对谢云娜说："我看我们像是去赶谁的葬礼。"

谢云娜说我是乌鸦嘴，她说："今天可是老虎的第一场演出。没有我们给他捧场，他会很失落的。"

其实在百盛舞厅，最为失落的那个人是我。我曾经试想着像海明威一样在艰苦的环境下写出那篇稿子。可是我无法做到，舞厅里的灯光太过暧昧，噪音太大，谢云娜的掌声也太响亮。老虎很沉着冷静，不愧是走南闯北的人。他说这首歌献给他旅途中的两位好朋友之后，老虎有些苍凉，有些嘶哑的歌声就回荡在舞厅之中，所有的人都被他的歌声吸引住了。他唱道：

朋友啊朋友，

你可曾想起了我，

如果你正享受幸福，

请你忘记我。

朋友啊朋友，

你可曾记起了我，

如果你正承受不幸，

请你告诉我。

……

　　他的歌声甚至让我想到大学时代。想起了我们四个人：贺斌、老虎，大付和我。我们一起去青海湖冒险，一起办中文系的系刊《菩提》，一起在夜晚寻找着一个个电影院，一起在盘旋路吃牛肉面，一起喝点小酒庆祝老虎的诗发表在《星星诗刊》。那时候我们亲如兄弟呀！可是现在，我的女友那么地迷恋他，似乎老虎对我的女友也存有某种强烈的依恋。我不知道，以前的那个老虎和现在的这个老虎，哪个才是真正的他，哪个才是我的那个朋友老虎。

　　一晚上，老虎要跑三个舞厅，我们跟在他的身后，谢云娜忠实地背着他的吉他。而游手好闲的我好像是一个旁观者。我们从一个舞厅里出来，再骑上自行车匆匆地赶往下一个舞厅。让我稍感欣慰的是，背着吉他的谢云娜坐在我的背后，她的双手紧紧地搂着我的腰，脸贴在我的背上，这才让我感到了她的爱离我那么近。微风吹拂着我们年轻的面庞，爱情这个东西在我们胸中风一样鼓荡着。

在最后一家舞厅凯悦，我女友谢云娜终于被老虎的歌声击溃了，老虎还在台上唱歌时，她就把手伸向了我，她紧紧地握着我的手，她的手心里汗水涔涔。她盯着台上的老虎，身体不自觉地慢慢地向我倾斜。几乎都靠在了我的肩上。在老虎的歌声间隙中，我能听到谢云娜的喘息声此起彼伏。后来她突然拽起我，向外面跑去，我不知道发生了什么，我只能被她拉着，像是她手上的一块布随着她的节奏摇摆着。我们奔跑着来到了舞厅的外面，暮夏的夜晚有了丝丝的凉意，她赤裸的臂膀在路灯的映射下闪着清冷的光。舞厅的旁边是一条幽深的小胡同，月光被高高的楼房挡在了半空中。谢云娜拉着我深入胡同中，她把我摁在坚硬而凉飕飕的墙上，猛烈地吻着我。我能听到她急促的呼吸声，能感受到她身体和嘴巴上的力量，那力量那么固执，那么富有攻击性，就像是鳄鱼。我被她突如其来的亲热弄得有些毛手毛脚，完全是被动地承受着她的热吻。我甚至无能地出现了片刻的松懈。她急速地说："快快，别停下。"

老虎说，他的创作激情在这个叫作石家庄的北方城市达到了高潮。我不知道他说的是不是实情。他待在我们身边短短的一个多月时间里，他的确在狂热地写着诗歌，创作着有关爱情的动听歌曲。他的诗歌以一本本的数量累积着。我的女友谢云娜仿佛就是她灵感的源泉。她的欢笑，她无微不至的关心，甚至她坦白的对老虎的崇拜，都让老虎才思泉涌。他们在位于槐底的那间小小的房间里，热烈地谈论着歌德、弗洛伊德、拜伦，他们为了迈克尔·杰克逊而争吵得面红耳赤，他们还和颜悦色地戴着一副耳机欣赏着克莱德曼的钢琴曲、舒伯特的小夜曲。每当那样的时刻来临，我都有一种深深的被抛弃感。我只能用目光冰凉地扫视着他们忘我的样子，无助地看着他们脸上统一的表情，眼神里统一的神情，连他们的手势都是那么整齐划一。更无法让人容忍的是，两人在达到高度的意见统一时，还会情不自禁地拥抱一下。而这一切都发生在我的眼皮底下。有时候我的内心会出现短暂的狂躁不安，我会用大声的咳嗽，会用走来走去的身影来引起他们的注意，告诉他们，我也在，我是那个叫谢云娜的年轻女孩的男友。但是他们好像完全忽略了我的存在。他们照样发泄着他们发自内心的冲动。有一天我向谢云娜透露了我的忧虑，我酸酸地说我曾经也怀揣过梦想，我也对他们所说的人，所说的事激动过。谢云娜看我的目光有点异样，她说，我知道，可是我觉得现在的你挺好的，你让我发狂地爱着你的身体。

谢云娜把我归在肉身的狂欢之中，她从老虎的音乐，从老虎执着的目光中得到的激情完全地献给了她所说的肉身的欲望之中。每天晚上，她都会把我从舞厅中拉到外面，或者舞厅的卫生间里，在幽暗的夜色中，从亲吻和抚摸中得到她想要的肉身的安慰。那个时候的谢云娜是那么激情四溢，那么让我心旷神怡。而只有那个时候我会忘掉老虎的存在。

我女友对于我的身体的需要在老虎的歌声中跃上了巅峰。

老虎暗中创作了一首歌，他说那首歌是献给谢云娜的。在凯悦舞厅，老虎动情的歌声似乎十几年之后仍然回荡在我的耳边，但是我不知道，躲在哪个深山中的谢云娜是否还能忆起那个夜晚，

当代中国最具实力中青年作家书系

那个有些阴郁的秋天的夜晚。

他唱道：

　　Oh，丽达
　　我是拉兹呀
　　我就是和你情意绵绵共度良宵的那个拉兹呀
　　Oh，丽达
　　许多年来我欠下你的情债
　　要到哪一天，哪一年
　　才能偿还

　　Oh，丽达
　　我是拉兹呀
　　我就是背负你的倩影独自流浪的那个拉兹呀
　　Oh，丽达
　　不知能否找到你的歌声
　　要到哪一天，哪一年
　　才能回家

　　唉丽达呀丽达
　　我亲爱的姑娘
　　你要我为你痛断肝肠
　　为了寻找你
　　背井离乡吗
　　我的家中还有老母亲

养着一群鸡和鸭

守住一间小平房

等着我把媳妇领回家

可是丽达呀丽达

我亲爱的姑娘

找不见你叫我怎么心甘

叫我如何能

理得心又安

我只好背起破行囊老吉他

走向遥远的天涯

让那血液流得飞快

让心中装满你呀丽达

Oh，丽达

我是拉兹呀

我仍旧在自己的命运中艰苦地流浪

是为了寻找你

Oh，丽达丽达

多少次我在梦中看见你

要到哪一天，哪一年

才能停止

牵挂

　　那首歌让我的女友谢云娜泪流满面，而我的反应就没有那么激烈，我丝毫听不出那是专门为谢云娜创作的歌曲。我甚至有点怀疑老虎是把他心中的所有美好的女人的形象都集中在了这一首歌中。他不过是信手拈来，把它献给了此时离他最近的姑娘谢云娜，那个对他五体投地充满了幻想的姑娘，我可怜的女友。

老虎唱得荡气回肠，热血沸腾，同时也感染了所有的人。那天晚上，老板特意多给了他五十块钱。从凯悦出来，老虎意犹未尽，他说他想请我们俩去吃消夜。在槐北路的路口，烤羊肉的香味还在飘荡。谢云娜却意外地拒绝了老虎的好意，她坚持要回厂。我为难地看了看表，我提醒她，班车早在一个半小时以前就没有了。谢云娜的神情在路灯光下令人捉摸不透。她说："你不能骑车带我回去呀！"

那天晚上，我摸黑骑了二十公里。通往化工厂的路在茫茫的田野和黑暗中蜿蜒曲折，危机四伏。没有月光给我们引路。一路之上，我都在和强烈的疲劳与险恶的环境做着斗争。一路上，我也在思索着谢云娜为什么非要回厂，为什么要把情绪激动的老虎留在那个空空的房间里。一路上，我也没有找到合理的答案。而我身后的谢云娜似乎很安静，像是睡着了似的，她静静地趴在我的背上，一句话也没有说。在十公里处，一块石头暗算了我们一下。我们连车带人摔倒在路当中。重新上路后，谢云娜竟然没喊一声疼。我问她为什么不说话，也不叫疼。谢云娜幽幽地说："我在想。"

我问她想什么。她就再也闭口不谈了。回到化工厂，我们像是两只流浪的猫悄悄地回到我的宿舍。我已经累得筋疲力尽，我都忘记了锁自行车。我一进宿舍就像一只八爪鱼那样瘫在了床上。谢云娜却突然趴到我身上，问我知不知道一晚上她都在想什么。我有气无力地说不知道。谢云娜的那句话像是一个路标永远地立在我爱情的起跑线上，她说："我想让你把我的身体撕开。我身体里有一团火。"

她那句情意绵绵的话让我有些蠢蠢欲动，可是我的身体在经过长途的跋涉之后并不争气，我连抬手的力气都没有了。我迷迷糊糊地睡着了。我似乎感觉到她在脱衣服，她在帮我脱衣服。我感觉到了寒冷，我似乎听到了自己磨牙的声音。

我醒来时已经天光大亮，谢云娜没在身边，我赤裸的身体僵硬而虚弱，像是一只冻僵了的蝎子。我看到了在我的胸口一排排清晰的牙印，它们组成了一个心形。我摸了摸那些牙印，有的已经有了血迹。我怎么一点也没有感到疼痛？她是什么时候给我留下的印迹？

我摇摇晃晃地去上班。一上班就接到了谢云娜主任的电话，他恼怒地问我谢云娜为什么这一阵子总是无缘无故地旷工，为什么今天她又没有去接班。我敷衍他说谢云娜的老父亲又得了重病，她要天天去照顾他。主任说："小董，你当我是傻瓜呀。你告诉她，她今天要是不来上班我就把她交到人事处了。如果她被开除了你可别怪我。"

我去了趟谢云娜的宿舍。同宿舍的小王刚下夜班正在睡觉。她说她下班后就没见到谢云娜。我请了假坐班车去找老虎，谢云娜只有这一个去处。将近十点钟我在老虎租住的院子外徘徊。院子外的便道上停着一辆漂亮的红色本田轿车。那耀眼的光芒使我的头有点晕，一定是昨天晚上骑了一夜的自行车的缘故。我的徘徊说明了我内心的烦躁，我想该是和老虎摊牌的时候了，我们三人之间这种莫名其妙的关系早就应该结束了，我拿定主意，要让他离开我们的生活。

一个匆匆跑出来的人撞到了我的怀里，是谢云娜。她抬头看了看我，眼里浸着泪水。我顿时怒火中烧，我抱住她，问她是不是老虎欺负她了。谢云娜摇摇头不说话。我撇下她，气冲冲地上了二楼，一脚踹开了老虎的房门。看到屋内的景象我便有些后悔自己的莽撞。房间内并不只有老虎一个人，还有一个姑娘。那姑娘惊讶地看我一眼，叫道："小董，你好。"

那个姑娘正是老虎大学时的女友。内蒙古姑娘的秀发光滑地流向脑后。她笑起来还是那么气质优雅，阳光灿烂。

我不禁尴尬地搓着手说："你，你，你来了。"

老虎抬头看了看我，他的目光里竟然充盈着一丝惊慌。内蒙古姑娘以前可是他的骄傲，如今她的到来为什么会令他紧张而不安？

我只好放下自己的愤怒，我说："你们聊，你们聊。我不打扰你们。"内蒙古姑娘漂亮地微笑着。老虎却突然从床边站起来，快步走到我身边，他求援似的看着我说："请你留下来。"

我假装没有看到他胆怯的目光，我说："你们久别重逢，一定有很多话要说，慢慢聊啊。"我轻轻地为他们掩上了门。走下楼梯时，我痛快地松了口气。

谢云娜迎上我，忐忑地问我老虎会不会跟那个内蒙古姑娘走。我说，他要是跟着内蒙古姑娘走了是他的福气，是他的幸运。你没看到吗，内蒙古姑娘今非昔比，你看到那辆日本车没有，我猜想一定是内蒙古姑娘的。

我的猜想并没有错，那辆本田车是内蒙古姑娘从北京开过来的。那天中午，我们四个人挤在她那辆小巧的红色汽车里，鼻子里全是浓浓的香水味，内蒙古姑娘要请我们去国贸酒店吃饭。汽车在街道上穿行，我注意到老虎并不是很开心。他的头一直转向窗外，石家庄平庸的街景还不至于让他目不暇接。

内蒙古姑娘和老虎说了些什么没有人知道。我们知道的一点是内蒙古姑娘给老虎带来了好消息。席间内蒙古姑娘不断地与我和谢云娜碰杯，她殷切地希望我们能够劝说老虎，让他再去一趟北京。她说她已经做了所有的工作，有个大的唱片公司听了老虎的歌，他们答应给老虎出一张专集。

我说："这是好事呀，我代表老虎谢谢你呀。"谢云娜私下拉了拉我的袖子，我急忙改口说："对对，这句话不用我说，应该老虎亲自给你说。"

席间老虎并没有说一句感激的话，他有些落寞和心不在焉。谢云娜的眼睛不住地向老虎脸上扫。只有我坦然地和内蒙古姑娘喝着酒。内蒙古姑娘的酒量很大，她说有一次她喝过一瓶的草原白。她的豪言让我惊诧不已。本来内蒙古姑娘吃完饭要返回北京的，但是她喝了太多的酒，只好住了下来。去酒店前她掏出了一个闪闪发光的精美的塑料袋子，她把袋子放到老虎的面前，对他说："这是合同。如果你同意，就在上面签上你的大名。如果你对自己的事业还足够尊重，你可以下午就和我去北京；如果你还有别的想法，我也希望你尽快地给我一个答案。"喝了那么多的酒，内蒙古姑娘的意识还是那么清醒，足以说明了她心思的缜密。

没有人知道内蒙古姑娘是何时返回北京的。那天下午，我独自返回了工厂。谢云娜没有被我的苦口婆心说动。她赌气道："你让他开除我吧。那种千篇一律的生活我早就烦透了。"

我说："老虎都要走了，你还跟着他干什么？他又不是你的男朋友，我才是。"

谢云娜夸张地用一种异样的目光打量着我，伸手摸了摸我的头，说："你没发烧吧，是不是喝酒喝多了，说起胡话了。你看老虎，他心里并不痛快。一个靠幻想和信仰生活的人，是不需要怜悯和同情的，你看出来了吗？"我急于要去赶班车，我没有时间去和她探究什么幻想和信仰。我走之前提醒谢云娜，你让老虎快点走，走得越远越好。

老虎真的要走了，促使他下了决心的并不是我的那句话，而是内蒙古姑娘居高临下的善意。他相信那是她用钱换来的一切，他相信那些钱并不属于他曾经爱过的那个姑娘，他相信那个唱片公司根本就没有听他的歌，他相信自己永远只能奔波在路途之中。做出这个决定时他的面前只有一个人，谢云娜。他把他内心的话全都倾泻了出来，我女友谢云娜纯真的心灵，毫无遮掩的爱憎给了旅途中的老虎极大的宽慰。在老虎眼里，我女友谢云娜就像是一条清澈见底的河流。

他们具体谈了些什么，我无从知道。那个令人沮丧的下午，我在匆匆地赶回化工厂。一个下午就可能改变人一生的轨迹，这是我在谢云娜离开之后得出的结论，这个结论有些心酸，还有些苦涩。

快下班的时候谢云娜在电话亭里给我打了一个电话，她对我说："你必须马上来见我，我有一件重要的事情要对你说。"是什么重要的事她没有细说，便匆忙地挂断了电话。

我重新披挂上阵，自从老虎来到我们身边之后，我们好像在疲于奔命，而这一切都是为了谁，却让人无法琢磨。

我赶到老虎租住的房子，老虎和谢云娜已经正襟危坐着等待着我。悬在空中的一百瓦的灯泡显得很刺眼。谢云娜坐在床边，而老虎抱着他的头坐在靠门边的一张木凳上。老虎看了看我，把目光转到了墙角。谢云娜向我招招手，她示意我坐到她身边。然后对老虎说："你出去吧。"老虎听话地站起来向外走，我们俩错身时他还冲我露出了非常友好的微笑。那一刻我还不知道他微笑的背后隐藏着什么。

门关上了，我们静静地听着老虎下楼的声音由近至远。谢云娜抓住了我的手，她的笑容在那个夜晚令我永生难忘，那是从容而淡定的笑容。她说："我想告诉你，你和老虎是两类人。你们完全生活在不同的内心之中。你活在现实里，而老虎却活在信仰里。你的生活让我感受到了实实在在的身体的愉悦，而老虎却让我的心灵体验了飞翔的快乐……"

她滔滔不绝的话语令我有些无所适从，但是我从她略显忧郁的表情上看出了某种不祥之兆，我打断了她的比较，我说："你想说什么？"

谢云娜略微怔了一下，然后说："我想跟他走。"

那句轻描淡写的话不是霹雳，而是一把刀，凶狠地扎进了我的胸膛。我呆呆地坐在她的身边，我听不到她的呼吸声。

谢云娜的话语如同水一样流进我的脑子里，它们越来越多，我感到了有些胀痛，有些冰冷，有些摇摇晃晃。她说她早已经厌倦了现在平淡而庸碌的生活，她说把梦想压迫在内心深处是一种残忍的自慰。她说她要告别这样的生活，想跟着老虎去尝试另外一种让幻想变成现实的生活。我告诫她说她的选择是冷酷无情的。她根本没有顾及我。

她说："你放心，我跟着他的只是心灵。我的身体永远都留在你的身边，我会随时回到你的身边。我会和你亲吻，却不会和老虎亲吻；我会和你做爱，却不会和老虎做爱；我的身体永远都只属于你，

当代中国最具实力中青年作家书系

思想会跟随着他。"

我仍然用各种困难来阻止她愚蠢的选择。我说你会被开除，你会一无所有。

谢云娜的果断在那个秋天变得那么地让人无法接受。她没有反驳我，而是默默地去除了身上所有的衣服，她有些瘦弱的身体如同剑一样刺进我的眼睛里，我流下了泪水。我说："请别离开我！"谢云娜没有回答我。她快速地脱掉了我的衣服。她把我拉到了床上，钻入了我的身下。

那个令人伤心，令人眩晕，令人痛恨，令人向往的夜晚，成了我生命中永远无法抹去的伤疤，我甚至不知道用什么方式来表达我内心的感受，我只能随着她的节奏，在槐底陌生的小屋里，在吱呀作响的小床上，被一种莫名的爱情陶醉着、迷幻着、痛恨着、忧伤着。

他们走时我选择了沉默来表达内心的不满。我没有去火车站为他们送行。我不知道谢云娜都随身带了些什么生活用品，我只知道，在我的手心里，紧紧攥着的那一缕黑黑的东西叫作头发，是从一个叫作谢云娜的瘦弱的姑娘头发上拔下来的。她的叮嘱在风中飘荡：你想我的时候就看看我的头发。谢云娜的头发很好，柔顺、乌黑而光滑，像是用广告中的海飞丝洗的。

谢云娜不在的日子成了一片伤心的海洋。只有在她匆匆赶到我身边的那一天，海水才会静静地退去。最初的时间里，谢云娜像她说的那样，三五天或者一周会突然出现在我的身边一次，每一次她都是风尘仆仆的，征尘未落便迫不及待地把我搜到了床上。每一次，谢云娜的激情都会让我暂时地忘掉痛苦，和她一起徜徉在欲望的浪尖之上。每一次，谢云娜都像是闪电一样迅速地出现又离开，和我做爱像是她旅途中的加油站，她洗个澡，换一身衣服，吃一顿我做的饭，然后又鸟一样飞走。她的离去又是我的又一轮忧伤日子的开始。我开始邀请朋友们喝酒，化工厂旁边的小酒馆成了我最忠实的家。太原、郑州、济南、西安……从她嘴里说出的那些城市，还有那些不知名的小县城，在我的脑子里流星一样闪过。我都无法把他们的行踪和那些地名联系在一起。

即将进入冬天的时候，内蒙古姑娘突然出现在我面前。她还是开着那辆红色的本田车。我从窗户里望下去，停在楼下的那辆车仍然是那么耀眼、鲜艳。她笑了笑，并不自然。我告诉她，老虎早已经离开了石家庄，我没有对她说谢云娜跟老虎在一起，我觉得难以启齿。她问我老虎现在哪里，我说不知道。我从抽屉里拿出了那份合同，那是老虎让谢云娜交给我的。老虎可能预感到了内蒙古姑娘会来，所以他提前埋了伏笔。内蒙古姑娘没有接那份合同。她说，既然他不需要，这份合同就没有任何价值了。她又试着问我老虎难道没有留给她什么话吗？

我摇摇头，说："没有，他像风一样消失了。"

内蒙古姑娘显得十分大度，她笑笑说："没关系，他是什么人我很清楚。我知道他不会接受这份合同。我只是心里还存有一丝幻想。我本来就不应该做这种无用功。"

她盛情邀请我一起吃饭。我看着她表面灿烂的笑容，想到了我，很痛快地答应了。

在凤凰酒店，我们被彼此的酒量给征服了。内蒙古姑娘问我怎么不见小谢。她还记得谢云娜。我喝了口酒说："她，她跟老虎走了。"我垂下头，我感到那酒在脸上乱窜。

内蒙古姑娘没有再追问下去。她默默地看着窗外。窗外，冬天已经深入大街小巷，但是在玻璃的这一边，季节已经失去了它本身的意义。我们的脸上都有些微微地泛红。酒意给了我们谈论老虎的勇气。内蒙古姑娘是我的领路人，她率先谈到了老虎，她说："你知道在北京都发生了什么吗？"

我摇摇头，谢云娜向我描述的北京的一月是简单而片面的。对于谢云娜为什么突然离开北京回到我身边，至今仍然是一个谜。我以为内蒙古姑娘会说起谢云娜，不禁一阵紧张。

内蒙古姑娘的眼神有些迷茫，所以她没有看出我的紧张。

内蒙古姑娘说："老虎辞了职，从昆明跑出来，是为了我。"

我随着内蒙古姑娘的眼神一起回到了她的记忆中，那个曾经被谢云娜描述过的记忆完全呈现了另外的面貌。

她说："我曾经在上海待过很长一段时间。那时候我在一家外企做文秘工作，我当时的男友比我大二十岁。他是个老板，很有钱。他替我买了一套房子，一周和我相聚一两次。老虎找到了我。他把自己多年来写的诗拿给我看，给我唱那些动听的歌曲。"说到这里，她还轻轻地哼唱了一首老虎为她写的歌：

遥远的街头

一张脸

在风中

闪动

闪动

一张秋月般丰满的脸

在风中
在远方
一阵哀怨吹上我的心头

一张脸
水汪汪的丹凤眼
一句话
孤零零的语言
我没有什么办法能够告诉你
离开你
是不得已的转变
又或者说是不忍见你的哭泣
可是谁来安慰我这无法忘却的思念

在没有人的地方偷偷想起你
才知道
这就是一种怀念
当夜晚席卷我的欢乐和悲伤
我就看见你在远方悲悲切切的双肩

一行泪
静静掉在素洁纸面
一双手
轻轻摊开满掌哀怨

遥远的街头

一张脸

在风中

闪动

闪动

　　内蒙古姑娘记忆中的上海和我印象中的夜上海是吻合的，暧昧的小曲、灯红酒绿。她说起在上海妖媚的空气中，老虎那个外乡人，那个并不合时宜的人的到来是多么的格格不入。她说当老虎的眼神扫过她的男友时，眼神是充满了仇恨的。内蒙古姑娘说，比她大二十岁的男友在某一天的夜晚突然地死去了，他的死亡没有任何的征兆，他死时，CD机里反复唱着邓丽君的歌曲。关于老板的死一直是一个谜。连警方都没有给出一个令人信服的结果。内蒙古姑娘的声调突然有些发抖，她说："我记得很清楚，他死的那天晚上，老虎就不见了。"

　　我的身体猛地打了个冷战："你怀疑老虎杀了你男友？"

　　内蒙古姑娘说："我没有说。我不相信他有那个胆量。"

　　她接着说："后来我就去了北京。然后遇到了现在的男友。老虎领着小谢去北京时，我正准备要和男友去欧洲度假。那天晚上我们在酒吧里看到了老虎，我知道他肯定了解我的行踪。他是在那里守株待兔。他告诉我说，他有了新的女友，他的女友是世界上最好的姑娘。我见到了小谢。我发现小谢果然是一个很好的姑娘。但是她看老虎的眼神和老虎看她的眼神是不一样的。我看出了破绽。我并没有刻意地去揭穿他。我知道他想用这种拙劣的把戏来激怒我。我没有上他的当。我和男友从酒吧里出来，却没想到老虎突然从黑暗里蹿出来，他用吉他向我男友的汽车上砸去。他的吉他坏了。汽车只是划破了一点漆。我男友非常气愤，把老虎狠狠地揍了一顿。还把他扭送到了派出所。老虎在派出所里大骂日本人。警察们都偷偷笑。他只在派出所里待了一夜就给放了出来。大概是他骂日本人骂得比较厉害吧。"

我问她："那一晚，小谢在干什么？"

内蒙古姑娘回忆道："我不知道。那天晚上，我的眼里只有老虎疯狂的举动。"

内蒙古姑娘走时，犹豫了一下对我说："不要告诉老虎我去了哪里。我要去日本了。"

最终我还是违背了内蒙古姑娘的叮嘱，告诉了老虎她的去向，我相信，老虎不可能追到日本，那个有着樱花的国度不是他喜欢的。

那个冬天给了我所有关于寒冷的记忆。在寒冷的逼迫下我才发现，谢云娜已经有很长时间没有回到我的身边了。她的欲望之火似乎被寒冷给浇灭了。直到有一天她慌慌张张地站到我面前，就像是从地底下冒出来的。她的嘴上起了一个大泡，脸上黑黑的，头发乱糟糟，我大吃一惊，我说："你去要饭了？"

谢云娜没有理睬我的惊讶和玩笑，她说："快去取点钱，跟着我走。"

老虎在河南一个叫作邓州的小镇生了病，一病不起，天天高烧不退，说胡话。谢云娜哭着说："快去救救他。他快死了。"

我带着钱，跟着失魂落魄的谢云娜坐火车去了河南。一路上我都在打量着谢云娜，她的目光变得那么坚毅，形象却已经十分

当代中国最具实力中青年作家书系

的陌生。她紧紧地攥着的手，仿佛要把我的手掌攥穿。她告诉了我他们漂浮不定的生活，他们哪里是去寻找梦想，简直就是乞丐的生活，从一个地方漂泊到另一个地方。老虎的歌声和诗歌就是他们的一切。

我们匆匆地赶到那个叫作邓州的小镇时，老虎躺在一个小旅馆里的床上，两眼像是两个铃铛。他高大的身体此时蜷缩成一团，像是一只干瘪的虫子。谢云娜附身对他说："小董来了，他带了钱，我们去医院吧。"话还没有说完，谢云娜就呜咽起来。

我看着他的样子也顿时打消了痛恨他的想法，这哪里还是那个充满了幻想的诗人和歌手老虎？我伸出手在他的眼睛上晃了晃，他的眼睛睁得大大的，却没有任何反应。我把他们欠旅馆的钱先还上，然后雇了一辆出租车把他送到了离此最近的那个城市南阳。在医院里，看着那些液体慢慢地进入他的身体里，老虎纸一样的脸色在慢慢地消失。

两天后，老虎的眼睛就能转动了。他仿佛是刚刚看到我，他的声音像是一只苍蝇，他问我来这里干什么。

我说："我只是吃饱了撑的，来这里散散步。"谢云娜在我身后掐了一下我的后背。

老虎想笑一下，他的胡子就机械地动一下。

在那个绿草茵茵的医院里，我无法抑制地要告诉他关于内蒙古姑娘的一切。坐在床边的我，像是一个法官，我在观察着他的表情的变化，想从他每一个细小的动作中找到蛛丝马迹。我说："你做这一切并不是为了什么崇高的理想，你只是为了一个姑娘。"

我的话让谢云娜非常震惊，她说："他病还没好，你不要刺激他。"

我告诉他内蒙古姑娘去了日本，再也不会回来了。她要在樱花盛开的季节里成为一个新娘。老虎听完我的话，突然从床上挺起来，呆呆地坐了一会儿，猛烈地吐出了一口鲜血。那口鲜血落在了白白的床单上，像是一朵正在绽放的玫瑰花。谢云娜大声地斥责我的无情无义，她急忙跑去找医生。

　　老虎的身体在短短的几天时间里就恢复了。我们走出医院的大门。来到南阳的一个普通饭馆里，饭馆的外面是一条拥挤的街道，有很多商贩的叫声穿越冬天的空气，来到我们的耳朵里。饭馆里的老虎在我的追问下承认了自己的爱，承认了自己所做的一切都是为了那个内蒙古姑娘。他先看了看谢云娜，然后才娓娓地向我们道来他对内蒙古姑娘的爱，决定了他的一切，他的辞职，他的旅途，他的诗歌，他的歌唱，他说，所有的一切都是为了那个内蒙古姑娘。谢云娜默默地听完了他的讲述。我却有些得意，我相信，看穿了老虎的谢云娜会告别老虎，结束他们荒唐的旅行，回到我的身边来。

　　老虎讲到最后声音变了调，泪水在眼眶里打着转。他对谢云娜说："对不起，让你陪了我这么长的时间。"

　　谢云娜突然站了起来，她没有哭。她说："我只问你一句话，丽达那首歌你是为谁而写的？"

　　老虎仰天闭眼了好一会儿，才说："不是你。"

　　谢云娜转身就向饭馆外跑去，她的身体撞倒了一张桌子，上面的碗筷慌张地散了一地。我踩在破碎的碗片上向外走，临走的时候我对老虎说："我真想把你撕了。"

　　我追了出去。我们没有向老虎告别。不知道他去了哪里，而且，此时的他已经不重要了。我们一路无话地赶回了石家庄。谢云娜不吃不喝有两天时间，她呆呆地坐着，从天黑到天亮。不管

当代中国最具实力中青年作家书系

我怎么相劝都无济于事。我正要把她送往医院时，谢云娜却失踪了。我从单位回到宿舍，我刚刚去请了假，想带她到医院去。宿舍里空无一人。桌子上她给我留了一张纸条，上面潦草地写着一行字：我走了，不要问我去了哪里。

我发疯似的冲出去，在班车点，在生活区，然后火车站，汽车站，都没有她的踪影。那个我深爱着的姑娘，那个令我忧伤的姑娘，那个外表温柔内心狂野的姑娘，就这样永远地离开了我的生活。

一年之后，一个去过五台山的朋友说在那里看到了谢云娜，她出了家。王姓朋友说给我时还有些犹豫，他说，也许是我看走了眼。我乘车去了五台山。我找遍了所有的庵堂，都没有找到谢云娜。后来，我听说她就在河北，在邢台的某个村子，一个简陋的庵堂里。而那个时候，我已经和现在的妻子结了婚。她出生在新疆石河子，她对那个叫谢云娜的姑娘一无所知。我妻子喜欢看老虎在云南电视台主持的《读书》节目，她说老虎的主持很有品位，很好。

声音的集市

　　讲座已经结束，我还无法走下讲台，有几名听众上来索要签名。讲座的大厅是个小型的剧场，平时会偶尔有一些演出。现在是周末的上午。人流稀稀拉拉地向外走，像是一出散场的戏剧。风穿堂而过，刚才讲课时没感觉到冷，因为我脚下有一个电暖气吹着，现在才发现，剧场里根本没有暖气。真不知道，台下的那些人是怎么坚持听我讲完的。我微笑着签名，照相。最后看到了她。她一直躲在其他人背后，直到讲台上只剩下我，她才挪过来，开始我还没有意识到有什么问题，用眼角扫了一下她，长头发，一个约莫二十多岁的姑娘。她递过来一张白纸，一支笔，轻声说："老师，请给我签个名。"

　　这是冬天，在城东的绿岛剧场。她特别补充了一句："请您给我写一句话。"我不假思索，随手在白纸上写了一句"书山有路勤为径"，签上我的姓名和日期，把纸递给她时，才发现，她是个盲人。她脸色微红，腼腆地说："谢谢老师。我还有个问题，能不能问？"

　　一旁开发区文联的李主席根本没把这个盲人姑娘放在眼里，

他已经在催促我去吃饭了。我示意他稍等一会儿，耐心地对姑娘说："你尽管问吧。"

姑娘说话的声音很柔很慢："老师，您今天讲座里，提到了水浒英雄李逵，您说黑旋风是个大恶人是吧？"

我愣了一下，然后笑着说："姑娘，你理解错了，我没有说李逵是个恶人，我只是说，在《水浒传》这部小说里，施耐庵给我们呈现的李逵，是一个充分展示内心恶的形象。我并没有说他是恶人。"

她攥着那张纸，腮边微红，陷入了沉思。

这时，区工会的李主席一把抓住了我，用力拽着我向外走："走吧，我们区委黄书记已经到酒店了。"

我匆匆走下讲台。这个时候，剧场已经人去屋空。讲座好像真的是一场集市。由我这样的人来兜售自己的想法，其他人照单全收，完全是卖方市场。李主席快步地向前走，行色匆匆，充满了因为冷落领导的内疚。我回头看了看讲台之上，那个姑娘还在那里，像个雕像，一动不动。

今天我讲的什么题目？那姑娘的问题稍稍让我的思维出现了停顿。是的，《善与恶——文学中的角色扮演》。我讲到了李逵。此时，在我几乎是被李主席推进汽车里时，我仿佛看到，在李逵打打杀杀的场面中，有一张疑虑重重的姑娘的面孔若隐若现。李逵那把闪闪发亮的斧子四处飞舞，那个姑娘像片弱小的叶子一样，瞬间就被砍得粉身碎骨。

冬天给了我们有关温暖的记忆。这个季节里，竟然有那么多人在等待着被文字和文学照耀，我像一支火把，一支由文学缠绕在一起的火把，不知疲倦地穿梭于礼堂、大学、工厂、社区，把文学的暖意留在冬天里。每一次，我都面对的是不同的人群，不同的对温暖充满期待的人群。我不断地重复着一个或者两个、三个题目的讲座，而每一次，我都讲得热血沸腾，仿佛都是第一次讲给自己听。可意想不到的是，在时隔一周之后，我又一次碰到了盲人姑娘。

　　第二次是在师大的讲座，夜晚，文学是这个北方城市罕见的星光。这一次，她不是最后一个映入我视线中的听众，而是我从讲台上走下来，就看到了她，她从后面向前走，还不时被退场的学生碰到，险些摔倒。我等着她，我几乎已经忘记了她上次最后的提问内容。我只是觉得她是个执着的爱好者，也许，她在写诗或者散文。我对仍然跋涉在这条路上的人心存敬意。我说："慢一点。"

　　她说了一句话，吓了我一跳，她说："老师，您在讲座里说，李逵是个时代英雄。"她这句话，一下子就让我对自己今天的讲座有些怀疑，我没有讲到李逵吧？我含糊其辞，在想着怎么回答她。我们一前一后向外走。师大的校园里，有一种特别的情调，让寒意稍稍地减弱。我谢绝了郭老师邀请我吃消夜的美意，我看着他开着黑色桑塔纳消失在图书馆后面，然后转头看了看站在暗处的盲人姑娘，我问她："你怎么回家？"

　　"黑暗即是我家。"她轻描淡写地说道，却如此诗意。这更加坚定了我的揣测，她是个文学爱好者，一个对诗歌执着的人。

　　我肃然起敬，我说："我送你吧。反正我也要穿越黑暗回家。"

　　她没有拒绝，上车后我问她去哪儿。她反问我去哪儿，我告诉她去东二环。她说："那您就把我放到万达广场吧。"

　　路上我说："姑娘，你是第二次听我的课了。"

她说:"老师,您记错了。不是第二次。"

我暗自吃惊。我说:"我想不起来……"

她提醒我说:"在残联那次。您忘记了吗老师?"

"残联?"这个词离我非常遥远,我从来没有与残联打过交道,我矢口否认:"没有。我从来没去残联讲过课。"

姑娘斩钉截铁地说:"没错。是您,董老师,董仙生老师。我虽然看不见,但是我的耳朵就是我的眼睛,它用听觉来看这个世界。我相信我的耳朵,比你们正常人的眼睛还诚实。那是个雨天,您讲的题目叫《文学的面孔》。"

我一惊,思想一下子就抛了锚,汽车轮胎打了滑,险些串到其他车道上,我定定神,汽车平稳下来,说:"这个题目我确实讲过,而且不止一次。可是残联那地方,打死我也没去过。我根本不知道残联在哪儿。"

"就是在那个雨天,那次讲座上,您讲到了李逵,讲他是一个时代英雄,时代造就了他,他也顺应了时代。您的话我都记在脑子里,我的脑子就是个笔记本,毫厘不差。"姑娘的语气极为自信,仿佛这就是在残联的讲座之上,而我正在向众人描绘着一个叫作李逵的大汉,讲他在时代的旋涡中披荆斩棘,讲他英雄的故事。

"那不是我。"我的辩解那么苍白无力。她的脸始终面向前方,脸露微笑。那是一张意志坚定的面孔。她的表情让我感觉自己真的做了亏心事,内心有愧。

"而您在桥东的绿岛剧场讲座时,又说李逵是一个恶人。您竟然会把一个人说成两个人,就像您在讲座里提到的那个分成两半的子爵,那个叫梅达尔多的子爵,两个完全风马牛不相及的人,我一直都心里不安,不知道该相信雨天的那个董老师,还是剧场那个董老师。"不时闪过的车灯照在她疑虑重重的脸上。

好在，她看不到我，这让我稍感心安。而且，万达广场已经到了，我解脱了。我停在路边，告诉她，她已经到了。她打开车门，下了车，回头冲我说："董老师，我还会去听您的课的。"

我赶紧逃离了她，过了路口向后看了看，在摇曳的霓虹、不时闪过的车灯、不离不弃的路灯光的交相辉映中，那个路口，早已没了那个姑娘的身影。我都不知道她叫什么，做什么的，为什么总是去听文学讲座艺术，而又为什么去听我的讲座。

第二天，鬼使神差的事情发生了。我竟然在拥挤的车流之中，七拐八拐，来到了残联门口。残联在桥西偏北的地方，合作路上，离我上班的社科院已经超出了三公里。我从车窗里看着那个灰头土脸的大楼，看着从那个大门出出进进的人，他们几乎和我一样，我仿佛看到自己在社科院门口出出进进的情景。我疑惑地问自己，我真的来过这里？

在这个城市里，不同的人扮演着不同的角色，彼此并不矛盾，我们互相友好地演好自己，共同上演着一出人生的戏剧。我认为自己是一个好演员，一个著名的文学评论家，一个文化名人，一个用自己的思想来塑造自己，并影响别人的精神抚慰者。有时候，我是靠惯性在行动，比如讲座，就像是打了吗啡，它在我的生命中是永远无法停止下来的。它是我人生角色中的重要一环。

这一次是在省图书馆。我走上讲台的第一眼就看到了她。她坐在第一排，正襟危坐，微笑着面对我。她眼睛看不到，但是一定能听到我的窘迫，在她面前，我总觉得被一双锐利的目光注视着。我是真的不想看到她。不过，我到底已经锻炼成了职业的讲座家。一讲起来，便忘记了她给我制造的一点点麻烦。除了偶尔

当代中国最具实力中青年作家书系

能看到她那张凝神听讲的脸，让我稍感不适外，大部分的时间都是被我自己强大的内心掌握的，面对如此情景，我游刃有余。

讲座结束后，她紧紧地跟着我，没有提任何问题，让我略感轻松。省图的宋主任注意到她，问我她是谁，是不是跟我一起来的，要不要一起用午餐。我还没有回答。姑娘却抢先说："我是跟董老师一起来的。"

吃饭的时候，她紧挨着我坐下来。令所有人意外的是她却不吃一桌子丰盛的饭菜，而是从自己的包里摸出一袋饼干，一瓶矿泉水，独自吃起来。她身边的小杨替她把菜夹到面前的盘子里，她说："谢谢。我只吃饼干。"他们都诧异地看着她，然后再看看我。我解释说，我们吃我们的，她这是习惯。其实我哪里知道她有这样的习惯，我不过是才见过她三次，况且我连她的名字都不知道。这顿饭吃得寡淡无味。匆匆吃完，在停车场告别宋主任一行，我上了车，姑娘也跟着上了车。我挥手告别宋主任，车开出拥挤的停车场，我对姑娘说："课讲完了。"

盲人姑娘说："董老师，您不是说好了要送我吗？"

我想了想，没记得什么时候承诺要送她了。我只好说："你去哪儿？"

姑娘想都没想："长安公园西门。"

我专心开车，姑娘先开了口："董老师，我感觉到您闷闷不乐。"

我说："没有啊。"

姑娘说："您骗不了我。我看不到。我能听到。听到您在想什么。"

我说："我什么也没有说，什么也没想。"

姑娘说："可是那些人在说呀，他们一直在想啊。他们一直在说，都是说些您不爱听的，可您还得附和着他们，装作您很认同他们。他们对您毕恭毕敬，但也只是场面上表现出的热情，心里不定怎么想的。那个叫宋主任的，其实一点也不喜欢您，从骨子里不喜欢您。他只是因为工作的关系，没有办法，而打着官腔。那个杨经理，不过是想利用您的地位和影响力，来给他们读书俱乐部涨涨人气。那个小黄，是一个像我这样的文学青年，他只想着和您套套近乎，好让您在文学的道路上帮他一把，给他的书写篇评论，推荐评奖。"

我暗吃一惊，她看不到，却能感觉到我在想什么，其他人在想什么。我停下车，"你到了。"我说。

姑娘没有下车，她说："董老师，还没到。我说的是长安公园西门，不是南门。"她看不到外面的景色，真不知道她是怎么感觉到的。

她继续着她对这个看不见的世界的探寻。她说："董老师，您六月六日那天，在燕赵讲堂讲课，讲座的题目是《四大发明与中国历史》……"

她还没有把问题抛出来，我就有些发毛，她的想法，远远不是一个文学爱好者的思维方式。我立即制止了她："那不是我。姑娘，我没有讲过四大发明。我是个文学工作者，对历史没有太多的研究。没有研究过的内容我从来不会讲的。你肯定是认错人了。"

不管我如何辩解，都无济于事，她是个认死理的姑娘，一旦她认定那个讲四大发明的人是我，那肯定就是我。我无法按照她的想法与她沟通对话，只好沉默不语。但是表面上安静的她却思路大开，滔滔不绝地说起来："我以前是个闷葫芦，几天都说不了一句话。我父母都以为我变哑巴了，他们害怕极了，一个瞎子，再变成一个哑巴，你说他们得有多倒霉。他们的人生该多么失败。我也替他们发愁，可我就是什么也不想说。越不想说话，就越紧张，越紧张就越说不出来。那些话像是结成了一个疙瘩，窝在我心口里。可是有一天，我去父亲单位，偶然听到他们礼堂里有人在讲课，那是您，董老师，您在红星机械厂的礼堂里讲孔子，正讲到君子坦荡荡，小人常戚戚。我一下子就被那内容吸引住了，给我打开了另外一个辽阔的世界。您那天的声音现在还回响在我耳边，您就是我的大救星，给我解开了心口的疙瘩。我停在那里，完全融入了您带给我的另外一个世界，那个世界如此美好。"

我听着听着，竟以为自己到过那个叫作红星机械厂的礼堂，在那里讲过一堂论语课，讲过君子之道。而红星机械厂，据我所知，早就在二十年前就倒闭了，现在那个位置，耸立着一个已经濒临绝境的商场。

长安公园的西门已经到了。这一次，我没有感觉到那么漫长和无聊，我不知道为什么竟然有些享受她的虚构。

她下车时，我突然想起来："你总得告诉我你叫什么。"

她摸着车门，笑着说："董老师，我叫莫慧兰。"

我一下子蒙了，莫慧兰，不是九十年代的体操明星吗？"你确定你叫莫慧兰？那个跳体操的？"我万分惊讶地问道。

"是叫莫慧兰。我以前不叫这个名字，是后来我爸给我改的，他希望我像那个体操明星一样，能自由地跳来跳去。"

在那段时间里，我和她，一个叫莫慧兰的盲人姑娘，几乎是见面最频繁的两个朋友，好像我们早已有约，早已心有灵犀。不知道为什么，我能够有足够的定力进入她的世界，进入她内心看到的那个我，那个到处去讲座，到处去展示自己才华的董仙生。

有时候我会不自觉地去寻找她提到的曾经有过的那些地方，我站在红星机械厂的旧址前，可是我怎么也想不起，红星机械厂红火的那些日子里，我在干什么，只是有一点我可以确定，那个时候，我没有到处去给别人上课。

　　我们的谈话基本都是在我的车里。我成了她的专用司机。讲座之后我开车，她坐在我的身边。她提到了许多地方，都是二十年前的地方，一次，她竟然说我在解放路商场讲过如何在北方种植樱桃。她说得有鼻子有眼，还说她按着我的讲座，在自己家里做了努力和尝试，就在她家的院子里。结果，没有结出一颗樱桃。她自责地说："我反复过多次，都没有成功。我就反思自己，一定是那次讲座我没有听得那么仔细，漏掉了什么。"她还用陈景润的例子来安慰自己，说明成功不是一蹴而就的。还有一次，她说我在展览馆讲过我国第一颗原子弹的爆发，讲原子弹对我们国家安全的重要性。万幸，她没有去尝试原子弹。在她的世界里，那个她看不到的世界里，那个被她叫作董仙生的讲述者不断变换着角色，一会儿是评论家，一会儿是历史学家，然后又变成了生物学家，育种专家，航天英雄……五花八门，她把我想象成任何一个能够推动社会进步的人，一个高大伟岸的人。实际上，我的名字成了她心中的一个符号。从冬天到夏天，我不断地面对一个陌生的姑娘，对她重复着一句话："那不是我。"这句话如此苍白，如此软弱。而我，在不断地否定她的同时，也已经习惯了跟随着她跳跃的思想，一会儿成为另外一个人，一会儿又回到了二十年前的某个地方，在自己与他者之间，在现实与过去之间不停地转换。我发现，与她一样，她在黑暗中摸索着现实，而我在她的想象中，竟然也感到了某种不太明晰的感觉，开始审视自己，对自己的行为产生动摇。为什么我要怀疑自己？这让我有些隐隐的担忧。

不仅是我，就连她自己，也在不断的想象之中，对我的身份认同有了不同的见解。那一天，她竟然破天荒地要求我领她去看华北五省的美术联展。当她提出这个要求时，我愣了一下，半天没缓过神来。她怎么去欣赏那些美术作品？她敏锐地感觉到了我的犹疑，她说："你是不是觉得我什么也看不到，感觉不到任何艺术之美，我去那里纯粹是耽误您的时间？"

我急忙辩解道："不是，不是，我没有那么想。"

她说："我看得到。"

我附和说："是的，你看得到。"

美术联展的地点是中山路上的省博物馆，在闹市区。她早早地就在博物馆门口等着我，心情很迫切。这不是开展第一天，展馆里人并不多，稀稀落落，很安静，与馆外的世界形成鲜明的对比。我们慢慢地走着，每到一幅画作前，她都站在那里，停留数分钟，仰着头面对着那幅画陷入沉思。我没有再提出任何的疑问，我配合着她，站在她身旁，也仰头端详着那些画，国画、油画、工笔画……花鸟、人物、静物……或细致入微涓涓细流，或气势磅礴惊涛骇浪，或引人入胜曲径通幽。

参观到一半时，她突然低下了头："我能看到，水在流动，鸟儿在鸣叫，骏马在奔跑，山峰高耸入云，晴空万里。"

我说："我知道。"

"这幅画上是一个忧伤的姑娘。"

我说："是的。"

然后是沉默，我们能听得到展厅里非常轻的脚步声，有个人从我们身后经过。我下意识地感觉到哪里不对劲，扭头看她时，她的脸上已经泪流满面。我伸出手，握住了她的手。她抽泣着说："董老师，您嘴上不说，但您心里肯定在笑话我，笑话我无知。"

我连连否认。

她接着说："我知道我什么也看不到。我面前就是黑暗，就是万丈深渊。这是我的世界，我熟悉的世界。这就是我的全部。我不知道你们的世界是个什么样子，不知道黑暗与光明的区别。但是我能感觉到我父母的忧伤。他们每天沉浸在另外一个世界里，哀伤的世界。我想改变，让我的世界与父母的世界相通相连。但是上个星期，最爱我的父亲去世了。我能够看到他，他现在和我在一个世界里，黑暗的世界里。但是我看到的父亲，仍然没有微笑。"她说不下去了，身体颤抖着。

我把她抱住，轻轻拍着她的肩头。我们就像是这个美术展厅里的一个行为艺术雕像，引得其他人驻足观看。等她慢慢地平复了情绪，平静下来，然后我拥着她，继续我们的参观。只是，我成为她的一双眼睛，我轻声地给她讲述每一幅画，讲构图、色彩，讲作品的内容与想象，讲作品的艺术冲击力，我是把自己对于美术的所有理解都滔滔不绝地讲给她。她边听边向往地点着头，似乎已经完全被感染。

等我们向外走时，我已经口干舌燥了，嗓子眼里直冒火。而莫慧兰似乎已经忘记了父亲逝去的忧伤，脸上挂着满意的微笑。她挽着我的胳膊，脚步轻快。走出博物馆，我急着去找一个小超市去买瓶水喝，她却突然问我："董老师，您的世界是什么样的？"

"我……"我一时语塞，我还没有想过这个问题，在一个看不见世界的人面前，给她描述我个人的世界面貌。

"是四处去讲课吗？"她小心地问。

"这怎么可能？"我反驳她，"我还有更多重要的事情去做，搞研究，做课题，教学生，写论文，开座谈会、研讨会、交流会、纪念会、追思会，帮学生找工作，给领导写讲话……你说我有多忙，怎么就成了一个专门搞讲座的江湖骗子了？"

"没有。我不是这个意思。"莫慧兰嗫嚅着，"我是说，您看上去那么享受，每次我听完您的讲座，我觉得您都在构建一个属于自己的全新的世界。我坐在下面，心潮澎湃，那一两个小时的时间里，我坐在众人之中，屋子里只有您构建的那个世界在回响，我觉得，我和您的世界接通了。我跟着您的声音，去了虚拟的文学世界，去了能够闻到味道的果园，去了辽阔而湛蓝的天空，去了枯燥的哲学天地……"

我小声说："那不是我……"

她好像没有听到我的辩驳，继续说："董老师，您就没有对自己的世界有过什么怀疑吗？您的世界生来就是如此，还是和我一样，是您自己想象出来的？或者说，您也和我一样内心有个黑暗的世界？"

"这个……"我竟被她问住了。我感觉像是捂在自己身上的被子被别人掀开了，我没有回答她的问话，而是借故还有一个重要的会议，仓皇地与她匆匆告别。我连回头看看站在博物馆台阶上的她的勇气都没有了。

那次美术展，于我是一次不小的冲击。多少天，我都觉得是自己在看一次画展，我恍惚觉得，自己迷失在那间不大的展厅中，看不到自己，也看不到墙上的画。失明的那个人不是莫慧兰，而是我。

那次画展之后，我们彼此的内心世界好像发生了某些变化，产生了某些怀疑。我开始反省自己，我是如何成为一个夸夸其谈的人的，一个喜欢被别人捧在天上的人的，一个喜欢到处去兜售自己廉价思想的人的？于是，从那个夏天开始，我不再有求必应，不再频繁地去四处讲学。而她，仿佛也改变了。我不知道是因为父亲的离世给了她巨大的打击，还是因为对那些经过她想象的世界失去了兴趣。在讲座中我很少再能碰到她，最后一次碰到她竟然是在外地，在三百公里以外的廊坊学院。

我根本不会意识到她会出现在这里。所以当讲座结束，当人流散去，她站在我面前时，我惊讶着看着她，半天才问她怎么会出现在这里。她说，她来送父亲回家。她父亲老家是这里的。在吃晚饭前，我陪她在校园里边走边聊。她抱着父亲的骨灰盒，试探着问我，想不想听听她父亲的故事。

我默许了。

"我父亲是个徘徊在现实与想象之中的人，"她这样评价自己的父亲，"他是个矛盾的人。从我有记忆开始，他就告诫我，要做一个真实的人，一个能面对自己内心的人，一个无愧于自己内心的人。可是他自己却从来没有做到。我不是从出生就是个瞎子，我两岁的时候，得了一场病，从此就失明了，但是我对这个世界没有一点印象。这对我来说是一件幸运的事情。因为，一开始我的世界就是黑暗的，所以对我来说，并没有突然坠入黑暗的那种撕心裂肺的痛苦。而父亲不一样。我的失明就像是他自己失明一样。我相信，从我两岁起，他也失去了他熟悉的世界，和我一起坠入黑暗之中。是他在黑暗中非要寻找一条通向光明的道路。他几乎是我的眼睛，他每天都会让我去认识这个世界，把这个世界真实的状况告诉我。直到有一天，他觉得已经无能为力了，他累了，无法自圆其说了，在他的叙述中，那个真实的光明的世界有些前后不一致，有些混乱，所以他开始带着我去听讲座。"

"你是说，都是你父亲带着你去听各式各样的讲座？"我问她，我从来没有看到过她的父亲，这让我有些疑惑。

莫慧兰说："是的。就是这样。他开着车，把我带到各个能听讲座的地方。我都不知道他是怎么知道哪里有讲座的。他把我送到那里，自己从来不进去，只是躲在车里，等我听完，然后再带我回家。"

"不是我带你回家？……"我疑惑地说。

莫慧兰解释说："我坐你车的时候，我父亲都开车在后面跟着，直到我从你车里下来，再上他的车。"

我看着她怀里的骨灰盒，感觉有双眼睛在看着我。我问她："以后还去听讲座吗？"

她抚摸了一下骨灰盒："会的。"

那是我最后一次见到她。在接下来的一年时间里，她再也没有出现。她的缺席，不影响任何一次照常进行的讲座，但是却影响了我的心情。我不知道为什么心情会越来越坏，我常常在讲座中间感到某种空虚和无助，有那么一分钟，所有的思想好像突然被一个虚无的人带走了，那个人明明就在讲台下的人群之中，我似乎看到了她，看到她从他们当中抽身而出，飘飘然向外走去。

我甚至还有些淡淡的忧伤。我仿佛一下子看清了自己，看清了那个在现实中的我。就像莫慧兰说的，我真的是在自己的世界中吗？我越来越没有自信，没有了做讲座的心情与自信，直到慢慢地推掉了所有的讲座，连我妻子都说我是不是得了抑郁症，催着我去医院看医生。

几天之前，一个阴雨天，我开车从煤机街经过，突然看到路边有个熟悉的身影正在匆匆行走，是莫慧兰，我喊了一声。她没有听到。我急忙停在路边，跟着她。她已经拐进了一个门洞里不见了，我也进了门洞，是个很暗的地方，然后顺着一个狭窄的楼梯向上走，来到二楼。二楼有个长长的走廊，走廊里光线昏暗，没有看到她的身影。我听到了响亮而熟悉的声音。顺着声音走过去，踏进去的是一个大大的房间，类似于一个社区的活动室，里面挤满了人，年轻人居多，有一个讲台，讲台上一个人正在亢奋地高声讲话，正是莫慧兰。她讲道："钱不是万能的，但是没有钱是万万不能的，如果你有了钱，你会让你的父母过上最好的生活，让你的子女接受最好的教育……"下面的人脸上都洋溢着狂热的表情，人群不时地爆发出阵阵的欢呼声和掌声，讲台像是一个强大的磁场，在屋子里形成一个气流，旋转着，越来越快，聚到讲台上。每个人都被气流牵引着，忘我地狂呼着，兴奋着。我竟也不自觉地被吸引了，挤在他们之中，忘掉了自己的身份，与他们一起鼓掌，呼喊着同样的口号。我浑身燥热，血向头顶涌。正当我忘乎所以的时候，突然有一只手握住了我的手，那只手凉凉的，一下子就给我降了温。我回过头来。是莫慧兰，不知道她是什么时候从讲台上走下来的。她拉了拉我。我被她拉着向外走，走到外面，走下楼梯，走到大街上，已经下雨了。我们没有打伞，她的头发湿了。

她说："老师，我记得您给我说过，刚才那个人不是我。"

会飞的父亲

"我想和你说说我老爸，可以吗？"委婉，央求，这是童丰收的语气，他拿不准能得到什么答案，怔怔地看着那个人，手指关节处酸酸的，像是被灌进了稠稠的原油，而他的手指就是不通畅的管道。桌子底下的手悄悄地伸了伸。

那个人坐着，旁边还有一张椅子，是空着的。那个人手里玩着一支中华牌铅笔。童丰收看不清那支铅笔是哪个型号的，HB？2B？或者2H？铅笔在那个人的手里来回转动，一会儿快，一会儿慢，略微纤细的手挡住了显示型号那部分。那个人咳嗽了一声："有什么意义呢？"

童丰收声音略微高了八度，略带一丝的亢奋："是的，对我来说很重要。"

那个人向窗外看了看，从那里可以看到远处的火炬，它在燃烧，火焰呈一种柔和的心形，小而坚定。那个人看了看旁边空着的一张椅子，目光回转时，盯着童丰收，轻描淡写地说："随你便吧。"

"谢谢。"童丰收松了口气，如释重负。

"我爸他喜欢飞翔。"童丰收说出这一句话时，陡然间心情很愉悦。而那个人的反应只是一瞬间，眉头皱了一下，内心肯定有一星半点的惊诧，但是那个人没有说话，仅此而已。

　　童丰收接着说："你一定会问我，我爸他怎么可能会飞呢？除非是在梦中，不是，在梦里，他从来不会飞，他的飞翔是在现实中，在生活里，在我们身边，在窗外，你看，就是那里。"他把头转向窗户，火炬光像是静止一样，在湛蓝的天空中显得有些虚假。手抬起来，手指竟然没有了僵硬的感觉，他灵活地指向那个白昼的光亮。顺着他手指的方向，那个人机械地转动头颅，表情呆板严肃。

　　"我爸是炼油厂的元老。火炬竖起的那天，他是参与者之一。之后，每两年，他都会和他的伙伴爬上去一次，更换火炬头，维修长明灯。你知道火炬有多高吗？一百零五米。三十多层楼那么高。火炬的直径从九十厘米至一百一十厘米，加上盘旋上升的塔架，最大的直径也不过一百六十厘米。在那么空旷的天空中，火炬显得太瘦弱，太细了。我不知道你有没有站在火炬单元下面，抬头向上望过。我是因为工作的关系，经常会去火炬系统。别看，平躺在地面上时，火炬的身体庞大无比，可我每次向上看的时候，都感觉就像是一根细长的筷子，插向无边无垠的天际。看得久了，就能感觉到它在晃动。但是那是视线的一种错觉，那么一个铁家伙，你根本看不到它在晃，在左摇右摇。"童丰收晃了晃头，仿佛他现在就站在火炬下面，随着火炬的摇摆而晃动。

　　那个人听着有些乏味。他站起来，到旁边的桌子续了一杯水，坐下来，他喝水的声音很大。在他起身回来的过程中，那支中华铅笔都没有离开过他的手。

当代中国最具实力中青年作家书系

童丰收看着那个人的喉结上下蠕动，这让他想起那年河间原油管线泄漏的情景，原油汩汩地向外冒。"我爸他第一次登上火炬顶时，三十岁。那时候我才五岁，可是我记得从火炬上下来的兴奋不已的爸爸，他把我举起来，做出飞翔的姿势，一圈又一圈，把我转得晕头转向，俨然他已经学会了飞翔。我爸他很喜欢那种感觉，在空中，向下看时，他能看到脚下的鸟儿。之后的多年时间时，我爸都作为检修火炬的主力，经常爬上百米火炬，享受那种飞翔的快乐。在我成长的过程中，爸爸有关飞翔的讲述总是陪伴着我，比如他说攀登的过程中，身体会随着塔左右摇晃，实际上，塔的摇晃可能是极其轻微的，可是在他的描述中，那摇晃成了一种飞翔的姿势。火炬之巅，站在那里，会强烈地感觉到棍子一样的火炬摇摆的幅度会更大，飞翔的感觉也更真实。每一次，在火炬的顶部，他都能听到自己的身体的响声，他说那是翅膀在想冲破身体的束缚而破壳而出。老爸说，他相信他是有一双巨大而有力的翅膀的。直到有一天，他的飞翔就突然停止了。那一年，他四十六岁。那一年我在石油大学上大三，没有在家里，不知道发生了什么事。不知道为什么那么喜欢攀登火炬的一个人，就如此决绝地告别了飞翔。那年暑假，当我提出要去火炬下面看看时，我爸一反常态地没有作答。他的脸色瞬间变得灰暗无比。妈妈把我拉到一边，警告我，以后再也不许提火炬。我问妈妈原因，妈妈没有告诉我，她也不让我问。从那以后，火炬，火炬之上的飞翔的美妙感觉，就此离开了我爸的生活。他变得悒郁，少言寡语，总是低着头，目光向脚下看。整整十七年，我就感觉他没有昂起过头，没有说到一次火炬。"说到这里，童丰收依稀能看得到当年失落的父亲，看到几乎把头埋到身体里的父亲，他的情绪有些忧伤与失落，那个人仍在转动着铅笔："你了解一个失去了人生最大乐趣的人的悲伤吗？你懂得一个没有了目标的生命是一种煎熬吗？"

那个人停止转动铅笔，没有迎接他的目光，摇了摇头，不知道要表达什么内容。

"我也不了解，不懂。"童丰收说，"我从来就没有读懂过爸爸。对我而言，爸爸像那个高高的火炬，你永远不知道，他经历过什么样的风雨雷电，经历过什么样的岁月摧残。但是现在，我爸他六十六岁了，老了，病了。虚弱的身体像是一片无光泽的叶子，病痛虫子一样一点点地蚕食着他。他突然把头抬起来了，他开始仰头向上看，目光转向了火炬。"

那个人打了个哈欠。

童丰收已经完全进入了对父亲的追忆情景之中，所以那个人的心不在焉并没有影响他的情绪，他不像是对那个人在讲一个父亲的故事，而更像是对自己讲："三年前他的身体出了状况，按医生的说法，他最多还能活三年。从医院回来，他突然向我提出了一个要求，那天，我记得清清楚楚，在他的卧室里，母亲在厨房里忙碌着，我们能听到水龙头流水的声音，切菜的声音。光线很强，打在他的脸上，他的脸早就没有了棱角分明的轮廓，鼻子、嘴巴和眼睛，像是一团荒草。目光突然从混沌的荒草中飞出来，盯着我，我要上火炬！这就是他在六十三岁时最让我震惊的一句话。我曾经设想过老爸会有什么要求，我都会尽量地去满足，比如他想回一趟抚顺老家，去看看他从小生活过的地方，见见他的老朋友，因为他无数次地向我和兄弟们提起过那些人，在他的讲述中，那些故人都是血气方刚的小伙子，讲义气，重友情，有酒量；再比如他可能想去祖国的大好河山去转转，尤其是南方，他从来没有去过黄河以南的地方，南方，在他的梦境中曾经出现过，让他既向往又害怕。可是，他偏偏提了一个不可能实现的想法。他把头转向窗户，他以为他能像我一样，坐在一个六层楼的房间里，一扭头就能看到火炬。他不能，他看到的只是我们窗外那一棵歪歪扭扭却依旧顽强的香椿树。每年春天，老爸都用一个长长的铁钩子，从上面拽下碧绿的香椿树叶子，他让我妈用滚沸的水浇到上面，再撒点盐，很长时间里，他都吃着香椿叶子，香椿叶的味道会在家里飘很久，那是典型的北方的味道。我看着老爸，他好像是一夜间就变得如此的衰老，他坐在卧室的床上，瘦弱得犹如一棵秋天的苇子。但是他看着那棵香椿树，照样能想象得到火炬的高度。他的眼里是满满的渴望。他说，我一定要再登上去。他说得很坚决。我的第一个反应是激烈的，敏感的，打消他不切实际的念头，于是我说，爸，你刚刚出院。他的胳膊上到处都是输液留下的痕迹。爸爸轻轻摇着头，他仍旧看着那香椿树，我的身体我知道。我说，你好好休息几天，我放下手头的工作，带着你和我妈，我们一起回一趟东北，去抚顺。要不就去我姑那儿，成都，你不也很想去吗？我爸爸，他倔强得像个孩子。他几近哀求地说，让我活得有点尊严好吗？老爸的眼里竟然涌出悲伤的泪滴。尊严，当老爸说出这个词时，我并没有当作一回事，我急于要回车间，焦化车间抢修调度会在等着我这个车间主任呢。我匆匆地离开老爸的家，在随后不久的调度会上，在紧张的工作中，很快就把老爸那句哀求抛在了一边。"他停下来，喝了口水。

那个人站起来，显得有些焦躁，来回走了几步，然后看到了报刊架上的报纸，他把报纸拿下来，走回到自己的位置，坐下来，目光盯着报纸。中华铅笔被报纸遮盖住了。

显然是讲到父亲那句话，童丰收口干舌燥，心里冒火："你知道为什么我爸他会那么渴望再上一次火炬塔吗？是死亡。是越来越近的死亡，他能看得到那死亡的阴影就在他床前徘徊。这是他说的，他说，在医院里，他看到了死亡的影子，那个影子不是别人，而是一位故人。故人的名字叫黄大波。这是个多么陌生的名字啊。他早就淹没在时间的长河中了，可能只有我爸，一个垂暮的老者，还在念着这个叫黄大波的人，而且，这十七年，这个名字不知道在他的心里已经默念过多少次。那天晚上，妈妈焦急地打来电话，说爸爸不见了，他说到楼下坐一会儿，可是晚饭的时候，妈妈下楼看到只有马扎在那里，而爸爸却没有了踪影。妈妈几乎要哭出来了，她说，他不好好养病，能跑到哪里呀！我匆匆忙忙地赶回去，在周围找了个遍，也没有爸爸的身影，他的身体，是不适于长久的活动的，他不可能走得太远，我安慰着妈妈，心里却七上八下。我找遍了两个生活区，子弟学校，俱乐部广场，医院，甚至通向四面的乡村公路我都走出去了几里地，可是都没有找到爸爸。当我站在秋风瑟瑟的田野之中，突然感觉到周边的黑暗是那么强大，那么恐怖。我不禁身体抖动着。老爸啊，你会到哪里去呢。你永远不会想到，三个多小时，在我和妻子、儿子几乎跑断了腿，一无所获时，却意外地找到了他，我的让人揪心的爸爸。对面楼上六层的一家，装卸油车间的王工，他偶然向窗外看时，发现了一个人影。老爸就在我们家的楼顶，他一直待在那里。我火急火燎地爬到楼顶时，才发现，通向楼顶的天窗是打开着的。黑暗中，他就坐在楼顶，任秋风吹拂着。我把一件外衣披在他身上，任何埋怨的话此时都是不恰当的。

　　"老爸仍然像是雕像一样定在那里，他遥望着远方，火炬的方向。我叫了一声'爸',他一动也不动。他说,你让我看看吧,我已经有十七年三十八天没有好好看看它了。那天晚上,老爸第一次向我说到了他逃离火炬的原因,深秋的月光淡淡的,像是有一层透明的薄膜包裹着虚弱的爸爸。是恐惧,对死亡的恐惧。他说,整整两年,他都不敢抬头看火炬,只要是瞥见火炬的影子,他就战栗不已,头冒虚汗,闭上眼,那个影子就清晰地浮现在眼前,赶也赶不走。老爸提到的那个人名,黄大波,对我来说是个多么陌生的名字呀。我根本不知道,在十七年前,就是我上大三的那一年,那个高昂的火炬会有一场悲剧上演,而我老爸,正是那场悲剧的见证者。他看着火炬,穿越深秋的夜色,火炬的光焰冰冷凄美。那一天是上午,火炬早就熄灭了,爸爸说,作为检修火炬的主力,他和黄大波是最早爬上火炬塔的两个人,他在前,黄大波在后。这是惯例,以前的检修也是这样。到一半的时候,老爸就能感觉到火炬的摇动,腾空一样,虽然踩在盘旋上升的梯子上,但脚下总是空的,向下看,除了看得到黄大波蓝色的安全帽,就是天空,爸爸说,向下的视线中天空是空荡荡的,广阔无垠。越往上走,摇晃感越强,飞翔的感觉也就越真实。多少次,他都想张开双臂,扔下束缚在身上的安全带,真正地融化在那蓝天之中。可是,老爸盯着那几乎是静止的火炬的光,说,那个勇敢地飞翔起来的人并不是我,而是黄大波。那天艳阳普照,刚跃到火炬塔架顶层的老爸觉得一下子就被阳光拥抱住一样,暖暖的。爸爸还未来得及抖落身上的暖意,黄大波就站到了他旁边。一百米,这是与地面的距离。老爸说,他也是大意了,在从准备到爬塔的整个过程当中,他一直就没有注意到,黄大波异乎寻常的沉默。往年,他们一边向上攀登,在中间休息的时候还聊聊天,可是这次他一句话也没有说。为什么我就没有觉察到这一点，如果我早一点发现他心神不宁，也许，悲剧就不会发生，老爸不住地埋怨自己。留给爸爸的黄大波的印象是一个快速下坠的影子，看不到他的脸。黄大波立足未稳，便纵身一跃，跳了下去。爸爸看着那个倏忽即逝的黑影，先是一愣，然后才发现，身边的黄大波已经不见了，他扶着栏杆向下看时，那个影子已经变成了飞翔的鸟，急速地向下飞翔，快速地变成一个越来越小的黑点，然后静止了。几乎没有任何的响动，他飞起来了，老爸说，轻轻的，真的像一只鸟。"

　　此刻，那个人才被他的叙述所吸引，但他只是从报纸上抬起头来，看着童丰收："他死了吗？"

　　童丰收点点头："是的。一百米啊，钢铁人都得散了架。那年他三十五岁，比我爸小十一岁。老爸说他是对生命产生了极度的厌倦，他的孩子从小就是弱智，老婆得了精神病。他失去了活着的动力，没有了活下去的勇气。可是他平时看着也乐呵呵的，不像是个心事极重、悲观厌世的人。老爸说，如果早看出他有了轻生的念头，他就会留意，就会看紧黄大波。可是，老爸哪里知道，一个抱着必死决心的人，任何人都是无法阻止的。黑暗中，老爸陷入了长久的沉默之中，他也许还能够看到那个飞速下降的黑影，在夜空中一闪而过，就像是流星。我劝他走下楼顶，回到二层的家里。老爸好像没有听到我的劝说，他自言自语，从那以后，我再也无法爬上火炬，再也不知道飞翔是什么了。那长达十七年的时间里，老爸都在学着忘记，忘记火炬，忘记痛苦的飞翔，忘记一个人的名字。老爸是一个恐惧、悔恨、深深自责的男人。每一天，他醒来，都会对着墙枯坐半天，不像其他的人，会在室外、在绿树成荫的院子里享受美景。因为他知道，火炬就是炼油厂的眼睛，无论你在哪里，它都能照耀着你，看到你。爸爸成了一个闭门不出的人，下了班，老爸尽量地待在家里，即使出门，他也显得匆匆忙忙的，低着头，怕见人似的。那个深秋的夜晚，六层的楼顶，在无边的静寂和寒意之中，老爸的追忆到此告一个段落，他在我和妻子的搀扶下，艰难地从天窗爬下去，我真的不知道，他是如何爬上去的。"

那个人面前的报纸始终是在那一页，他也许根本没有看到什么内容，他想到了那支中华铅笔，把手伸到报纸下面，抓住了它，他把那支笔拿在手里，仿佛就抓住了内心的安宁。童丰收仍旧看不到铅笔的型号。那个人说："你爸……我应该认识他吧？也许，我真的认识他。"

"老爸飞翔中止的故事我知道了，仅此而已。我只是知道了当初他突然不再喜欢火炬的原因。十七年，这样的疑问也早就沉睡于时间的河流之中，像是一块朽木，变沉变硬，对于忙碌的我来说，早就失去了它的吸引力。我在应付着工作，应付着爸爸的病，也在应付着爸爸不切实际的要求。在以后的三年时间里，我一直在和老爸周旋，在回避着他的要求。我告诉他，我不能以权谋私，让火炬再次成为一个被动的杀手。我告诉他，爸，你明明知道的，就算一个完全健康的人，在登火炬前都要到医院去做全面的检查，血压、心脏，各项指标都得正常，你觉得你能像当年一样吗？老爸给我说到了医院，说到了飞翔是如何回到他的身体里的，说到他身体里正聚集着的能量。他说，躺在医院里，他能看到自己的生命从身体里飞出去，轻盈得像一只鸟，它飞出了病房，飞跃了树梢，越飞越高。我爸说躺在病床上的他竟然看到了火炬，十几年后，头一次，他摆脱掉了对火炬的恐惧，他说，那只鸟就是以前的他。"童丰收说着，他感觉自己的身体也变得轻飘飘的，有了一种要飞升的欲望。

"那是因为他看到了死之将至，反而不害怕了，恐惧还有什么意义呢？"那个人转动着铅笔。

童丰收惊奇地看着那个人，他有些激动，看来，他没有白费口舌："那么，他渴望重上火炬，是为了什么呢？"

"是因为……"那个人说到这里，像是突然醒悟似的，他白了童丰收一眼，"这关我什么事。他总不会像那个黄大波，爬上去，再飞下来吧？"

童丰收摇摇头："他才不会那么干。三年时间里，我爸他都在证明自己能够登上火炬，他把已经生锈的哑铃从地下室翻出来，偷偷地练习臂力；做下蹲动作，以增强腿部的力量。实际上，他的气色在一天天地好转起来，这让我妈感到很宽慰，所以她并没有阻止他。他还去看望了黄大波的老婆孩子。那女人一年的大半时间都在精神病院里，而黄大波的儿子，已经长成了一个壮壮的小伙子，留着光头，穿着一件破破的警服，每天在大街上充当警察。我跟在爸爸的身后，走到光头小伙子身边。他在认真地比画着手势，很传神，表情冷峻。爸爸热泪横流，他对我说，小伙子和黄大波长得一模一样。他激动地走上前去，想要和小伙子说句掏心窝子的话，共同怀念一下黄大波。他刚走到小伙子面前，小伙子就看到了。小伙子面色严厉地伸手挥了挥，示意他远离马路中心。我爸犹豫了一下，继续迈步向前。小伙子急了，更激烈地挥动手臂，而且对着他吹着口哨，掏出一张红牌，对着他使劲晃了几下。我拉着他走开了。我劝爸爸，他什么也听不懂，他只是徒有黄大波的外貌。他不是黄大波。我想，爸爸是把那个沉浸于警察假象中的小伙子当成了黄大波，那个从火炬塔上飞翔的黄大波。他垂头丧气地跟在我的身后，走得很慢，突然开口说道，你说，他飞下去时，有没有痛苦？老爸以前是一个沉默寡言的人，从医院回来之后，变了一个人，想说话，想与人交流，爱追忆往事。而我，却觉得他唠叨，每当他和我提起往事，我都是敷衍了事，这一次，我对他说，他痛不痛苦，只有天知道。我始终认为，爸爸把太多的思想集中到那些往事对他的病情不利。他老人家很不满意我的回答，生气地甩下我，独自蹒跚着回家。有好几天，他都不理我。他对我的态度越来越不满，想要重新登上火炬的念头牢牢地占据着他所有的生活，尤其是今年，医生的审判日期日益临近，他的心情就更加迫切。实际上我知道，不管他多么努力地想要强壮身体，为登火炬做足了准备，他的身体已经是日薄西山，没有这种可能了。我只是等着他被自己打败，被自己的身体打败。可是，在生命的最后一程，那执拗的想法就像是加足了马力的泵，不断地给他孱弱的身体提供着源源不断的动力，他在心里跟我较劲，他知道靠他自己的能力，他根本无法靠近那个火炬。这让老妈妈忧心如焚，她流着泪央求我说，给他一次机会吧，要不他死不瞑目。妈妈的眼泪让我彻底地妥协了，我安慰她，我只好不顾一切地犯一次错误。你知道，今年又是检修年，熄灭的火炬看上去像在沉睡。这是爸爸说的，他说他们登上火炬就是在打扰它的梦境。那天，吃完晚饭，我决定向老爸摊牌，我告诉他，我准备违背原则，违反规定，冒着被处分的危险，在检修的间歇，让他登一次火炬，我看着坐在沙发上的老爸，问他，你准备好了吗？爸爸略显紧张，他迟疑了片刻，才抑制着内心的激动，说道：

我已经准备了二十年，你说我准备好没？"

那个人问："你父亲，他最后登上火炬了？"

童丰收低下头，沉默良久，抬起头来的时候，眼里闪着泪花："没有。我想，从此以后，我的一生都会因此而自责，而愧疚。我算好了检修的空隙，让车间的安全员、工人们做了所有的预案，以防万无一失。安全员还因此有些顾虑，他说，这会不会出问题？我说，出什么问题有我自己扛着呢，只要让他上了火炬，就是把我这个车间主任撸了也认了。老爸是想飞，而我是抱着死的决心的。一旦确切的时间定下来，爸爸反而显得心情沉重，失去了开始时的兴奋。我看着他日渐地委顿，身体也一天不如一天，于是我试探着问他，爸，其实你已经战胜了内心的恐惧，能够正视过去，不惧怕火炬，你已经做得很好了。躺在床上的他眼睛突然放光，坚定地说，不，我还是以前的我。想要时光倒转的老爸，却最终没有越过心理和身体的双重压力，在最后一刻功亏一篑。时间定在八月的一天下午，天气并不是很热，有一丝的南风吹在火炬上。我布置好了一切，就等着妻子把他送到火炬区的检修现场。可是从下午三点一直等到黄昏，从黄昏一直等到黑夜降临，他们的影子都没有。我踩着夜色回到家里，客厅里漆黑一片，我刚要伸手拉灯绳，被一只手抓住了，妻子小声说，别开灯。我的眼睛适应了屋内的黑暗，才看到坐在沙发上的爸爸，他的影子虚幻而模糊。我吓了一跳。妻子把我拉到卧室里，悄悄告诉了我原委。原来，妻子和爸爸从家里出来，要去火炬时，在路上遇到了一起车祸。那天下午，黄大波的儿子，照例在大马路上指挥着交通，他太过投入，以至于没有看到从背后驶来的一辆汽车，他倒在车轮下的身体还保持着手臂指挥通过的样子。爸爸正好目睹了那场

当代中国最具实力中青年作家书系

车祸。他一下子瘫软下去，倒在了马路上。妻子匆忙把他送回家。他回去后就一直坐在沙发上，没动过，妻子告诉我。他坐在那里，呆呆地发愣，他不让妈妈开灯，也拒绝和任何人交流，一直到天明。我试图劝他回到床上，让睡眠平息一切，可是爸爸痛苦的脸在黑暗中显得十分狰狞，他摆摆手，示意我离开。一夜，可能等于二十年。第二天一早，他便彻底崩溃了，他被再次送进了医院，在他的病床边，看着人事不省的爸爸，妈妈啜泣着，埋怨着：都是火炬。我紧紧攥着她的手，只能让沉默慢慢化解她内心的忧伤。"

"他醒过来了吗？我是说现在。"那个人手中的笔停止了转动，他紧紧地握着那支笔。

"没有。"童丰收说，"他还在医院中，他恐怕熬不过这个月了，这是医生说的。"

"你是不是觉得特别轻松？"那个人突然发问。

这下让童丰收有些猝不及防，他抬起头，呆呆地看着那个人，那个人目光狡黠，暗藏着一丝的奚落。童丰收急忙收回目光，低下头。"为什么？"他茫然地问道。

"因为你不用再因为冷落了父亲而内疚，你也不用再担心，因为违章让一个局外人登上火炬而承担巨大的责任。如果那件事发生了，你以为你这个车间主任还能当下去吗？你以为拿一个人的生命当儿戏，赔上整个企业的安全指标，厂长会当这个冤大头吗？"那个人自我感觉看透了一个人隐秘的内心世界，而嘴角微微翘起。

童丰收为了掩饰内心的慌乱，扭头向窗外看了看，火炬的光还在，仿佛它是一个提示，只要他能看到，那火焰就一直在那里，等待着他。那天下午的等待似乎就在眼前，开始，他布置好了一切，安全员、起重工、铆工、焊工，甚至他还找来了厂医院的护士小白，剩下的只有等待。等待父亲的到来。他仰头看了看火炬，那一刻，他突然感觉有些失落，巨大的挫败感呼啸而来。他想到了父亲即将终结的生命，更多的想到的是自己，我要干什么？他问自己。

"我想替我爸做件事，爬一次火炬，替他还愿。"

"你上去过吗？"

"没有，从来没有，我都是安排工人们上去。我从来没有。对我来说，这也是一次挑战。"

"你觉得你能爬上去吗？即使你爬上去，你能体验到飞翔的感觉吗？"那个人眼睛里闪烁着怀疑的光。

童丰收躲避着他锐利的目光："我不知道。"

这个时候，门响了，进来一个人，看了看他们俩，直接走到那个人旁边的椅子上，坐下。那个人急忙站起来，拿起报纸，放到了书架上。童丰收注意到，那支中华铅笔终于完全地显露在他的视线中，他看清楚了，是一支 HB 的中华铅笔。那个人给后来的人倒了一杯水，自己也坐下来，先是对后进来那个年岁稍大的人解释说："刚才我们聊了一些无关紧要的事。"然后端正了一下自己的坐姿，换了一副面孔，严肃地对童丰收说："好吧，我们开始吧。你先讲讲这次抢修事故的过程吧，死了一个人，谁也交不了差。请注意，不要遗漏任何细节。不要推卸责任。"

童丰收下意识地又扭头看了看火炬，他觉得火炬开始移动，离他越来越远。